Unter dem Pseudonym May Brooke Aweley wagte die neugierige Berlinerin den Sprung von schicksalhaften Geschichten in die Welt der Thriller. Seit ihrer Jugend ist sie dem Ruf ihrer Passion zum Schreiben gefolgt. Ihre Bücher stürmten in kürzester Zeit die E-Book-Bestsellerlisten.

May B. Aweley pendelt zwischen ihrer Wahlheimat Berlin und einer idyllischen Kleinstadt in Niedersachsen, wo sie sich mit ihrer Familie von den Inspirationen der Großstadt zum Schreiben zurückziehen kann.

Weitere Titel der Autorin:

Puppenbraut
Existenzlos
Der Angstheiler
Lauf, Sophie
Erlöse uns
Trau. Ihr. Nicht

Titel in der Regel auch als E-Book erhältlich.

Für die junge Lehrerin Anna Wright könnte das Leben nicht schöner sein: ein wundervoller Ehemann, ein Traumhaus auf Long Island, das sie gemeinsam renoviert haben, und nun erwartet sie auch noch ein Kind.

Doch die Idylle ändert sich, als nebenan ein unangenehmer Nachbar mit einer düsteren Vergangenheit einzieht. Die Tragödie nimmt ihren Lauf, als eines Tages der Hund des Ehepaares auf mysteriöse Weise verschwindet ...

May B. Aweley

Erinnerung aus Glas

Thriller

Impressum

Bibliografische Information der Deutschen Nationalbibliothek:
Die Deutsche Nationalbibliothek verzeichnet diese Publikation in der Deutschen Nationalbibliografie; detaillierte bibliografische Daten sind im Internet über http://dnb.dnb.de abrufbar.

Lektorat & Korrektorat: Elke Krüßmann & Aaron K. Archer
Covergestaltung: Saskia Calden, Aaron K. Archer

Bilderrechte © Rustic Studio & Iaroslav Neliubov @ Shutterstock

Herstellung und Verlag: BoD – Books on Demand, Norderstedt

ISBN: 9783749485215

Mit einem Dank an einen Freund, wie ich einst dachte,

der mich bitter lehrte,

wie grausam und simpel zugleich

die »Seele« eines Narzissten ist.

Ohne dieses Wissen

wäre mein Buch nur halb so authentisch geworden.

Ich grub die Zypresse im Garten ein,
unterhalb meines Zimmerfensters.
Manchmal wurde ich von dem herben Duft geweckt,
den sie nachts verströmte, und dann,
im Moment des Erwachens, in jenem kurzen
Augenblick, den das Bewusstsein benötigt,
um sich vom Schlaf zu trennen, glaubte ich,
dass die Erinnerung zurückgekehrt sei.

[»Die Mitte der Welt«, Andreas Steinhöfel]

PROLOG

Irgendwo in New York,
Kofferraum eines Wagens,
Sonntag, 11.06.2017, 01:30 in der Nacht

Erinnerungen. In Erinnerungen wird schon Erlebtes wieder abgerufen. Manchmal mithilfe eines sogenannten Ankers -, zum Beispiel eines typischen Geruchs aus der Kindheit.

Das »Erinnern« geschieht nicht statisch - wie es beim Formen von Glas der Fall ist. Jener zunächst zähen, formbaren Masse, die durch das Abkühlen zum festen, unveränderbaren Gegenstand wird.

Erinnerungen sind plastisch. Immer, wenn wir an Vergangenes zurückdenken, verändern wir unwissentlich ein Fragment unserer Biographie. Wir formen das Geschehene neu und ergänzen es durch bereits erworbene Kenntnisse. Darum können wir uns manchmal auch an Sachen »erinnern«, die gar nicht passiert sind. Unser Gedächtnis »ergänzt« die Vergangenheit für uns. Dieser Vorgang ist ein wichtiger Bestandteil des menschlichen Fortschritts. Es aktualisiert unser Wissen, das wir an die neuen Generationen weitergeben.

Und zugleich ist es eine offene Tür für das Böse, das sich in unsere Seele stiehlt und sie vergiftet.

Doch sowohl das einmalig geformte Glas als auch die immer veränderbare Erinnerung haben in ihrer einfachsten Form tatsächlich eines gemeinsam: Wenn sie plötzlich einen kräftigen Schlag erfahren, zerspringen sie in ihre kleinsten Bestandteile.

Sie verlieren den Zusammenhalt - ein auf mühsame Art und mit viel Geduld geformtes Gebilde, das der Schöpfer für sie vorgesehen hat, ohne zu wissen, wie filigran seine Schöpfung ist.

Und selbst, wenn man Glas mit viel Geduld wieder perfekt zusammensetzen könnte, so würde die neue Form für immer sichtbare Risse erhalten. Nie wieder würde sie so unberührt sein, wie sie es zuvor gewesen ist.

Ebenso die Erinnerung.

Denn es gibt Dinge auf der Welt, die man besser nie zerstören sollte.

Wie die Erinnerungen, die bei Anna in jener Nacht zerbrachen ...

Als Anna Wright die Augen aufschlug, wurde ihr bewusst, dass die letzten Minuten ihres Lebens ablaufen würden, sobald das Schnurren des Motors erloschen war. Der strenge Geruch des Erbrochenen, in dem ihr Gesicht lag, schlug ihr entgegen und bewirkte, dass sie erneut würgte. Es kam aber nicht mehr als nur etwas Magensäure heraus. Nicht schlimm. Selbst wenn sie nochmal ihr Bewusstsein verlieren sollte, würde sie nicht am eigenen Erbrochenen ersticken.

Ihre Hände und Füße waren nicht gefesselt. Ihr Angreifer rechnete nicht damit, dass sich ihr Körper gegen das Medikament wehren würde. Vielleicht hielt er sie für zu schwach ... Oder er wollte nicht auffallen, als er eine bewusstlose Frau aus seiner Wohnung trug. Das war aber ihre Chance! Wenn sie wach war, konnte sie sich wehren. Sie musste also wach bleiben! Anna brauchte nicht lange überlegen, nachdem sie ihr Bewusstsein wiedererlangt hatte, um zu wissen, dass sie im Kofferraum eines Minivans eingesperrt war - mit dem einzigen Ziel, sie als unangenehme Zeugin zu beseitigen.

Aus der Fahrgastzelle drang so ohrenbetäubende Musik zu ihr, dass es keinen Sinn hatte, nach Hilfe zu rufen. Wer sollte ihre Schreie auf dem lauten Highway hören? Aber im Grunde war es besser so! Die Überraschung war nun auf ihrer Seite. Er sollte nicht ahnen, dass Anna wieder zu sich gekommen war. Nur durch Überrumpelung konnte sie dies hier heil überstehen.

Dass sie auf einem Highway waren, konnte sie dem ruhigen Fahrstil entnehmen: Während es für New York charakteristisch war, beim Stop-and-go-Ampel-Wechsel des Öfteren die Bremsen zu betätigen, fuhr der Fahrer nun monoton. Ganz frei von starken Lenkbewegungen. Darüber hinaus empfand sie eine regelmäßige Vibration des Motors am Körper, was auf eine gleichmäßige Geschwindigkeit des Wagens schließen ließ. Das Ziel der Reise war auch Anna bekannt, seit sie das Gesicht ihres Entführers kannte. Der Strand von Gilgo Beach, auf dem ihr Mörder sie umbringen würde. So, wie er es ihr versprochen hatte.

Und der Leinensack, den sie am Bein spürte, würde den Polizisten einen anderen Täter suggerieren als den, in dessen Kofferraum sie gefangen war.

Eingesperrt in diesem großen, dunklen Raum traf sie die Erkenntnis wie ein Geistesblitz: Dieser Psychopath hatte sie nie freilassen wollen. Die ganze Zeit hatte er nur mit ihr gespielt. Ihr Tod war längst geplant. Nur sie hatte es in keiner Weise geahnt. Vielleicht wollte er mit ihr das tun, was er bereits mit den anderen elf Frauen getan hatte. Aber sie hatte seine Pläne durchkreuzt. Möglicherweise würde er weniger brutal vorgehen, wenn sie viel Glück hatte und er wirklich überrascht war. Anna würde eines der Opfer werden, das man aus den Nachrichten hinreichend kannte. Ohne mit der Wimper zu zucken, würde er sie zu seiner Nummer zwölf machen. Und es einem anderen Psychopathen in die Schuhe schieben. *Genialer Plan*, musste sie selbst anerkennend zugeben. Nur diesmal waren es gleich zwei Wesen, die sterben würden. Also Nummer zwölf und dreizehn.

Sie und ihr ungeborenes Baby saßen in der Patsche.

Unfähig, sich in eine bequemere Position zu bringen, versuchte sie, wenigstens die Zehen zu bewegen, um dem unangenehmen Taubheitsgefühl entgegenzuwirken. Ihre einzige Chance war es, an ihren Knöchel zu gelangen, was keinesfalls leicht war. Aus den Druckschmerzen im linken Fuß folgerte sie, dass er das kleine Täschchen an ihrem rechten Knöchel nicht entdeckt hatte. Ihre einzige Rettung!

Niemand sonst würde ihr helfen.

Niemand sonst ahnte, wo sie war.

Es stellte sich nicht mehr die Frage, ob sie die Scherben ihrer zerstörten Erinnerungen je zusammenkleben könnte, um all das, was vorgefallen war, erträglicher zu machen. Zu verarbeiten ... Die Frage lautete vielmehr, ob ihnen beiden dieser fremde Mann die Gnade eines schnellen Todes erweisen würde. Denn irgendwo tief in ihrem Inneren spürte sie, dass es ihm eine reine Freude machen würde, sie zu foltern. Nur diesmal nicht mit Worten. Sondern deutlich schlimmer. In Wahrheit hatte Anna ihr eigenes Ableben und das ihres ungeborenen Babys nur noch beschleunigt.

Just in diesem Augenblick bildete sie sich ein, ein sanftes Flattern zu verspüren, wie ein Streicheln von innen aus dem Bauch heraus. Anna wusste, dass es nicht sein konnte. Dass es nur eingebildet war, dennoch brauchte sie einen Hoffnungsschimmer.

Bist du es, Baby?, fragte sie zaghaft und spürte die Tränen der Verzweiflung aufkommen. *Oder ist es nur mein tiefster Wunsch, dich noch zu spüren, bevor es für uns beide zu spät ist? Denn eigentlich dürfte ich dich noch gar nicht spüren, wenn man den Ärzten glauben darf.* Zu gern hätte sie ihren Bauch gestreichelt, um das kleine Wesen in sich zu beruhigen, falls sie nicht fantasierte. Aber an den Knöchel zu gelangen, war jetzt wichtiger. Für die arrogante Haltung ihres Angreifers, sie aus Zeitgründen nicht zu fesseln, war sie wahnsinnig dankbar. Und wenn sie nicht das Fläschchen am rechten Knöchel hätte, ihr As im Ärmel, hätte er auch ihre Möglichkeiten richtig eingeschätzt. Hätte er. Das Schicksal ging aber seine eigenen Wege.

Wieder ein Flattern. Hatte sich das Baby nun wirklich bewegt? Oder vielmehr war es dabei, um sein Leben zu kämpfen. Das gab ihr Mut.

Ich war einst wie eine kleine Maus, die, eine große Gefahr ahnend, sich totstellte - als letzten Ausweg. Kaum atmend schaute ich zu, wie der Adler um mich kreiste, bis er den Sturzflug treffsicher beendete, indem er seine Krallen in meinem Fleisch versenkte. Nun ist die Zeit gekommen, dass der Adler die List einer kleinen Maus zu spüren bekommt.

Mit diesen Worten holte sie vorsichtig die kleine Pfefferspray-Dose aus der Tasche an ihrem Fuß. Das Auto lenkte unerwartet scharf zur Seite. In diesem Augenblick stellte sie mit Entsetzen fest, dass ihr die kleine Pfefferspray-Dose aus der Hand gerutscht war. Sie war nach der Droge, die er ihr gegeben hatte, körperlich schwächer, als sie dachte. Nun rutschte das Ding unkontrolliert hinter ihr hin und her, während sie in ihrer Embryonalstellung so gut wie bewegungsunfähig war.

Niemand wird uns helfen, mein Schatz, wandte sie sich an das Ungeborene, als bräuchte sie ganz dringend seine Unterstützung. *Niemand wird uns lebendig wiedersehen. Hätte ich bloß alles ruhen lassen! Es einfach vergessen. Vielleicht hätte ich bessere Chancen gehabt? Ich sehne mich nach den Zeiten, als alles so unbeschwert einfach war. Bevor ...*

Tränen der Verzweiflung liefen Annas schmale Wangen entlang, die ihr Gesicht so zerbrechlich schön erscheinen ließen. Sie spürte nicht mal die Abkühlung, die die Juninacht überraschend mit sich brachte. Alles war jetzt egal. Sie würde nicht an das Fläschchen kommen, das sich irgendwo hinten in dem Jutesack verheddert hatte.

Der einzige Gedanke galt jetzt dem Moment, in dem der Mörder ihr Leben zerstören würde ...

Kapitel 1

North Fork, nord-östlich von New York, etwa neun Monate zuvor …

Anna schaute mit Erschrecken, wie ihr Vater, John Eliot, seit fünf Minuten geistesabwesend in den Kühlschrank sah und nach etwas suchte, das er nicht zu finden schien. Es war wieder eines der Symptome der sich immer mächtiger in den Vordergrund drängenden Krankheit. Ihr Vater litt an einer sich stark ausbreitenden Form von Alzheimer.

Anstatt ihm - wie gewöhnlich - bei der Entscheidungsfindung zu helfen, schweiften ihre Gedanken ab. Ihre Sorge galt der Zukunft ihres Vineyards, eines Weingutes von etwa 12 Hektar Größe, bei dessen Verwaltung sie in diesem Jahr vollständig ohne seine Hilfe auskommen müsste. Doch Anna war mit der anfallenden Arbeit längst überfordert. Sich um das Wohl ihres Vaters zu sorgen, der rund um die Uhr zusehends mehr Hilfe brauchte, war mehr als genug für eine fünfundzwanzig Jahre alte Frau. Zugleich aber die Weinernte zu begleiten, überforderte ihre körperlichen Möglichkeiten bei Weitem.

»Daddy«, sagte sie, so sanft sie konnte, und schaute zu, wie ihr Vater langsam den Blick vom Kühlschrank zu ihr wandte. Das Alter ließ ihn nicht minder attraktiv aussehen, als sie ihn aus ihrer Kindheit in Erinnerung hatte. Damals, als sie noch eine glückliche, dreiköpfige Familie waren.

John sah sie durchdringend an und überlegte. Dann lächelte er. »Meine Kleine, ich weiß nicht, wo ich deine Mutter verloren habe.«

»Schließ bitte den Kühlschrank«, bat sie. »Mama ist seit fünf Jahren tot, Daddy. Sie starb an Krebs. Erinnerst du dich nicht?« Die scheinbar klare Erkenntnis schien ihren Vater so zu beschäftigen, dass er den Blick von ihr abwandte, diesen wieder auf den Kühlschrank richtete, und reglos in der vorherigen Position verharrte.

14

Anna seufzte. Dann stand sie vom Küchentisch auf, ging zu ihrem Vater und umarmte ihn von hinten, während sie mit einer Hand die Kühlschranktür schloss. Mittlerweile freute sie sich über all die Momente, wenn er sie als Tochter erkannte. Tage, an denen er damit große Schwierigkeiten hatte, häuften sich in letzter Zeit.

»Daddy, wir können die Farm nicht behalten. Wir werden sie verkaufen müssen«, sagte Anna traurig.

»Aber warum, Kleines?«, fragte John Eliot entsetzt. »Es ist doch unser Zuhause. Hier bist du aufgewachsen. Und ich bin doch auch noch da. Ich kann dir helfen!« Es schien der richtige Tag zu sein, um über die in ihrem Leben wichtigste Entscheidung zu sprechen. Sie seufzte erneut.

»Nein, Daddy. Es tut mir leid. Ich habe ein gutes Angebot bekommen, bei dem wir zuschlagen müssen. Ein besseres bekommen wir nicht, hat mir der Makler gesagt.« Annas Herz zog sich bei dem Gedanken zusammen. Das Gut bedeutete ihrem Vater alles. Der Verkauf würde, dessen war sie sich sicher, seinen mental-körperlichen Verfall beschleunigen.

»Was ist mit unserem Graham?« Annas Vater schien sich wieder lückenhaft zu erinnern. Typischerweise hatte er schon die letzte, laute Auseinandersetzung der beiden vor etwa einem halben Jahr vergessen. Als Graham Johns geliebte Tochter und eigene große Jugendliebe im Suff angeschrien hatte. Negative Erinnerungen wanderten im Kopf des verwirrten Mannes in ein nicht existentes schwarzes Loch und wurden darin begraben. Als wollte ihn sein Gehirn davor schützen, Dinge zu behalten, die er aufgrund seiner fortschreitenden Erkrankung nicht ändern konnte.

»Graham kommt uns gleich besuchen. Ich werde aber mit ihm allein sprechen, Daddy«, stellte Anna fest und hakte ihren Arm unter den ihres Vaters, um ihn hinauszubegleiten. Mittlerweile oblag ihr die Aufgabe, für ihren Vater zu sorgen. Seine Krankheit führte dazu, dass sich die Rollen umgedreht hatten, und sie zu seinem Fels in der Brandung wurde. »Es ist schon spät. Ich werde dich ins Bett bringen. Morgen ist wieder ein neuer Tag.«

John Eliot ließ sich von seiner Tochter widerstandslos in sein eigenes Zimmer hinausführen. Teilnahmslos sah er zu, wie sie ihm beim notdürftigen Duschen und danach beim Zähneputzen half. Nun war er wie ein bedürftiges Kind. Und Anna wusste, dass sich dieser Zustand nicht bessern würde. Im Gegenteil.

Etwa eine Stunde später als verabredet, als sich Anna enttäuscht mit einem Glas Tee über die Finanzen des Weinguts an den Küchentisch gesetzt hatte, klingelte es an der Tür. Die Wanduhr zeigte neun Uhr. Im gut beleuchteten Eingangsbereich, der beidseitig in eine Veranda mündete, konnte sie durch die Glastür eine bekannte Silhouette erkennen: Graham.

»Aus, Marshall!«, beruhigte sie den Fröhlichkeit bekundenden Hund, einen zehn Jahre alten Schäferhund-Collie-Mischling, der sie und alle ihre Freunde seit seiner frühsten Kindheit begleitete. Doch der Hund war nicht zu stoppen. Er schien sich wahnsinnig auf Graham zu freuen, obwohl dieser schon seit einem halben Jahr die Schwelle des großzügigen Weingutes nicht mehr übertreten hatte. Nun war die Situation anders. Anna empfand für ihn keine Liebe mehr und war bereit, sich ihrem Ex-Jugendfreund zu stellen. Oder zumindest, dachte sie, nichts mehr empfinden zu können.

»Hi«, lächelte Anna Graham freundlich an und ließ ihn eintreten. Im gleichen Augenblick rannte Marshall hinaus, ungeachtet des Verbotes lehnte er seine Vorderpfoten an den Mann, der ein Jahr älter als sie war, und schleckte ihm genüsslich das Gesicht ab.

»Aus!«, lachte Graham und versuchte sich vergeblich aus der tierischen Umarmung zu befreien. »Aus! Du verrückter Hund! Hilfe, nimm diese Bestie von mir!«, scherzte er lauthals. Im Grunde freute er sich jedoch, zumindest von einem der Bewohner des Hauses freundlich begrüßt zu werden.

»Marshall! Auf deinen Platz! Sofort!« Auch wenn die Stimme des Frauchens nicht besonders bedrohlich wirkte, ließ sie den Hund den Befehl zögernd ausführen.

Graham Searcy, ein großgewachsener, attraktiver, dunkelhaariger Mann, folgte Anna schweigend in die Küche. »Möchtest du Tee oder Wein? Heute ist es ganz schön frostig«, sagte sie kühl, obwohl sie fühlte, wie unerwartet die Emotionen in ihr hochstiegen. Dass sie für diesen Mann noch etwas empfand, überraschte sie selbst und verunsicherte sie zutiefst.

»Ich habe das Gefühl, dass es etwas Stärkeres sein sollte. Einen Wein bitte«, entgegnete Graham und sah zu, wie sie zum Glasregal ging. Die hellblau gefärbte Jeans, die Annas schlanke Figur stark betonte, lag so eng an, dass er absichtlich den Blick nur noch auf den Hund richtete, der in Sichtweite abwartend in seinem Körbchen lag. Marshalls Schwanz zitterte erwartungsvoll.

»Platz! So bleiben!«, warnte Anna vor, als wollte sie präventiv verhindern, dass sich der Hund ihren Befehlen widersetzte, um sein ehemaliges Herrchen zu belagern. In der Luft lag etwas Unaussprechliches, das jeder von ihnen spürte.

»Wie geht es deiner Freundin?«, fragte Anna beiläufig. Ungelenk schob sie alle Unterlagen zur Seite, um Platz für den Wein und die Gläser zu machen. Diese Anspielung sollte wieder eine Distanz zwischen ihnen schaffen. Die verdammte Balance schaffen, an der sie so lange gearbeitet hatte.

»Gut, gut ...«, klang es aus Grahams Mund nicht besonders überzeugt. Stille. »Aber deshalb hast du mich doch nicht hierher bestellt, oder?«, stellte er nach einer Weile fest.

»Nein, du hast recht«, bestätigte Anna und strich sich eine Strähne ihres blonden, gewellten Haares aus dem Gesicht. Noch immer sah er in ihr das hübscheste Cheerleader-Mädchen aus der Schule, in das er sich einst verliebt hatte. Das Cheerleader-Girl und der Kapitän der American Football-Schulmannschaft -, noch kitschiger hätte ihre gemeinsame Liebesgeschichte nicht anfangen können.

»Ich muss das Weingut verkaufen«, fuhr sie schweren Herzens fort. „Da wir Nachbarn sind, möchte ich euch das Vorverkaufsrecht einräumen.«

»Du willst was?« Graham schaute entsetzt. »Weiß dein Vater das schon?«

17

»Ja.« Anna nahm am Tisch Platz. Genau Graham gegenüber. »Ich habe es ihm wieder und immer wieder erzählt. Es wird schlimmer mit ihm; mittlerweile erinnert er sich manchmal nicht mehr an mich. Das Weingut und seine Krankheit werden mir einfach zu viel; das Haus ist für uns beide viel zu groß ... Mittlerweile suche ich nach etwas Kleinerem für uns beide. Und ich möchte endlich als Lehrerin arbeiten.«

Während Anna ihr Herz ausgeschüttet hatte, leerte Graham ein weiteres Weinglas. Seine Gefühle waren unter dem Einfluss des Alkohols wie neu erblüht. Ungehemmt mit jedem Schluck Wein. Er inhalierte förmlich den Duft ihres aufgelegten Parfüms, die Röte ihrer weichen Lippen, als sie die derzeitigen Schwierigkeiten mit ihrem Vater schilderte, ohne den Inhalt zu verinnerlichen. Nun war für Graham plötzlich klar, warum sie ihn um diese Zeit in ihr Haus bestellt hatte. *Sie hat mich offensichtlich so vermisst, wie ich sie in all der Zeit auch.* Jede vertraute Bewegung weckte seine eingeschlafen geglaubte Leidenschaft. Selbst die aktuelle Beziehung, die er nach Anna gezwungenermaßen gefunden hatte, um seine Trauer zu ersticken, war ein billiger Abklatsch seiner Liebe zu ihr. Er leerte ein weiteres Glas. Sein drittes bereits. Der Grund, warum ihre Beziehung auseinander gegangen war, der ausgeprägte Hang zum guten Wein, gab ihm jetzt Selbstvertrauen, in diesem Haus aufzutauchen, nachdem er sich das letzte Mal so skandalös verhalten und Anna im Suff beinahe geschlagen hatte.

»... was sagst du dazu?«, fragte sie plötzlich, eine vernünftige Reaktion von ihm erwartend. Da Graham schwieg, setzte sie nach: »Hast du mir überhaupt zugehört?« Graham goss sich ein weiteres Glas ein. Trank es in einem Rutsch aus. Und noch eins ... Anna beobachtete ihn wortlos. Sie wusste nicht, was sie sagen sollte. Vermutlich hatte er schon einige Gläser intus.

»Schau ...« Graham lallte mittlerweile leicht. Er folgte seinem vorhergehenden Gedanken nicht mehr, was für sie das Zeichen war, dass ihm etwas anderes viel wichtiger war. *Betrunkene Menschen sagen oft die Wahrheit,* pflegte Annas Vater immer zu sagen. Es schien sich zu bewahrheiten. Grahams Hormone übernahmen nun die Kontrolle - verstärkt durch den Alkohol. Während er den

Verlobungsring ostentativ vom Finger zog, bewegte er sich nach Gleichgewicht ringend in Richtung der Eingangstür, öffnete sie und schmiss den Beweis seiner Zugehörigkeit zu einer anderen Frau in hohem Bogen in die Einfahrt.

Anna schaute ihm zunächst sprachlos zu, dann ging sie zur Eingangstür, als glaubte sie ihren Augen nicht. »Was soll denn das?«, fragte sie stotternd.

»Was los ist, willst du wissen?« Graham schaute sie mit glasigen Augen an. »Ich liebe dich immer noch! Wie am ersten Tag! Das ist los! Ich werde dich für immer lieben ...« Mit diesen Worten ging er zu Anna und drückte sie an sich. Vom Alkohol benebelt, stolperte er, sie immer noch umklammernd, während sie sich mit Händen und Füßen zu wehren versuchte. Doch selbst im betrunkenen Zustand war Graham stärker. Als sie beide zu Boden fielen, weckte er in ihr die Erinnerung an damals, als sie ihn hochkant aus diesem Haus geworfen hatte. Zumindest so lange, bis ihr Kopf an der Tür aufschlug. Sie fiel so ungünstig, dass Anna für eine Weile das Bewusstsein verlor. Doch dieser Zustand dauerte nicht lange an. Graham nützte ihre Wehrlosigkeit aus, um sich noch stärker an ihren erschlafften Körper zu schmiegen. Nach etwa fünfzehn Minuten kehrte ihr Bewusstsein wieder zurück, und sie begriff schrittweise, wo und weshalb sie auf dem kalten Boden lag. Daraufhin zog Graham sie noch mehr an sich heran und übersäte sie mit Küssen, was neben der geöffneten Tür, durch die der Mond ins Hausinnere schien und die Kälte des Herbsttages hineinzog, für einen Außenstehenden eine seltsame Szene darstellen musste.

Sie konnte nun seinen Schweiß riechen, gepaart mit einem strengen Alkoholgeruch.

Und sein Parfüm.

Cool Water.

Cool Water, Alkoholgedöns und widerlicher Schweiß ...

Als Anna ein paar weitere Minuten später ihre Energie vollständig wiedererlangte und begriff, dass Graham bereits ihre Bluse aufgeknöpft hatte, schrie sie, so laut sie konnte: »RAUS HIER! DU

VERDAMMTES ARSCHLOCH! RAUS! Und lass dich niemals wieder blicken!«

Voller Wut nützte sie die Chance, ihrem Angreifer so stark sie konnte in die Genitalien zu treten, befreite sich aus seiner Umarmung, und, nachdem sie sich sekundenschnell aufgerichtet hatte, trat sie ihn förmlich aus dem Haus. Graham kroch, sich wie ein Aal auf dem Boden windend, in Richtung Einfahrt.

Was habe ich mir bloß dabei gedacht?, fragte sie sich schluchzend - lange, nachdem Graham das Weingut betrunken in seinem Auto verlassen hatte. *Dass wir als Freunde eine Chance hätten? Wozu? Du wirst mich nie wiedersehen!*, schwor sie, als wollte sie die einst dagewesene Leidenschaft zwischen ihnen mit diesem Satz endgültig auslöschen.

Nun hasste sie ihn. Endgültig.

Nur der Duft von *Cool Water* hing so schwer in der Luft, dass es ihr den Atem raubte. Betäubt davon rang sie um jeden frischen Atemzug - wie eine Ertrinkende.

Trotz der heilenden, kalten Luft von draußen, die durch die weit geöffneten Fenster ins Hausinnere drang, hatte sie das Gefühl, qualvoll zu ersticken.

Kapitel 2

North Fork,
Etwa weitere fünf Monate später ...

Die Februarsonne schien in voller Pracht in das Innere des kleinen Ladens, den Annas Vater einst errichtet hatte, um den Kunden die Verkostung der Weine aus eigenem Anbau gemütlich zu machen. Es war schon immer Annas Lieblingsraum auf dem gesamten Weingut gewesen. Im Winter hell erleuchtet, bot er den Gästen im Sommer - dank einer großen Außenmarkise und einer immer aktiven Klimaanlage - ein angenehm kühles Versteck vor starker Sonneneinstrahlung. John Eliot verstand es sehr gut, seine eigenen Weine optimal zu kühlen, und damit auch Kundschaft aus der ganzen Welt anzulocken. Sein Wissen in der Materie und seine ausgesprochen gute Betriebsamkeit halfen ihm dabei, bevor er unheilbar alterskrank wurde, ein beträchtliches Vermögen anzusammeln, um seinem einzigen Kind ein Studium auf Lehramt in der nah gelegenen Uni zu finanzieren und sich selbst ein sorgenfreies Leben in der Zukunft zu sichern. Nun lag die Bürde des Familienunternehmens in den Händen seiner Tochter, die soeben, nach langen, rechtlichen Verhandlungen, die Unterschrift unter den Kaufvertrag setzten sollte. Das wollte sie eben genau in diesem Raum tun.

Anna war sehr mulmig zumute, als sie jeden Punkt des Vertrages noch einmal las. Zwar hatte sie das bereits mit ihrem Anwalt mehrfach ausführlich besprochen, der den Vertrag als sehr fair bezeichnete. Doch eines wusste sie mit Sicherheit: Sobald ihre Unterschrift darunter stehen würde, würde sie sich nur um eine neue Bleibe Gedanken machen müssen.

Keine Sorgen um die Ernte, keine Arbeitsverträge für Saisonarbeiter, keine Papierarbeit.

Aber auch keine Rebberge, soweit das Auge reicht. Ist das wirklich das Richtige für mich? Mache ich keinen Fehler?, dachte sie gerührt nach.

Auf Anraten des Hausarztes, der ihren Vater neuerdings intensiv betreute, hatte sie ihm einen Platz in einem der renommiertesten Pflegeheime in ganz North Fork besorgt.

»Er hat sehr abgebaut in letzter Zeit. Die Degeneration lässt sich nicht mal medikamentös aufhalten. Vielleicht etwas verlangsamen.« Der Rat des Arztes, der ihre Familie schon immer begleitet und zu dem sie Vertrauen hatte, klang immer noch in ihren Ohren. »Lass dir doch Hilfe geben, Anna, damit ihr beiden endlich glücklich werden könnt. Du bist noch so jung und hast das ganze Leben vor dir! Mit der Pflege deiner Mom hast du schon genug geleistet!«

Und in der Tat. Seit ihr Vater sein neues Zimmer im Pflegeheim bezogen hatte und Anna keine Gedanken mehr an die unzähligen Aufgaben am Weingut verschwenden musste, ging es ihr erheblich besser. Alles schien endlich irgendwie geregelt! Sie fand sogar eine kleine, vorläufige Lösung für den Hund und sich selbst - ein kleines Zimmer, das sie erstmal zur Miete bewohnte, bis sich der Verkauf ihres gemeinsamen Vineyards endgültig geklärt hatte.

Die einzige Sache, die nicht ganz glatt lief, war die mit Graham Searcy, der - wieder als Single - ihr nicht verzeihen konnte, dass sie ihm das Vorkaufsrecht für das seinem Weingut angrenzende Grundstück wieder entzogen hatte.

Aber damit komme ich irgendwie klar. Die Zeit wird alles richten, versuchte sich Anna in solchen Momenten zu beruhigen. Es kam wieder hoch, als sie den Stift zum Unterschreiben angesetzt hatte, während Marshall plötzlich horchend den Kopf erhob. Diese Positionsänderung entging auch nicht Annas Aufmerksamkeit, zumal sie mit Kunden um zehn Uhr vormittags nicht im Mindesten rechnete.

»Hallo?«, hörte sie eine angenehme, männliche Stimme, bevor der Eindringling hinter der Tür hervorkam. Ärgerlicherweise befand sich die Tür hinter einer kleinen Mauer, die für Privatsphäre im Betrieb des Ladens sorgte. Doch im Moment behinderte sie einfach nur die Sicht. Wäre Marshall nicht im Raum, würde Anna sich unwohl fühlen.

»Kann ich Ihnen irgendwie helfen?«, fragte sie, legte den unterschriebenen Vertrag zur Seite und erhob sich, bereit zum Handeln, falls es die Situation erforderlich machen sollte. Marshall empfand es als notwendig, mal einen warnenden, abgehackten Ton von sich zu geben. Als wollte er darauf aufmerksam machen, dass auch er im Raum anwesend sei, falls es Probleme geben sollte. »Wow, wow ... Ich bin ganz brav. Hallo?«, zeigte sich der Mann endlich.

»Er tut nichts, solange ich nichts sage«, lachte Anna. »Wie kann ich Ihnen helfen?« Auf den Unbekannten zukommend, streckte sie ihre Hand aus und sagte ihren Namen. Sie verspürte sofort eine animalische Anziehungskraft. Anna schluckte mehrmals. Er machte sie schon beim ersten Mal nervöser, als sie es vor sich selbst zugab. Lag das daran, dass ihre Beziehungen sich bisher über kurz oder lang als ein Fiasko entpuppt hatten?

Der Mann lächelte sie an. »Hallo, ich heiße Robert Wright und war auf der Suche nach einem Job, als ich die Anzeige an der Uni las. Dieses Jahr muss ich aussetzen, um etwas Geld zu verdienen, bevor es ab Sommer wieder weitergeht.« Er schwieg kurz und musterte Anna mit ungewohnt offener Begeisterung. »Wir haben doch nicht miteinander telefoniert? Ich hätte mich ganz sicher daran erinnert! Ihre wohlklingende Stimme ist gefangen in einem wunderschönen Körper.«

Anna lachte sichtlich amüsiert. So schmalzig war schon lange niemand zu ihr gewesen. Es gefiel ihr, dass so ein verdammt attraktiver Mann sie offenbar ansprechend fand. »Nein, die mit der 'wohlklingenden Stimme' muss meine Nachfolgerin gewesen sein. Sie und ihr Mann werden ganz sicher bald hier sein, nehmen Sie einfach Platz. Möchten Sie so lange etwas trinken? Ein Glas Wein vielleicht?«

»Vielen Dank, doch ich trinke kaum Alkohol. Was heißt: Ihre 'Nachfolgerin'?« Nun schaute der Mann so traurig drein, dass Anna plötzlich fast bereute, den Vineyard verkauft zu haben. Der Unbekannte reizte sie unbeschreiblich. Und das, ohne dass sie ihn kannte. *Was für dämliche Gedanken? Ich kenne diesen Kerl noch nicht mal. So ein Unsinn!*

Dabei war der Verkauf längst abgewickelt. Ihre Unterschrift sollte nur noch pro forma unter den Vertrag gesetzt werden. Ein Teil ihres gemeinsamen Vermögens war bereits als beträchtliche Vorauszahlung an das Pflegeheim ihres Vaters geflossen. Über kurz oder lang würde sie Geld brauchen. Eigentlich gab es keinen Schritt zurück.

Eigentlich ...

Also gibt es auf der Welt noch gutaussehende Männer, die keinen Hang zur Flasche haben, stellte sie erleichtert fest. *Anders als Graham ...*

»Ja, meine Nachfolgerin«, sagte sie entschieden, als wollte sie ihre Gedanken als 'hormongesteuert' abtun. Dass ihr Vater, sie und der Hund das Anwesen verlassen mussten, war schlimm genug. Sie brauchte keine 'Was-wäre-wenn-doch'-Ideen! »Den beiden gehört ab sofort das Weingut. Aber keine Sorge, ich kenne niemanden auf Long Island, für den ich lieber arbeiten würde. Wirklich nicht!«

»Und ich kenne niemanden, mit dem ich lieber jeden Tag arbeiten würde als mit Ihnen.« Robert lächelte geheimnisvoll. Anna lief sofort Gänsehaut am ganzen Körper herunter. Wie ein Stromschlag. Nur viel angenehmer. Der Typ war nicht nur verdammt männlich, sondern hatte auch etwas Jungenhaftes an sich. Dabei war er nicht viel älter als sie - Anna schätzte ihn auf etwa dreißig Jahre. Die Spannung knisterte förmlich in der Luft.

Anna lachte. »Das tut mir sehr leid, doch ich werde selten hier auftauchen. Ich nehme an, dass die Besitzer jemanden brauchen werden, der an der Bar arbeiten kann. Nach den Sommerferien werde ich eine andere Stelle annehmen. Als Lehrerin. Bis dahin muss ich noch umziehen«, plapperte Anna und fand sich extrem doof dabei. Ob ihre Pläne den Mann überhaupt interessierten?

»Ich verstehe«, überlegte Robert kurz. »Doch jetzt, wo wir uns kennen, kann ich Sie leider nicht so einfach gehen lassen, ohne Sie zum Essen ausgeführt zu haben. Schließlich müssen wir feiern, falls ich diesen Job bekommen sollte. Wenn nicht, dann brauche ich bestimmt ganz viel Trost ...«Robert Wright blinzelte verführerisch.

Anna konnte sich seinem Charme nicht entziehen.»Vielleicht. Es ist kein 'Ja', aber ein 'Vielleicht'.« *Und wie es ein 'Ja' ist! Aber so leicht werde ich es dir nicht machen!*

Marshall hob plötzlich erneut den Kopf und spitzte seine Ohren.

»Wenn nicht die neuen Ladenbesitzer gerade angekommen sind, um den Vertrag abzuholen, dann weiß ich nicht ...«, stellte Anna fest.

Das bedeutete, dass die Aufmerksamkeit des unbekannten Typs bald nicht mehr ihr gelten würde. Anna bereute es schon. Irgendwie konnte sie bereits jetzt nicht genug von Robert Wright bekommen.

Kapitel 3

Pflegeheim in Riverhead, zwei Monate später, Donnerstag, 06.04.2017

Annas Laune konnte einfach nicht noch besser werden. Aufgeregt suchte sie nach einer Parklücke vor dem Pflegeheim, in dem sie ihren Vater untergebracht hatte.

Als sie das ordentlich aufgeräumte Zimmer ihres Vaters betrat, in dem lediglich das geräumige Pflegebett an den medizinischen Zweck der eher gemütlichen Einrichtung erinnerte, saß gerade ein Pfleger bei ihm. Der Mann, den sie auf etwa zwanzig Jahre schätzte, schnitt ihrem Vater die Fingernägel.

»Entschuldigen Sie bitte, ich bin gleich fertig«, bat der Pfleger äußerst höflich um Verzeihung. Dass ihm an einem solchen Ort, an dem das Durchschnittsalter bei über neunzig lag, eine hübsche, junge Dame begegnen würde, hatte er offenbar nicht erwartet. Das verriet sein Gesichtsausdruck.

»Kein Problem, das ist doch nur meine Tochter«, erwiderte ihr Vater lächelnd und sah genüsslich zu, wie Marshall sein Frauchen voller Freude ableckte. Das teure Pflegeheim gehörte zu den fortschrittlichsten seiner Art. Die Patienten bekamen die Erlaubnis, eigene Haustiere mitzunehmen und gegen ein kleines Entgelt mitbetreuen zu lassen. Da jedoch Marshall ein großer Hund war, war das Pflegepersonal zufrieden, wenn sich Anna die Pflichten des Tierbesitzers mit ihrem Vater teilte und ihn zwischendurch nach Hause mitnahm. Das sorgte für große Entlastung.

Er erinnert sich an mich, dachte Anna überglücklich. *Das bedeutet, dass er einen guten Tag hat! Nichts kann heute meine Freude bremsen!* »Hallo, Daddy«, rief sie ihm zu und blieb geduldig stehen, bis sie den Pfleger die Utensilien zusammenpacken sah.

»Ich bin schon fertig«, erklärte der junge Mann, während er bereits in Richtung Tür ging. »Vergessen Sie nicht, dass es nach dem Mittag einen kleinen Ausflug geben wird«, sagte er zu John Eliot, bevor er die Tür endgültig geschlossen hatte.

»Aha? Einen Ausflug?« Anna grinste ihren Vater an. Nun konnte sie ihre Freude nicht mehr bremsen. Sie lief zu ihrem in einem bequemen Ohrensessel sitzenden Vater, beugte sich hinunter und drückte ihn so stark, dass er nach Luft rang.

»Hey, hey ... Willst du mich erwürgen?« Er befreite seine Hände, um die Umarmung seiner Tochter zu erwidern. »Was ist los?«, fragte er neugierig. Er kannte sein Kind eben sehr gut.

»Okay, ich sage es dir.« Annas Aufregung erreichte ihren Höhepunkt. »Du weißt doch noch, wer Robert Wright ist, Daddy?« Obwohl sie ihn bereits mehrfach besucht hatten, war sie nicht sicher, wann und ob er sich erinnerte.

»Robert Wright?« John Eliot überlegte.

»Robert war doch ganz oft mit mir hier. Mit mir. Erinnerst du dich jetzt?« Nicht mal die Folgen der Erkrankung ihres Vaters konnte Annas Laune trüben.

»Es tut mir leid, Schatz. Ich kann mich nicht erinnern. Ist er ein wichtiger Mensch? Ist es schlimm, wenn ich mich nicht erinnern kann?«, fragte John Eliot traurig.

»Nein, gar nicht schlimm«, tröstete ihn seine Tochter. »Robert studiert an der Columbia. Ich habe ihn vor ein paar Monaten kennengelernt, und seit einem gemeinsamen Dinner hat er mir wahnsinnig viel geholfen.« Wobei er ihr am meisten geholfen hatte, wollte Anna lieber nicht thematisieren, um die alten Wunden des Verlustes des Vineyards nicht aufzureißen. »Naja, Robert ist ein wunderbarer Mensch! Alle sagen, dass wir so gut zueinander passen. Ich glaube, ich bin das erste Mal im Leben richtig verliebt. Nein, ich liebe ihn, Daddy.«

»Ich mochte den Graham schon immer und bin froh, dass er dich so glücklich macht.« Dass John die Namen verwechselte, nahm ihm Anna nicht mal übel. Zu lange und zu intensiv war sie einst mit Graham liiert gewesen, dass er nicht einfach aus dem Kopf ihres Vaters verschwinden konnte.

Vermutlich meint er damit sogar Robert, mutmaßte Anna.

»Aber dieser wunderbare Mensch hat mir nicht nur wahnsinnig viel geholfen«, fuhr Anna mit der Erzählung fort. »Ich bat ihn sogar, bei mir einzuziehen. Er sollte mir helfen, den Herd zu reparieren, Bilder aufzuhängen und sowas. Doch es dauerte nicht lange, und wir waren ein Paar. Das habe ich dir schon mal erzählt. Daddy, du kannst dir nicht vorstellen, wie glücklich ich bin! Er trägt mich auf Händen, ist gebildet, klug, attraktiv, begabt. Uuuuuuuund ...« Anna machte eine theatralische Pause. »Wir sind Seelenverwandte! Haben wir festgestellt! Das wirst du nicht glauben! Er hat um meine Hand angehalten! Zuerst sollte das sowas wie ein Spaß sein, als er mich gefragt hat ...« Annas Stimme verriet, wie wahnsinnig aufgeregt sie war. »Und, jetzt ... Schau dir diesen wunderschönen Ring an. Ich bin Mrs. Anna Wright! Ich bin so glücklich wie noch nie!« Stille. »Und er hat ein Haus für uns beide gefunden. Wir schauen es uns morgen gemeinsam an!«, fügte sie unsicher hinzu. »Ich ... bin ... so glücklich, Daddy!«

Da John Eliot die Begeisterung seiner Tochter nicht in gleichem Maße teilte, sondern plötzlich unerwartet reglos dasaß und einen Punkt an der Wand anstarrte, interpretierte Anna auf ihre Weise. Als Ansporn, noch mehr zu erzählen.

»Daddy, die letzte Woche hast du auf Marshall aufgepasst, weil mich Robert überraschen wollte. Er hat einen Flug nach Las Vegas gebucht, wo er nochmal - diesmal ganz ernst - um meine Hand angehalten hat. Und wir waren einfach so verrückt, uns die Magnolia Chapel anzusehen ... Erstmal nur so ... Und ... Sie war frei an dem Tag ... Es war wie ein Zeichen von oben ... Und dann dachten wir uns: Hey, wenn wir sowieso da sind und uns lieben und heiraten wollen ... dann ... Warum nicht jetzt?«

John Eliot schwieg immer noch, was Anna zutiefst verunsicherte.

»Okay, ich weiß«, gab sie zu. »Es ist etwas übereilt. Der Umzug, der neue Job, ein neuer Schritt im Leben, eine Beziehung, aber ... Daddy, ich fühle mich endlich glücklich. Zum ersten Mal im Leben habe ich das Gefühl, dass wirklich alles gut sein wird. Er ist mein absoluter Traummann!«

Anna schwieg. Auch wenn ihr Vater nichts sagte und einfach nur dasaß, fühlte es sich wie eine stumme Anklage an, voreilig gehandelt zu haben. Zugegeben war ihr sein Schweigen beunruhigend vertraut in letzter Zeit, doch dass ihr Vater so teilnahmslos wurde, war ihr neu. Erschwerend kämpfte sie immer noch mit ihren Schuldgefühlen, ihrem Vater im letzten Lebensabschnitt kein eigenes Zuhause bieten zu können. Auch wenn Robert auf wundersame Weise lediglich acht Meilen vom Pflegeheim entfernt ein kleines Häuschen gefunden hatte, in das sie mittlerweile eingezogen waren, war das Gefühl nicht das Gleiche. Sie wohnten nicht mehr unter einem Dach, und dieser Tatsache musste sie ins Auge sehen. Es zermürbte sie zutiefst.

Mittlerweile waren die Gespräche mit ihrem Vater auf die gelegentlichen dreißig Minuten begrenzt, in denen sie ihn besuchte. Für den Rest seiner Lebenszeit ließ sie ihn im Stich. Und das alles, weil sie so egoistisch war, endlich ihren eigenen Weg gehen zu wollen.

Dieser Gedanke fraß sie innerlich auf. Sie fühlte sich schuldig und hasste sich ganz oft dafür.

Plötzlich lächelte ihr Vater. »Susanne? Hast du Anna gesehen? Ich suche sie schon die ganze Zeit, aber sie ist nicht da …«, sagte er so liebevoll zu seiner Tochter, dass Anna die Tränen kaum unterdrücken konnte.

»Nein, Daddy. Susanne, deine Frau, ist vor fünf Jahren an Krebs gestorben. Hast du das schon vergessen?« Anna wollte sich selbst nicht daran erinnern, doch die Bilder ihrer Mutter im weißen Hemd drängten sich so stark auf, dass sie es nicht von ihrem inneren Auge wegdenken konnte. Mit jedem Mal rissen die Wunden erneut auf. Es tat ihr weh!

Wie eine Sequenz von Bildern sah sie, wie der Glanz der Augen durch einen Ausdruck ersetzt wurde, in dem sich zunächst Angst und dann eine tiefe Resignation abzeichnete. Wie aus einem einst energiegeladenen Menschen Stück für Stück jeder Lebenswille entwich.

Manchmal wollte sie diese Bilder vergessen, doch sie konnte es nicht. An anderen Tagen war sie froh, dass sie ihre Mutter wenigstens in ihren Gedanken aufleben lassen konnte. Immer dann, wenn ihr diese so furchtbar fehlte.

»Du bist nicht Susanne? Wer bist du dann?«, fragte ihr Vater sichtlich überrascht. *Vielleicht hat ihn diese neue Nachricht so verwirrt,* dachte Anna und spürte, wie sich ihr Herz zusammenzog.

»Ich bin's doch ...«, versicherte sie weinend. Es beunruhigte sie, dass diese Frage in den letzten Wochen ständig kam. Immer dann, wenn sie dachte, er sei wieder in Ordnung, wurde sie in die Realität des körperlichen Zerfalls ihres Vaters zurückgeworfen. Wie eine Ohrfeige - direkt ins Gesicht.

»Anna?« John Eliot überlegte. »Noch nie gehört. Wo ist meine Susanne?«

John Eliot schien erschöpft zu sein. Erst jetzt sah Anna, dass sein attraktives Gesicht eingefallen wirkte, was ihn noch älter als vor ein paar Wochen erscheinen ließ. Tief im Inneren fühlte sie schmerzhafte Traurigkeit, die sie wie ein schwarzes Loch in sich verschluckte.

»Daddy, ich werde jetzt gehen, okay?«, wisperte sie. »Du solltest dich ausruhen. Heute nehme ich Marshall mit. Bis morgen, ja? Es wird ein toller Tag ...« Trotz der morgendlichen Stunde half sie ihrem Vater zurück ins Bett und gab Marshall das Kommando zum Mitkommen.

Dankbar, dass zu Hause jemand wartete, der sie in den Arm nehmen würde, stahlen sich beide ganz leise aus dem Zimmer.

Kapitel 4

Peconic Bay, North Fork,
das Anwesen des Ehepaars Wright,
Freitag, 12.05.2017, 10:00 Uhr

Trotz hoher Erwartungen hatte der Frühling in diesem Jahr einige Anlaufschwierigkeiten. Wieder fielen die Temperaturen am Tag auf etwa 13 Grad, und die Nacht wurde sogar einstellig, was erstaunlicherweise dem Wachstum der zahlreichen Frühlingsblumen nicht zu schaden schien.

Sie sprossen wie wild aus der Erde und verwandelten Annas neuen Garten in ein Paradies aus allerlei Farben - umgeben von Unkraut, dem sie demnächst zu Leibe rücken würde. Ihr neues Zuhause, das sie als Ersatz für den geliebten Weinberg gekauft hatten, sah malerisch aus. Mit der weißen Fassade und dem roten Ziegeldach strahlte es bereits von weitem und harmonierte hervorragend mit dem Grün der Pflanzen und deren Blütenpracht.

Doch die wahre Schönheit der Immobilie offenbarte sich erst, wenn man zum Hinterhaus vorgedrungen war – ein kleiner, exklusiv für das Anwesen angelegter und an den Garten angrenzender Steg mit einem Panoramaausblick direkt zum Wasser. Gelegentlich kamen Wasservögel auf der Suche nach Fischen im Flachwasser an den Steg heran und gewöhnten sich an den Anblick der neuen Besitzer, zumal sie daran kein Zaun hinderte. Unbehagen bereitete den Tieren lediglich Marshall, der allerdings ungern in die Nähe von Wasser ging. Somit entstand eine natürlich erdachte Grenze in den Köpfen der Tiere, die erlaubte, dass das Wild in einer friedlichen Koexistenz mit dem Hund existieren konnte, solange jeder innerhalb der gedachten Schranken blieb. Und den Hausbesitzern blieb der Anblick der Natur nicht verwehrt.

Hausarbeit gehörte nicht gerade zu Annas Lieblingsaufgaben. Doch sie erfüllte die ihr zugedachte neue Funktion als 'Mrs. Wright' mit einem gewissen Stolz, zumal sie wusste, dass sie sich dafür Personal suchen würde, wenn sie nach dem Sommer endgültig ihre Stelle als Lehrerin angenommen hatte. Das Anwesen war alles in allem nicht mehr als zehn Ar groß, was deutlich kleiner als das Vineyard war. Dadurch, dass sie auch beim Hauskauf sehr sparsam gewesen waren und einiges selbst ausgebessert hatten, konnten sie noch genügend Geld für 'schlechte Zeiten' zurücklegen.

Zu tun hatten sie immer noch. Und das, obwohl das Haus bereits im Rekordtempo fertig renoviert und bezogen worden war. Genau genommen hatten sie dafür nicht länger als etwa zwei Wochen gebraucht, nachdem Robert die Vorarbeit geleistet hatte. Alles, was sie sich vorgenommen hatten, schien wie auf einer Überholspur zu laufen. Aber es fühlte sich zum ersten Mal gut an.

Doch der wunderschöne, mittlerweile verwilderte Garten bedurfte Hand zum Beginn der Gartensaison Zeit und einer pflegenden Hand. Und nachdem Robert einen großen Teil seiner Arbeit in die Restauration des Häuschens gesteckt hatte, fühlte sie sich verpflichtet, den Außenbereich allein zu übernehmen.

Anna schaute auf die Uhr und wunderte sich, wie schnell die Zeit vergangen war, seit sie die letzten Worte mit Robert gewechselt hatte. In etwa einer Stunde wollte er von New York starten, was bedeutete, dass sie ihn in drei Stunden zu Hause erwarten konnte. Das war schon das zweite Mal, dass ihr Mann sie für etwa eine Woche allein ließ. Nicht nur die Universität machte ihm zu schaffen. Seiner Mutter, die sich in psychologischer Behandlung befand, weil sie an Verfolgungswahn litt, schien es schlechter zu gehen. Anna hatte vollstes Verständnis für ihren Mann. Die Krankheit seiner Mutter war bereits so stark fortgeschritten, dass sich Robert bisher geschämt hatte, sie Anna vorzustellen.

Gerade als sie einige Tulpen für die Vase schneiden wollte, sah sie einen Umzugswagen ans benachbarte Haus heranfahren. *Das wird der neue Nachbar sein,* dachte sie schmunzelnd. Ein stämmiger Mann stieg aus. Anna winkte in einer recht übertriebenen Weise zur Begrüßung, um trotz der Entfernung ihre Freundlichkeit zu signalisieren.

Doch der Mann schaute sie nur an, nickte missbilligend zu ihrer freundlich gedachten Kontaktaufnahme, und verschwand ohne weitere Reaktion im Haus.

Was ist das für einer?, erzürnte sich Anna. Ihr war das Verlangen nach Gartenarbeit mit einem Schlag genommen worden, zumal sie noch Papierkram zu erledigen hatte. Enttäuscht ging sie ins Hausinnere. Den seltsamen Nachbarn löschte sie ziemlich bald aus ihrem Gedächtnis.

Etwa zwei Stunden später klingelte jemand an der Tür und riss Anna aus ihren Überlegungen zum neuen Lehrplan der Schulklasse, die sie nach den Sommerferien übernehmen sollte. Gerade war sie dabei, einige Unterlagen für die Schüler vorzubereiten, als sich das Klingeln wiederholte.

Nanu, dachte sie verblüfft. *Post? Vielleicht will mich Robert überraschen, oder hat er seinen Schlüssel vergessen?*, ging es ihr durch den Kopf, während sie die Tür aufschloss.

Doch was sie sah, jagte ihr sofort eine gehörige Portion Angst ein. Vor ihr stand der neue Nachbar. Aus der Nähe erschien er ihr noch stämmiger. Die leicht geöffneten Beine und sichtbare Tattoos am Hals - sowie eine ebenfalls tätowierte Träne unterm Auge - waren nicht weniger furchterregend als der Ausdruck des Hasses in seinem Blick. Am kahlrasierten Kopf liefen Schweißperlen hinunter, denen er keine Beachtung schenkte. Ob seine muskulösen Wangen vor Wut so rot angelaufen waren, ließ sich nicht sagen.

»Ist das Ihr Köter, der gerade in meinem Garten in die Ecke pisst?« Seine Stimme war tief und passte zur Statur. Die Worte wählte er bedrohlich langsam, als wäre sie unfähig, ihn im Normaltempo zu verstehen.

Anna schwieg, um das zu verdauen.

Dann schluckte sie die Furcht hinunter. Sie neigte ihren Kopf so, dass sie einen Teil des Gartens einsehen und dennoch etwas Abstand bewahren konnte. In der Tat ließ sich Marshalls Schwanz erkennen, der ganz weit hinter einem Busch versteckt war.

»Ja, das ist mein Hund«, erwiderte sie ebenfalls langsam und versuchte sich zu beherrschen. *Robert kommt bestimmt gleich. Der Typ kann mir doch nichts tun. Ich muss locker bleiben, verdammt.* Trotzdem spürte sie, wie ihre Beine leicht zitterten.

»Dann sorgen Sie dafür ...«, die Stimme wurde bedrohlich leise, und dennoch konnte Anna jedes Wort sehr gut verstehen, »... dass er das nie wieder tut! Sonst presse ich seine Eingeweide aus ihm heraus. Haben wir uns verstanden?«

Noch ehe Anna irgendwie reagieren konnte, drehte sich der Mann um. Er ließ Anna sprachlos im Türrahmen stehen. Es dauerte zwar nur ein paar Sekunden, bis sie die Stimme wiederfand, um Marshall zu sich zu rufen, doch innerlich kam es ihr wie eine Ewigkeit vor.

Der Fremde hatte es geschafft, sie vor Angst zu paralysieren.

Kapitel 5

Das Geräusch des vorfahrenden Wagens kannte Anna bereits, ohne dass Marshall zu bellen anfing. Es klang einfach immer gleich. Wohltuend. Doch diesmal saß sie immer noch reglos auf der Couch und versuchte, das eben Erlebte zu verstehen.

»Hallo? Wo ist die beste Frau der Welt? Haaallloo?«, hörte sie Robert rufen. »Marshall, alter Freund, lass das!« Die Stimme ihres Mannes erfüllte das ganze Haus. Marshall, unwissend, was vorgefallen war, begrüßte sein Herrchen freundlich.

»Ich ... bin hier«, rief Anna zurück und kuschelte sich noch mehr in die Decke hinein.

Kurz danach erschien Roberts besorgtes Gesicht in der Tür.

»Nanu? Werde ich nicht mehr mit einem Kuss empfangen?« Als er den Zustand seiner Frau bemerkte, wurde er plötzlich sehr ernst. »Ist alles okay bei dir? Was ist los?«

»Wir haben einen neuen Nachbarn«, schluchzte Anna plötzlich drauflos, als wäre ein Knoten geplatzt. Robert eilte, um sie zu umarmen. »Und ... und ... Er war hier, weil Marshall in seinen Garten gepinkelt hat. Dann sagte er, dass, wenn der Hund es nochmal tun sollte ... dass er ihn tötet ...« Plötzlich konnte Anna die immer wieder aufsteigenden Tränen nicht mehr unterdrücken. Die ganze Spannung entlud sich mit einem Mal. Erleichtert ließ sie zu, dass Robert sie umarmte, um ihr Trost zu spenden.

»Was hat er gemacht?« Robert Wright reagierte überzogen empört. »Er hat dir Angst eingejagt? Na waaarte, ich gehe rüber! Niemand jagt meiner Frau Angst ein!«

Wutentbrannt ging Robert aus dem Haus und ließ sich von seiner Frau nicht aufhalten. Unsicher darüber, ob sie nicht übertrieben hatte, entschloss sich Anna, die Szene vom Fenster aus zu beobachten. Nach einer Weile verschwand ihr Mann hinter dem Lastwagen.

Es vergingen einige Minuten. Nichts passierte.

Als sie bereits daran dachte, Gartenschuhe anzuziehen, um nach ihrem Mann zu schauen, kam Robert plötzlich zurück. Seine Silhouette sah von weitem deutlich entspannter aus. Seine Bewegungen hatten spürbar an Energie verloren, was sie aus der Häufigkeit seiner Schritte auf der Veranda heraushörte. Beim Hereinkommen schmunzelte er sogar ein wenig.

Anna wartete, bis sich die Tür geschlossen hatte.

»Und?«, fragte sie besorgt.

»Alles wieder okay«, beruhigte Robert seine Frau und nahm sie in den Arm. Ein Held zu sein war die Aufgabe, die er gern übernahm. Auch wenn es Anna in die Ecke des kampfunfähigen Frauchens drängte, gab sie ihm das Gefühl der männlichen Stärke gern. Diesmal sogar mit einem Grund. »Wir haben uns unter Männern ausgesprochen, und Marshall darf wieder frei streunen. Der Typ hatte viel Stress heute - vermutlich war er deshalb so komisch.«

Anna murmelte noch ein wenig ihren Frust heraus, bevor sie ihren Mann küsste. »Ich wollte eigentlich deine Lieblingspizza machen, doch irgendwie habe ich die letzten Stunden auf der Couch verbracht -, unfähig, etwas zu kochen.«

»Macht nichts«, sagte Robert euphorisch und küsste seine Frau väterlich auf die Stirn. »Können wir Marshall wieder für ein paar Tage bei deinem Vater lassen? Ich möchte dir nun gern meine Mutter vorstellen. Sie bat mich, auf die Wohnung aufzupassen, während sie mit ihrer Pflegerin zur Reha fährt. Dort könnten wir dann übernachten.«

»Deine ... Mutter?« Anna konnte es kaum fassen. Bisher hatte sich Robert immer geweigert, ihr seine Mutter vorzustellen. Und das, obwohl sie ihm zu Anfang ihrer Beziehung versichert hatte, dass es ihr nichts ausmachen würde, weil sie mit ihm und nicht mit seiner Mutter verheiratet wäre. Es war nichts zu machen. Robert schämte sich fürchterlich für seine Mutter.

»Ja«, sagte er glücklich. »Schließlich sollten wir doch keine Geheimnisse voreinander haben. Und ...«, er hob die Stimme feierlich, »ich möchte meine wunderschöne Frau zu dem besten Italiener in ganz New York ausführen. Ein Tapetenwechsel tut dir heute sicher gut.«

»Heute noch?« fragte Anna mit großem Erstaunen. Sie fand die Idee wirklich verrückt. Zu verrückt. Aber die Spontanität ihres Mannes gefiel ihr mittlerweile irgendwie. Ihr ganzes Leben lief in letzter Zeit so überstürzt ab, dass diese Frage keinesfalls erstaunlich war. Als würde sie in einem Hochgeschwindigkeitszug mit einem Zielort sitzen, den sie nicht kannte. Einfach nur sonderbar. Aber langsam vertraut. *Vielleicht hat es seine Mutter plötzlich geplant oder vergessen,* überlegte sie, verblüfft darüber, dass Robert es letzte Woche nicht erwähnt hatte, während sie die Nummer vom Pflegeheim ihres Vaters anrief, um für die Unterbringung des Hundes zu sorgen.

Etwa eine Stunde später saßen sie, von Rockmusik im Radio begleitet, auf dem Weg nach New York, um ihre Schwiegermutter zur Reha zu begleiten.

Robert schaffte das Unmögliche. Durch einen Besuch beim besten Italiener in New York erreichte er tatsächlich, dass Anna den mittäglichen Vorfall mit dem seltsamen Nachbarn wieder vergessen hatte. Ihre Gedanken drehten sich während der wirklich vorzüglichen Pasta ausschließlich darum, wie es sein würde, ihre Schwiegermutter kennenzulernen. Und sogar noch über das Essen hinaus, als sie in ihrem kleinen Corolla dorthin fuhren.

»Okay, ich muss dich warnen, Schatz«, sagte Robert plötzlich so traurig, dass sich Annas Herz zusammenzog. Der Zauber des Abends begann zu bröckeln. Solche Sätze bedeuteten nie etwas Gutes. Auch wenn sein Blick nicht von der Straße wich, glaubte Anna seine starken Emotionen zu spüren. »Nachdem meine Mutter letztes Wochenende behauptet hat, von Aliens entführt worden zu sein und sich vehement weigert, die verschriebenen Medikamente zu nehmen, kann ich kaum einschätzen, was ihre heutige Wahnvorstellung sein wird. Die Ärzte sagen, man solle sie in ihrem Glauben lassen - ihr zuliebe. Demnächst werde ich mich bemühen, eine Pflegestelle für psychisch Kranke in North Fork zu suchen. So geht es nämlich nicht weiter«, fügte er besorgt hinzu. »Ich will mich mehr um dich kümmern. In deiner Nähe sein. Du bist mein Leben.«

Anna lächelte. »Und du bist mein Leben! Das wäre schön, denn ohne dich fühle ich mich nur halb vollständig. Und was ist dann mit der Uni?«

Roberts Gesicht verzog sich schmerzhaft. »Ja, Shit! Ich werde die verdammte Uni hinschmeißen! Bestimmt kann ich irgendetwas in North Fork finden, wo ich jobben kann. Dann bleiben wir für immer zusammen.«

»Ach, Blödsinn.« Nun lachte Anna. »Es dauert doch gar nicht lange, dann bist du für immer bei mir zu Hause. Mit einem richtigen Abschluss findest du bestimmt einfacher einen vernünftigen Job. Und genug Geld auf dem Konto haben wir, um uns wieder irgendwie selbstständig zu machen. Danach, meine ich. Nun brauchst du einen guten Abschluss, Schatz.« Anna tätschelte liebevoll den Oberschenkel ihres Mannes. »Für die paar Jahre wäre es doch Quatsch. Irgendwie werden wir das gemeinsam schaffen.« Robert grinste verwegen.

»Oha, Mrs. Wright. Was haben Sie mit mir vor, während wir GERADE am Haus Ihrer Schwiegermutter anhalten?«, neckte er seine Frau und registrierte, dass sie ruckartig die Hand von seinem Bein wegzog. »Hey, hey, hey ...«, beruhigte er sie. »Es wird schön. Du wirst sie mögen, versprochen! Warte hier ganz kurz; ich gehe mal vor, denn wir werden sie überraschen. Sie ist eine alte Dame, wie du weißt.«

Anna tat, worum sie gebeten wurde. Angespannt wartete sie im Wagen vor einem der für die Stadt so typischen Mehrfamilienhäuser, in deren Eingang ihr Mann soeben verschwunden war. Auch wenn North Fork irgendwie geographisch zu New York gehörte, so kam ihr die Großstadt noch immer recht unbekannt vor. Während viele ihrer Klassenkameraden zum Studieren nach New York ausgewandert waren, hatte ihr verwitweter Vater es vorgezogen, sein einziges Kind nach Philadelphia zu gemeinsamen Freunden zu schicken. John Elliot erhoffte sich, dass er sein Kind somit besser beschützen könnte, wenn man Anna in die Obhut einer Familie schicken würde. Sie sollte dort die Universität besuchen, endlich reifer werden, und sich gelegentlich etwas Geld dazuverdienen, indem sie auf die Kinder der Familie aufpasste. Das sollte sie nach dem Tod ihrer Mutter ablenken.

Was sie ihm nie erzählt hatte, war, dass es die härtesten Jahre ihres Lebens gewesen waren. Vermutlich war es sein Versuch, seiner Tochter durch seine Freundin aus Schuljahren die Mutter zu ersetzen. Beide Jungs, die damals noch im Grundschulalter waren, wurden als verhaltensauffällige Kinder in Privatschulen geschickt. Da ihre Eltern recht vermögend waren, bekamen sie eine stillschweigende Sonderbehandlung. Und genau diese Prozedur forderten sie von Anna ein, während ihre beruflich sehr eingespannten Eltern von einem Termin zum nächsten eilten. Somit bestand ihr studentischer Alltag aus Verpflichtungen der Familie gegenüber, die ihr eine spartanische Unterkunft für harte Arbeit bot - und aus Lernen. Doch die Folge war, dass Anna so gut wie gar nichts von der Stadt Philadelphia und ihren Kommilitonen mitbekam - trotz der großartigen, zentralen Lage ihrer damaligen Bleibe.

So hatte sich ihr Vater für seine Tochter den Eintritt in die Erwachsenenwelt nicht vorgestellt. Es würde ihm das Herz brechen. Daher log sie ihn an und bemühte sich, einen schnellen Abschluss ihres Studiums des Lehramts in English und Geschichte zu erreichen. Schlau genug war sie! Mit einem Master als Jahresbeste fuhr sie erhobenen Hauptes nach North Fork zurück und nahm sich vor, eines Tages ihrem Vater reinen Wein einzuschenken. Soweit kam es aber nicht mehr. Sie hatte zu lange gezögert. Irgendwann wurde er krank, und ihre Wut verlor schlagartig an Bedeutung.

Seit Philadelphia war die größte Stadt, die sie besucht hatte, das nahe gelegene Städtchen Greenport, das etwas über 3.000 Einwohner zählte.

Ein plötzliches Klopfen am Fenster unterbrach Annas Gedanken. Sie fuhr hoch, beruhigte sich aber schnell, als sie Roberts grinsendes Gesicht sah. Er öffnete die Tür des Wagens. »Habe ich dich erschreckt?« Er strich ihr über den Arm. »Schatz, das wollte ich doch nicht. Meine Mutter ist heute recht fit und scheucht mich durch die Gegend.« Robert verdrehte theatralisch die Augen. »Nicht nur, dass sie weggefahren werden muss ... Nein, sie denkt, sie macht Urlaub. Doch es ist nur die Reha, die ihr der Arzt verschrieben hat. Tu mir einen Gefallen, lasse sie in dem Glauben. Vielleicht ist es sogar am Ende besser so«, bat er. »Ich bin so froh, dass sie mich nur damit verrückt macht ... Da gab es schon andere Tage. Ich werde sie zu ihrem Treffpunkt fahren, wenn das in Ordnung ist? Du wartest dann in der Wohnung, okay? Es dauert nicht lange, versprochen.«

Noch ehe Anna etwas antworten konnte, sah sie eine Frau aus dem Haus kommen. Sie wirkte ausgesprochen niedlich, als sie sich etwas verwirrt umschaute.

»Hier sind wir!«, rief Robert ganz freundlich und winkte.

»Gabrielle. Meine Frau, Anna«, stellte er beide Damen einander vor. Roberts Mutter war das komplette Gegenteil zu ihrer eigenen. Während Susanne Eliot zu ihren Lebzeiten einen stilvollen Look bevorzugte, bei dem jeder Griff bedacht war, sah Gabrielle auf eine verrückte Weise etwas schluderig aus. In eine bequeme Fleecejacke gekleidet, machte sie den Eindruck, sich nichts aus Konventionen zu machen. Und dennoch, obwohl sie so anders als ihre Mutter war, mochte Anna ihre verwirrte Schwiegermutter auf Anhieb.

»Ach, mein Kind ...« Gabrielle umarmte sie. »Es ist so schön, dass ihr da seid. Du siehst viel schöner aus, als er mir erzählt hat. Endlich hat der Junge eine vernünftige Frau gefunden! Ich freue mich so für euch.«

»Soso, die Damen. Es wird höchste Zeit«, drängte Robert.

»Hach, du hast wie immer recht. Ich bin heute wirklich sehr spät dran«, erwiderte Gabrielle und wandte sich zu Anna. »Kommst du mit? 'Du' ist doch richtig, oder? Ich finde es formlos irgendwie viel besser.«

Anna schmunzelte. »Aber klar ist das richtig ...«

»Sie wartet besser oben auf uns«, unterbrach Robert eine Spur unfreundlicher, als er es wollte. Als es ihm auffiel, erklärte er gleich: »Das Auto ist viel zu klein, und dein Koffer ...« Den Satz ließ er in der Luft stehen. In der Tat erschien es auch Anna besser, das Gepäck auf die hinteren Sitze zu packen, zumal der Kofferraum bereits mit ihrem eigenen Kram gefüllt war.

»Super.« Gabrielle zog ihre prallgefüllte Tasche näher zum Auto, was einen recht ungelenken Eindruck machte. Dann öffnete sie den Kofferraum, um ihn selbstständig hineinlegen zu können und sah, dass es darin bereits recht voll war. »Schlaft ihr heute hier oder fahrt ihr wieder zurück?« fragte sie, als ihr das Bettzeug auffiel. »Ah, jetzt sehe ich es! Ihr habt Gepäck dabei, also doch hier. Natürlich. Okay, ich danke umso mehr, dass du mich hinbringst.«

Robert nahm ihr nickend den Koffer ab, bugsierte ihn auf die hinteren Sitze, und half der älteren Dame ins Auto, nachdem sie sich ganz knapp wieder von Anna verabschiedet hatte.

»Auf Wiedersehn, ihr beiden«, sagte die alte Dame heiter. »Bis bald in der Hester Street. Dann aber für einen längeren Besuch, meine Liebe! Und vielleicht auf eine heiße Schokolade bei mir«, wandte sie sich an Anna.

»Ich laufe noch kurz hoch und schaue, ob du nicht etwas vergessen hast«, erklärte er Gabrielle hastig. »Und bringe Anna hoch, in Ordnung? In fünf Minuten bin ich wieder da! Dann geht es los.« Eilig zerrte Robert an der Hand seiner Frau, ohne dass sie sie ihrer Schwiegermutter zum Abschied hätte reichen können.

»Wir haben noch Zeit ...«, hörten sie die alte Dame überrascht feststellen.

Im Fahrstuhl angekommen, drückte er zunächst den fünften Stock und bemerkte den Irrtum sofort. »Dritter Stock«, sagte Robert und verdrehte die Augen. »Sag mir, warum ich das hier immer falsch mache?«

Anna sah ihm den Stress an, und ein warmes Gefühl überkam sie. Keiner der Kerle, die sich bisher für sie interessiert hatten, hatte so ein inniges Verhältnis zu seiner vergesslichen Mutter. Es gefiel ihr. In dieser Phase ihres gemeinsamen Lebens machte diese Fürsorge Robert sogar verdammt sexy. Und ergänzte seine unberechenbare Flexibilität zu einem Ganzen.

Zum ersten Mal fühlte sie, wie sehr sie sich eine heile Familie gewünscht hatte.

Kapitel 6

»... Mary Ann Jacobs ist das neunte Opfer ...«, hörte Anna in den Nachrichten, die sie soeben in der Wohnung ihrer Schwiegermutter eingeschaltet hatte, während sie auf Roberts Rückkehr wartete. Es dauerte etwas länger, als sie erwartet hatte. Die Romantik war endgültig vorbei.»... des sogenannten 'Ladykillers'. Dabei geht er von Tat zu Tat grausamer vor. Im letzten Fall drang er in das Haus des Opfers ein, vergewaltigte dieses brutal und tötete es anschließend. Auch diesmal fiel seine Wahl auf eine verheiratete Frau, die allein zu Hause gewesen ist. Der Täter muss sie beobachtet haben. Das NYPD bittet um Hinweise ...«

Den Rest konnte sie nicht hören, weil die Tür aufgeschlossen wurde. Anna hoffte, dass es Robert und nicht jemand anders sein würde. Der Bericht hatte ihr die Freude auf die Großstadt vollständig verdorben.

»Hast du von diesem 'Ladykiller' gehört?«, fragte sie erleichtert, als sie feststellte, dass tatsächlich Robert die Tür aufgeschlossen hatte.

»Ja«, bestätigte er.»Er soll Ehefrauen vergewaltigen, töten und irgendeine seltsame Münze bei seinen Opfern hinterlassen. In den Nachrichten hat man erzählt, dass das ganze FBI-Team angeblich darauf angesetzt wurde. Furchtbar! Allein in den USA laufen etwa fünfzig Serientäter frei herum, sagten sie ebenfalls. Es mag übertrieben sein, doch ich bin unruhig, wenn mein Frauchen so allein ist.« Ruckartig zog Robert seine Frau an sich und umarmte sie, als wollte er sie gegen einen imaginären Gegner verteidigen. Anna verspürte wieder das Gefühl der Sicherheit, das sie an ihrem Mann so liebte.

»Das ist wirklich so schrecklich«, sagte sie traurig.

»Solange ich, Robert Wright, dein Mann, lebe, wird dir nichts passieren. Nicht mal vor deinem verrückten Ex-Freund Graham brauchst du Angst haben! Ich werde dich immer beschützen. Bis dass der Tod uns scheidet!«, versprach er ihr flüsternd.

Die Erinnerung an den Vorfall mit ihrem Ex-Freund tat weh wie ein Nadelstich. Anna verbannte den Vorfall bereits aus ihrem Gedächtnis. »Ich weiß auch, warum du das sagst«, schaute sie stattdessen geheimnisvoll und verdrängte ihre aufsteigende Angst.

»Weil du meine ganze Welt bist?«, feixte Robert, und seine Augen glänzten.

»Nein.« Anna fand es amüsant. »Du hast mir nie etwas über deinen Vater erzählt. Du sagtest, das wäre zu schmerzhaft, ihn zu erwähnen. Nun habe ich einen klitzekleinen Blick in das Album geworfen, das auf dem Tisch im Wohnzimmer lag.« Anna schaute ihren Mann gespielt schuldvoll an. »Tut mir leid, sonst ist das nicht meine Art. Nur ... sah es so verführerisch aus, dass ich es musste.«

Anna erwartete eine verletzte oder gar verärgerte Reaktion, doch nichts dergleichen passierte. Stattessen wartete Robert ab, was sie zu sagen hatte.

»Nun, dein Vater war Polizist, nicht wahr?«, fragte sie ganz leise und spürte, wie seine Umarmung nachließ.

»Ja.« Robert kämpfte plötzlich gegen die aufsteigenden Tränen an. »Mein Vater ist im Einsatz gestorben. Kurz nachdem er starb, begann meine Mutter diese Wahnvorstellungen zu haben. Das ist unsere traurige Familiengeschichte. Seitdem muss ich immer alles, was mir lieb ist, beschützen. Ich kann einfach nicht anders. Ich liebe und hasse diese Wohnung so sehr!« Noch ehe er die Tränen wegwischte, war diesmal Anna diejenige, die auf ihn zukam, um ihm Trost zu spenden.

Sie fühlte, sie musste stark sein, um auch Robert Kraft zu geben.

»Lass uns doch einfach nach Hause fahren, Schatz«, bat sie. »Ich fühle mich in der Großstadt unwohl und habe schon eine ganze Woche auf dich gewartet. Deine Mama ist weg, also haben wir hier nichts verloren ... Bring mich wieder nach Hause.«

»Wie du wünschst, Schatz.« Robert küsste seine Frau sanft. »Ich schaue nur, ob meine Mutter alles ausgeschaltet hat und komme runter, okay?«, sagte er sanft. »Und du steigst ins Auto und wartest dort auf mich. Bin gleich bei dir. In Ordnung?«

»Klar«, erwiderte Anna, nahm die Autoschlüssel und verließ das kleine, spartanisch eingerichtete Appartement im dritten Stock der Hester Street.

Hier, in einer Wohnung voller schmerzhafter Erinnerungen an Roberts Vater, wollte sie nicht bleiben. Schon gar nicht heute.

Kapitel 7

Peconic Bay, North Fork, das Anwesen des Ehepaars Wright, Samstag, 13.05.2017, 10:00 Uhr

Der Tag begann sonnig, was es für Anna schwierig machte, nach den Ereignissen des Vortages das bequeme Bett zu verlassen. Ganz leise lag sie neben ihrem Mann und schaute verliebt zu, wie sich sein Brustkorb im Schlaf gleichmäßig auf und ab bewegte. *Womit habe ich mir dieses wahnsinnige Glück verdient?*, überlegte sie verträumt und zeichnete in ihrer Fantasie die Konturen von Roberts feinem Gesichts so akkurat nach, als hätte sie einen sehr dünnen Haarpinsel in der Hand. Wie auf Bestellung weckte sie Robert, der sie nun voll Glück ansah.

»Weißt du was?«, fragte er warmherzig. »Ich werde uns Frühstück machen, während mein Frauchen schnell unter die Dusche hüpft. Was denkst du?«

»Das wäre zauberhaft«, erwiderte Anna und stieg aus dem Bett, nachdem sie ihrem Mann einen leidenschaftlichen Kuss gegeben hatte. Ein Gefühl unbändiger Glückseligkeit erfüllte sie.

»Ah, ah, ah!« Robert führte ihre Hand von seinem Körper weg. Er erkannte, dass seine Frau es nicht bei einem Kuss belassen wollte. »Wir haben heute noch viel zu tun. Erst die Arbeit, dann das Vergnügen«, sagte er schelmisch grinsend. »Soll ich uns Rührei machen? Oder lieber Pancakes?«

Nachdem sich Anna nach reichlich Überlegung, begleitet von verheißungsvollen Küssen, für die geliebten Pancakes entschieden hatte, verließ ihr Mann pfeifend das Schlafzimmer, um sich in der Küche nützlich zu machen.

Sie öffnete eine der Schubladen der Kommode, um die Unterwäsche herauszunehmen, und entschied sich in letzter Minute für die rote Reizwäsche, die sie in einem kleinen Laden in Greenport einst für diesen Zweck gekauft hatte. Heute stand ihr irgendwie der Sinn nach körperlicher Liebe. Als sie dabei war, ihre Jeans vom Stuhl aufzunehmen, fielen ihr ein paar Münzen auf den Boden, was sie mit einem »Fuck!« quittierte. Doch die Geräusche aus der Küche lockten sie bereits herunter. Für die Münzen würde sie später noch Zeit finden.

Einige Zeit später stand sie unten in der strahlend weißen, sonnendurchfluteten Küche, in ihre Lieblingsjeans und ein blaues T-Shirt gekleidet, und sah Robert zu, wie er das Rührei vorbereitete. Der Tisch war gedeckt. Mittig auf dem Tisch stand eine Vase mit zwei Tulpen aus dem eigenen Garten, die Robert offenbar der Romantik wegen gepflückt hatte. Irgendwie war Anna froh, nicht in New York geblieben zu sein. Hier war ihr Zuhause. In North Fork war die Welt noch in Ordnung.

»Haben wir kein Mehl mehr?«, fragte sie und bemerkte, wie sie die Konzentration ihres Mannes störte.

»Warum?« Robert lächelte. »Schatz, für Rührei brauchst du doch kein Mehl.«

»Oh ...« Nun war Anna überrascht. »Ich wollte doch eigentlich Pancakes und habe mich schon darauf gefreut. Nicht wichtig ...«

»Uhhh ...« Robert schien noch überraschter zu sein. »Du hast aber gesagt, du wolltest Rührei. Aber hey, ich mache dir auch gern Pancakes, wenn du das möchtest. Alles für meinen liebsten Schatz.«

»Nein, nein, ist schon gut«, erwiderte Anna immer noch leicht irritiert. »Ich esse auch gern Rühreier. Hauptsache mit dir an einem Tisch.« Sie täuschte zwar ein Lächeln vor, doch im Grunde überlegte sie noch immer, ob sie wirklich Rührei gefordert und sich das anders gemerkt hatte.

»Das ist der Stress der letzten Tage«, sagte Robert behutsam und sah zu, wie sie ihm gegenüber am Tisch Platz nahm. »Ich verspreche dir hoch und heilig, dass es morgen zum Frühstück frische Pancakes gibt. Mit Ahornsirup. Und als Entschädigung dafür, dass ich heute Abend arbeiten muss ...« Den letzten Satz sagte er so vorsichtig, weil er wusste, wie wichtig es Anna war, den

Abend mit ihm zu verbringen. Zumal Marshall noch das ganze Wochenende bei ihrem Vater verbringen sollte.

Und die Wirkung war wie erwartet.

»Du musst arbeiten?« Ihre Stimme zitterte leicht vor Enttäuschung, auch wenn sie es zu verbergen versuchte. »Bei Tom?«

Robert nickte zur Bestätigung. Gelegentlich ließ sich Tom, ein befreundeter Winzer des Paares, den Anna seit geraumer Zeit nicht mehr gesehen hatte, von ihrem Mann aushelfen. Er organisierte Verkostungen mit einem gewissen Plus für exklusive Gäste - je nachdem, was gewünscht wurde. Ob ein spezielles Ambiente, Buchlesungen oder eine musische Untermalung - Tom plante alles so gut, dass es am Ende zu einer großartigen, ausgedehnten, gelungenen Party wurde. Und obwohl Tom und seine Frau fast im gleichen Alter wie Robert und Anna waren, beschränkten sich die Besuche bei Tom auf die beruflich-oberflächliche Ebene. Denn im gleichen Maße, wie interessant er mit seinen Erfahrungen in der Gastronomie war, die er bei einem Bier zum Besten geben konnte, war seine Frau Nancy einfallslos. Gespräche, die den üblichen Smalltalk überstiegen, versandeten über kurz oder lang wieder in einem Austausch von Kuchenrezepten oder üblichem Klatsch. Für Anna war Nancys beschränkte Welt frustrierend.

Dennoch war sie glücklich darüber, dass ihr Mann einen kleinen Nebenjob für zwischendurch gefunden hatte. Dadurch war er wieder öfter zu Hause, nicht in New York, und machte insgesamt den Eindruck, zufriedener zu sein. Was eigentlich noch mehr ihr Ziel war, war die Hoffnung, dass er genug Erfahrung sammeln konnte, selbst ein ähnliches Geschäft auf die Beine zu stellen, sobald er mit seinem Studium fertig war. Die Möglichkeiten für Hochschulabsolventen, in North Fork Karriere zu machen, waren begrenzt, sofern man mit Weinanbau nichts zu tun haben wollte.

Doch genau heute erfüllte sie die Vorstellung, den Abend allein zu verbringen, mit tiefer Traurigkeit, die sie vor ihrem Mann nicht zeigen wollte. Sie fragte sich, wann Tom angerufen hatte. Vermutlich, als sie duschen war. *Schließlich arbeitet Robert doch für uns beide! Ich sollte nicht so egoistisch sein!*, tadelte sie sich selbst in Gedanken, in der festen Überzeugung, irgendwann an sich selbst zu glauben. Ihre selbstsichere Art bekam Risse, seit sie mit Robert zusammengezogen war. Die Unsicherheit war das Ergebnis ihrer Angst, ihre Beziehung so perfekt wie möglich zu machen, erklärte sie sich.

»Oh, Schatzi.« Robert nahm ihre Hand in die seine und streichelte sie. »Du weißt doch, wie gern ich bei dir wäre. Und die Vorstellung, Leute zu bedienen, während mein Frauchen ganz allein zu Hause sitzt, macht mich auch traurig. Soll ich Tom lieber absagen?«

Nun fand Anna sich selbst lächerlich. *Wir haben doch ein ganzes Leben vor uns*, dachte sie. *Auf den einen Abend kommt es nicht an.* »So ein Quatsch, natürlich hilfst du Tom! Am Abend kann ich doch nichts mehr im Garten machen, und die Unterlagen für die Schule müssen auch irgendwann vorbereitet werden. Das mache ich heute Abend.«

»Womit habe ich mir so eine verständnisvolle, gutaussehende Frau verdient?« Roberts Augen leuchteten, als er Anna ansah. Verliebt schaute sie direkt dorthin, als wollte sie darin ihre gemeinsame Zukunft ablesen. Noch nie war sie so glücklich wie genau in diesem Moment.

»Vor ein paar Tagen habe ich in Greenport etwas gekauft, was dir sicher auch gefallen würde. Soll ich es dir zeigen, Mr. Wright?«, sagte sie verführerisch. »Gegessen haben wir zwar, doch mein Hunger ist noch da.«

Robert verstand sie sofort. »Oh ja, Mrs. Wright. Ich wäre wahnsinnig dran interessiert. Besonders, wenn ich es in natura betrachten kann ...« Mit diesen Worten stand sie auf und ging ins Schlafzimmer. Ihr Mann folgte ihr.

Nachdem der Samstag so entspannt verlaufen war, tat es Anna noch mehr leid, ihren Mann gehen zu lassen. Zum ersten Mal seit längerer Zeit gab es nichts, was das idyllische Leben zu zweit stören konnte. Weder Anrufe vom Pflegeheim ihres Vaters noch seitens

Roberts Mutter, die sich in besten Händen befand. Die Welt gehörte ihnen beiden. Aber nur bis zum späten Abend.

Selbst den neuen Nachbarn hatte Anna vergessen, als sie im Garten hinterm Haus die wärmenden Strahlen der Maisonne auf dem malerischen Steg genossen. Auf einem Handtuch liegend schauten sie zum Wasser und träumten vor sich hin. Auch Robert war ganz still.

Die Reflektion des Lichts an der Wasseroberfläche war so stark, dass Anna bei dem Anblick die Augen zukniff. Es erschienen ihr nach einer Weile kleine leuchtende Punkte - ein Spiel, das sie als Kind oft spielte, wenn sie mit ihren Eltern am See saß. Es versetzte sie sofort in ihre wohlbehütete Kindheit, als sie unbeschwert sein durfte. Als ihre Mutter noch aus eigener Kraft am Strand sitzen konnte ...

»Anna ...« Robert unterbrach ihre wohltuenden Tagträumereien.

»Ja«, sagte sie zögernd, als wollte sie noch ein Weilchen an den alten Zeiten festhalten.

»Mir ist eingefallen, dass es bei uns so schnell ging, dass du nicht mal einen Verlobungsring bekommen hast«, sagte er leise.

»Nicht schlimm, Schatz«, erwiderte Anna. »Ich liebe dich auch ohne einen Ring. Und einen Ehering haben wir doch beide.«

Robert suchte in seiner Hosentasche herum. Als er gefunden hatte, was er wollte, nahm er die Hand seiner Frau in seine und steckte ihr etwas auf den Finger mit den Worten: »Mrs. Wright, es gab keinen einzigen Tag, an dem ich bereut habe, dich zu fragen, ob du meine Frau werden möchtest. Also frage ich nochmal: Möchtest du meine Frau werden?«

Überrascht schaute Anna ihren Finger an, auf dem jetzt ein hübscher Ring mit einem glitzernden Stein steckte. Er zerstreute das Licht der untergehenden Sonne in alle Richtungen. »Oh mein Gott, der ist ja wunderhübsch. Das war nicht nötig, Schatz«, sagte Anna und schmiegte sich noch enger an ihren Mann. »Der ist so wunderbar ... wie der Mann, der ihn mir gab. Du bist meine Welt. Ich liebe dich und will dich nie wieder loslassen ...« Als Robert schmunzelte, fügte sie hinzu: »Mr. Wright, ich möchte für immer deine Frau sein. Bis dass der Tod uns scheidet.«

»Und das tut er bald, wenn wir nichts essen«, griff Robert lächelnd auf. »Da ich um sieben los muss, sollten wir mit dem Essen anfangen. Wollen wir zusammen kochen?«, fragte er und stand auf. Schade. Die Realität holte sie wieder ein.

»Sehr gern«, erwiderte Anna und nahm die Hand ihres Mannes, der ihr beim Aufstehen behilflich war.

Kapitel 8

So schön, wie der Tag angefangen hatte, blieb es leider nicht. Gegen Abend zog ein Gewitter auf. Anna zog die Jalousie im Wohnzimmer hoch. Dann knipste sie das Licht aus, um die Spiegelung des Lichtes an der Scheibe zu vermeiden. Sie wollte auf die Straße schauen können.

Perfektes Wetter, um zu zweit angekuschelt am Kamin zu sitzen, dachte sie traurig, als sie sah, wie das Auto mit ihrem Mann auf der Straße immer winziger wurde, bis es hinter den Bäumen verschwand.

Die Luft war drückend. Es roch nach Gewitter, was wiederum eine Erlösung versprach. In der Nähe des angekippten Fensters konnte man zwischendurch einen leichten Luftzug wahrnehmen, was Anna dazu verleitet hatte, ihren Arbeitsplatz in Form eines Sessels und eines kleinen Beistelltisches direkt vor das Fenster zu verlegen. Vielleicht aber hatte sie beim Rausschauen auf die wenig befahrene Landstraße das Gefühl, nicht ganz allein zu sein.

Ein paar ihrer Unterlagen legte sie sich bereits zurecht, um sie zu bearbeiten, als ihr auffiel, dass noch ein Friseurtermin anstand, den sie für gewöhnlich immer im Voraus beim letzten Termin machte. Wie auch diesmal. *Das muss doch nächste Woche sein,* dachte sie angestrengt nach. *Ende Mai, haben wir, glaube ich, verabredet ...*

Anna hasste Unzuverlässigkeit, also suchte sie nach ihrem Planer, in dem sie den Termin damals notiert hatte. *Verdammt, wo habe ich ihn hineingesteckt?,* überlegte sie. *Eigentlich müsste er auf den ganzen Schulunterlagen liegen.*

Nichts. *Mist, da waren noch so viele andere Termine drin!* Wie eine aufgescheuchte Wespe lief sie durch das Haus und schaute in die unmöglichsten Ecken. Doch von dem Planer fand sie keine Spur. Plötzlich fiel ihr Robert ein. *Vielleicht liegt das Ding im Auto?* Sie wählte seine Handynummer.

»Hallo«, meldete sich ihr Mann leicht gereizt. Aber wenigstens sofort.

»Noch unterwegs?«, wunderte sich Anna.

»Ja. Es gab einen Unfall, und die Straße war gesperrt. Ich musste einen Umweg nehmen«, bestätigte Robert. »Endlich geht es weiter. Was gibt's?«

»Oh, dann fahr vorsichtig.« Anna war etwas besorgt. »Weißt du, wo mein Terminplaner ist? Vielleicht im Auto?«

Anna hörte ein klickendes Geräusch. »Habe gerade im Handschuhfach nachgeschaut. Ich sehe nichts. Auf den Sitzen wäre er mir aufgefallen. Brauchst du ihn jetzt? Soll ich nicht doch nach Hause kommen?«, fragte Robert, als wäre er nicht sicher, ob das Annas Art war, ihm zu sagen, er solle doch wieder heimfahren. So zumindest verstand sie es.

»Ach, Blödsinn.« Anna fühlte sich unwohl bei dem Gedanken. *Will ich ihn vielleicht tatsächlich kontrollieren?*, überlegte sie, und die bloße Vorstellung, dass es so sein könnte, jagte ihr eine Gänsehaut ein. »Ich dachte, vielleicht hätte ich ihn im Auto liegenlassen. Kann ich ja auch morgen schauen. Du gehst jetzt beruhigt arbeiten! Und ich komme schon klar...«

»Sicher?« Nun klang Robert erleichtert, was sie darin bestätigte, die richtige Entscheidung getroffen zu haben.

»Ganz sicher. Ich liebe dich. Pass auf dich auf!«, bat Anna.

»Na klar, mache ich. Wenn was ist, ruf mich an, dann komme ich nach Hause. Mein Frauchen soll nicht allein durchs Haus irren.«

»Keine Sorge, tut sie nicht.« Nun lachte Anna, obwohl ihr nicht danach war. »Ich lasse dich in Ruhe. Bis morgen, Schatz ...«

»Bis morgen. Beim Nachdenken hilft Knoblauch sehr gut, mein Schatz. Das sagt zumindest meine Mutter«, witzelte er. »Ich bin bald bei dir, dann helfe ich beim Suchen.«

Nun war ihr Ehrgeiz richtig geweckt worden, den Planer zu finden. Sie suchte alle Schubladen im Wohnzimmer ab. Dann lief sie ins Schlafzimmer und durchsuchte dort sämtliche Schränke, Kommoden. Wieder nichts. *Der muss doch irgendwo sein,* dachte sie verzweifelt. *Nochmal kurz überlegen,* sagte sie sich und richtete ihre

Schritte in Richtung der noch im Halbdunkel liegenden Küche. Dann knipste sie die Festtagsbeleuchtung an.

Zunächst fiel ihr Blick auf den Honig, der auf dem Tisch stand. Den Honig benutzte sie nur für Pancakes und für Tee, was Robert für grenzwertig hielt, weil er den Geruch seit der Kindheit nicht ausstehen konnte. »Das ist obendrauf nicht mal gesünder als Zucker!«, pflegte er zu sagen. Wenn Eines sicher war, dann die Tatsache, dass Robert den Honig nicht anfassen würde.

Aber wer dann?

Anna konnte sich nicht erinnern, wann sie das letzte Mal einen Tee getrunken hatte, dass sie das Glas rausgeholt hätte. *Und Pancakes habe ich heute nicht gegessen.* Und plötzlich verspürte sie Lust, einen Tee zu trinken. Da sie früher eine leidenschaftliche Teetrinkerin war, hatte ihr ihr Vater nach dem Umzug aus Philadelphia einen Wasserkocher geschenkt, den sie so selten benutzte, dass er immer noch voll funktionsfähig war. Ein edles Gerät, das weitgehend aus einem Glaskörper bestand, der in ein Metallgehäuse gefasst und über Strom betrieben wurde. Das Zuschauen, wenn das Wasser zu blubbern anfing, beruhigte sie normalerweise.

Nur nicht in solchen Augenblicken, wenn sie mit deutlich anderen Gedanken beschäftigt war. Als sich das Gerät automatisch ausgeschaltet hatte, zog sie eine der Küchenschubladen heraus, in der unter anderem die Teebeutel verstaut waren. Ein Schauer lief ihr über den Rücken. Der Terminkalender lag genau dort drin.

Keineswegs versteckt. So, als hätte jemand vergessen, ihn mitzunehmen. *Spinne ich denn wirklich?* Sie konnte sich nicht daran erinnern, ihn je in der Schublade abgelegt zu haben. Als sie einen frischen Teebeutel in die Hand nahm, sah sie unwillkürlich in den Müll, in dem ganz oben ein verbrauchter lag.

Es ist eindeutig! Ich spinne rum! Die Einsicht beunruhigte sie sehr. Noch zu gut konnte sie sich erinnern, wie der Alzheimer bei ihrem Vater begann.

Plötzlich erzählte er die gleiche Geschichte mehrfach ... Oder vergaß Sachen. Oder legte diese falsch ab ... Was sie am Anfang für Zufall hielt, änderte sich rasch. Irgendwann wirkte er als allgemein verwirrt. Eines Tages vergaß er sogar, wie das Kochen funktionierte. Oder dass er eine Tochter hatte ...

Aber er war doch beim Ausbruch der Krankheit deutlich älter als ich! Und der Schub wurde durch den Tod meiner Mutter ausgelöst, vermuteten damals die Ärzte, versuchte sich Anna zu beruhigen. Doch es gelang ihr nicht.

Der Keim der Angst in ihr war gesät. Dieser Vorfall versetzte sie in Panik.

Werde ich verrückt oder krank?, dachte sie verzweifelt. *Jetzt, wo ich mit Robert doch so glücklich bin. Wer hasst mich da oben so sehr? Mutti, hilf mir bitte ...*

Anna nahm ihre Teetasse mit ins Wohnzimmer. Doch diesmal bearbeitete sie nicht ihre Unterlagen, sondern schaltete ihren Laptop an, um nach den Anzeichen für Frühalzheimer zu suchen. *War es möglich?*

Die meisten der Seiten, die ihr die Suchmaschine anzeigte, kannte sie bereits von früher, als sie die Krankheit ihres Vaters besser verstehen wollte. Diese Suchworte schien sich der Computer, den sie sonst kaum benutzt hatte, gemerkt zu haben. Die Linkadressen waren dunkel lila gefärbt - statt blau.

Und sie war wirklich froh, dass sie den Beistelltisch vors Fenster gestellt hatte. Nun erschien ihr die Luft so schwer. Anna hatte den Eindruck, nicht genug davon zu bekommen. Ihr Atem verlangsamte sich, als würde auf ihrem Brustkorb ein schwerer Stein liegen.

Könnte es etwas anderes sein?, keimte plötzlich ein Hoffnungsschimmer in ihr auf, während sie das Symptom 'Vergesslichkeit' in eine Suchmaschine eingetippt hatte.

Vergesslichkeit während der Schwangerschaft ist eine völlig normale Erscheinung, las sie. *Es ist kein medizinisches Problem, sondern mit der Umstellung des Körpers verbunden ...,* las Anna in einem Artikel.

Schwangerschaft?, überlegte sie. *Könnte das die Erklärung sein? Diese wunderbare Nachricht?* Als sie mit dem Lesen des Artikels fertig war, blätterte sie zu der Seite in ihrem Terminplaner, in dem sie die Tage der ersten Menstruation aufschrieb und ...

„Bingo!", rief sie laut. Ihre Periode verlief bisher immer regelmäßig. Zwar hatte sie den letzten Eintrag vergessen, doch wenn sie zurückrechnete, war sie bereits mehr als zwei Wochen überfällig.

Das bedeutet noch nichts!, sagte ihr Verstand.

Du bekommst ein Baby, widersprach ihr Herz und löste eine Lawine von Gefühlen in ihr aus - von tiefster Traurigkeit bis zur höchsten Glückseligkeit.

Für den Moment hatte sie die Erklärung für ihre Vergesslichkeit gefunden.

Alles würde gut werden.

Gleich am Montag werde ich einen Test machen!, beschloss sie. *Bis dahin werde ich es vor Robert geheim halten - für alle Fälle.* Sie holte sich einen weiteren Hocker, setzte sich bequem im Sessel zurecht und streckte ihre Beine aus, auf denen sie den Laptop positionierte. Es gab vieles zu erfahren - schließlich war es ihre erste Schwangerschaft. Wenn es überhaupt eine war.

Einige Stunden später wurde sie von dem Geräusch eines fahrenden Autos geweckt. Ihre Beine waren bereits eingeschlafen. Das Gefühl des Krabbelns von Ameisen im Bein trat anstelle der Taubheit und hinderte sie daran, aufzustehen. Der Laptop befand sich schon im Ruhezustand. Annas Herz vollführte gerade einen Freudensprung, weil sie dachte, Robert würde sie vorzeitig überraschen. Seine Spontanität wäre jetzt ein Segen für Anna, zumal die Uhr an der Wand bereits auf zwei zeigte.

Doch es war nicht ihr Mann. Es war lediglich der Nachbar, der mit einem New Yorker Taxi vorgefahren kam. Fix knipste Anna das Licht aus, über das leicht krabbelnde Gefühl schimpfend, und beobachtete ihren neuen Nachbarn aus der Entfernung.

Ungeachtet dessen, dass ihre Beine immer noch nicht vollständig einsatzfähig waren, schlich sie sich zum Fenster.

Der Nachbar, dessen Namen sie irgendwie noch immer nicht kannte, stieg aus dem Wagen, ging zum Kofferraum und öffnete ihn. Dann ging er zurück ins Haus und schaltete das Licht ein. Anna vermutete, dass im Haus einfache Glühbirnen ohne Lampe von der Decke hingen. So grob, wie er sich sonst verhielt, achtete er sicherlich nicht auf simpelste Ästhetik. Dass sich dieser Mann im Haus schon halbwegs wohnlich eingerichtet hatte, konnte sie sich nicht vorstellen. Doch egal, wie sie sich auch bemühte, konnte sie nicht sehen, was er alles aus dem Kofferraum holte.

Nur ein großer, prall gefüllter Müllsack, der ihm ganz offensichtlich einige Mühe bereitete, war sichtbar. Und der Nachbar zog ihn ins Hausinnere.

Es war unmöglich, dass der Nachbar Anna sehen konnte. Dazu war die Entfernung zu groß, der Mann zu beschäftigt und das Haus zu dunkel. Dennoch lief sie, so schnell sie konnte, ins Badezimmer und dankte sich selbst, dass sie die Eingangstür immer verschlossen hielt.

Kapitel 9

Drei Stunden zuvor, New York,
Samstag, 13.05.2017, 23:00 Uhr

Andrew Bradley ärgerte sich über seine Einfallslosigkeit, die langweilige Molly Hunt als 'Nummer Elf' ausgewählt zu haben. Zugegeben war sie recht hübsch. Mit ihren langen, lockigen Haaren ähnelte sie sogar am meisten von allen Mädchen seinem Beutetyp. Aber das war dann auch schon alles.

Eine Sache war bei Molly nerviger als bei all den Mädchen zuvor. Sie war für seine Ansprüche fast zu einfach zu haben. Ja, sie langweilte ihn sogar, sodass Andrew diesmal wenig Spaß hatte, sie in das geborgte Taxi einzuladen. Dennoch tat er es widerwillig. Seine Zeit war ihm zu kostbar, als dass er sich leisten konnte, aufwändig nach jedem Mädchen zu suchen. Ungefragt nach dem Ziel der Fahrt, kam sein Auto mitten im Nirgendwo zum Stehen.

Aber wenn es etwas gab, was er je in seinem Leben richtig gemacht hatte, dann in ein Kaff wie North Fork umzuziehen. In einem derart harmlosen Winzernest würde ihn das FBI nie im Leben vermuten.

Anna Wright, die zwangsweise als eines meiner Mädchen enden wird, wird wohl eines Tages Andrew Bradley kennenlernen, so neugierig, wie sie ist. Nur um den verdammten, streunenden Köter muss ich mich demnächst kümmern. Er könnte am Ende doch noch gefährlich für mein Vorhaben werden.

Der Hund musste schnell weg. Er hasste die Viecher.

Während die einfältige Molly betrunken irgendwas Sinnbefreites über ihre neuen Schuhe lallte und zwischendurch aus ihm unverständlichen Gründen lachte, überlegte er, wie er sie umbringen würde. Eines war sicher, ihr Mundwerk würde er am Ende besonders stark zurichten. Schon allein als Strafe dafür, was er sich alles hatte anhören müssen. Andrew Bradley verdrehte unwillkürlich die Augen. Schuhe. Fuck, wen interessieren denn Scheiß-Schuhe?, fragte er sich genervt.

Beim Gedanken, wie sich die selbsternannten Spezialisten vom FBI die Köpfe über seine angeblichen Motive zerbrechen würden, kicherte er. In Wahrheit gab es nur zwei wahre Motive seiner Taten: Er hatte Lust und Gelegenheit. Aber auf diese simple Lösung werden sie natürlich nicht kommen,

58

lachte er in sich hinein. Sie werden nach einem New Yorker mit zweifelhafter Vergangenheit suchen. Vielleicht nach einem, dessen Eltern ihn als Kind missbraucht hatten. Und sicherlich auch nach einem, der Erfahrungen in der berüchtigten Triade gemacht hat, denn über diese Erkenntnis sind sie ganz stolz: Bettnässen, Pyromanie und meistens Tierquälerei. So war es doch immer, oder? Doch welche Eltern hängen das Bettnässen ihres Sprösslings an die große Glocke? Nicht in den reichen Kreisen, in denen sich die Bradleys zeigten! Und für nichts auf der Welt würde seine Mutter von der alten Katze der Familie sprechen, die Klein-Andrew immer gekratzt hatte. Das heißt, nur bis zu dem Zeitpunkt, als Andrew ihr zur Strafe das Fell bei lebendigem Leib abgezogen hatte.

Ich war das brave Kind aus einem sogenannten 'guten Hause', das sie sicher nicht suchen werden. Und meine Eltern waren so mit sich selbst beschäftigt, dass ihnen die Fehlentwicklung an der einen oder anderen Stelle sicher unwichtiger war als eine weitere Gucci-Tasche oder die Silikontitten der Sekretärin. Weil es den Scheißbullen unbegreiflich ist, dass so einer wie ich, der 'alles im Leben hatte', einer dieser Scheißbitches wehtun könnte. Aber es ist so! Zu sehen, wie sie um ihr Leben betteln, macht mich nun mal geil. Zu sehen, wie es nichts bringt, sich zu wehren - noch mehr. Wenn man ein Haus abfackelt, das wusste Andrew zu gut, macht es bei weitem weniger Spaß, als einer Schlampe in die Augen zu schauen, wenn sie begreift, dass jetzt ihr Ende naht.

Der Ladykiller konnte nicht mehr aufgeben.

Weil sein Leben anders keinen Sinn hatte. Aber er würde es beim nächsten Mal verfeinern!

Gerade kam sein Auto am Waldrand zum Stehen, als Molly wieder kicherte.

»Andy, was willst du mit mir hier im Wald?«, fragte sie für ihren Zustand erstaunlich klar. Aber zweideutig. Offensichtlich erhoffte sie sich eine schnelle Nummer. Sie war geil und betrunken. Dennoch. Eine kleine Verunsicherung konnte er heraushören.

»Na was denn? Dich töten!«, erwiderte Andrew Bradley trocken. »Und wenn du nicht dein Maul hältst, lasse ich mir besonders viel Zeit.« Plötzlich verspürte er Freude daran, ihre aufkeimende Angst zu steigern.

Nun war die Wirkung da. Mollys große Augen weiteten sich augenblicklich, was er sofort bemerkte. Ihre Hand griff mechanisch zur Autotür. Sie war noch unsicher, ob das ein Scherz sein sollte oder ob er es wirklich ernst meinte. Doch sie hatte ihn erst gerade kennengelernt. Daher traute sie ihm alles zu.

»Abgeschlossen«, sagte er eine Spur trockener. »Keine Sorge, ich lasse dir gern einen Vorsprung. Vielleicht hast du mehr Glück als die anderen zehn vor dir. Und ich brauche vielleicht noch mein Jagdgewehr und eine Nachtsichtkamera. Schließlich soll es uns beiden Spaß machen, oder?« Ein Blick zur Seite verriet Andrew, dass die Zeit gekommen war.

»Oh«, sagte er triumphierend, als ihm auffiel, wie auffallend ruhig sich Molly verhielt. »Ich glaube, wir müssen uns etwas beeilen. In der Flasche mit dem Wodka, die du so schön ausgesoffen hast, befand sich jede Menge Tetrazepam. Tja, ja... Man sollte nicht immer alles schlucken, was man so findet, Kleines. Hat dir deine Mutter das nicht beigebracht? Oder irgendein Hurensohn?« Keine Reaktion von Molly. »Oh. Habe ich vorher nicht erwähnt, was in der Flasche steckt? Du wirst dich entspannt fühlen ... Vielleicht etwas schläfrig. Aber keine Sorge, es ist nur eine leichte Überdosis. Du kriegst schon alles mit, bis ich mit dir fertig bin. Und es werden schöne Stunden für uns beide, Schätzchen. Papa ist durstig nach Blut. Leider ist meine Zeit zu knapp geworden, dass ich dich wie ein kleines Reh im Wald jagen kann.«

Am Waldrand angekommen, hielt Andrew Bradley an und ließ das Mädchen hinaus. Wider Erwarten lief sie nicht weg, sondern fiel durch das rasche Öffnen der Tür, an der sie seitlich angelehnt war, wie ein nasser Sack zu Boden. Scheinbar hatte sie sich bereits abschnallen können. Ihre schönen Locken verteilten sich auf dem dreckigen Waldboden so malerisch wie die Flügel eines gen Himmel steigenden Engels. Erst dann sah Andrew, wie sich das Blut darin langsam verteilte. Es dauerte nicht lange, bis sie zu husten anfing. Mit einem Fuß drehte er sie ruppig um.

»Lauf!«, befahl er, während sie sich übergab. Und hustete.

Erst jetzt sah er, dass Molly eine recht große Platzwunde am Hinterkopf hatte. Er registrierte zugleich, dass das Spiel vorbei sein würde, ehe es angefangen hatte. Er hatte sich offenbar in der Dosis vertan! Mit Molly hatte er definitiv die falsche Wahl getroffen. Das frustrierte ihn jetzt.

»Lauf, du verdammte Bitch!«, brüllte er sie an. Doch sie zuckte nicht mal. Sie war fertig.

Nicht mal die Freude, wegzukriechen, wollte sie ihm schenken. Oder zu heulen. Oder sonst etwas. Noch nicht mal, als sie der erste Tritt in die Nieren traf. Dann der nächste am Kopf. Und der nächste ... Und nächste ...

Kapitel 10

Peconic Bay, North Fork,
das Anwesen des Ehepaars Wright,
Sonntag, 14.05.2017, 10:00 Uhr

Geweckt von Geräuschen, die aus der Küche kamen, öffnete Anna die Augen. Die hellen Sonnenstrahlen versprachen einen wunderschönen Tag, weshalb sie sich kurz Zeit ließ, vollständig aufzuwachen. Aus der Küche drang ein fröhliches Pfeifen, was sie dazu bewog, hinunterzugehen.

»Meine Prinzessin hat sich Pancakes gewünscht, nicht wahr?«, fragte Robert fröhlich, als er sich in Richtung der Schritte drehte und seine Frau kommen sah.

Anna lächelte. »Oh, ja. Schon lange nicht gegessen.«

»Dein Wunsch ist mir Befehl«, setzte ihr Ehemann fort. »Ich war heute früh noch bei Sally, um frische Eier zu holen. Graham ist wieder in der Stadt, erzählte sie. Ich soll auf dich achtgeben, weil er sich nach dir erkundigt hat.«

Anna blieb abrupt stehen. »Er hat was?«

»Keine Sorge«, beruhigte Robert seine Frau. »Ich werde dafür sorgen, dass er sich nicht mal auf hundert Meter Entfernung an unser Haus heranwagt. Und wenn ich nicht da bin, werde ich den neuen Nachbarn bitten, ein Auge auf das Haus zu werfen.«

Anna wurde noch blasser. »Den neuen Nachbarn?«, stotterte sie.

»Keine Angst, Schatz«, sagte Robert und goss die Reste des Teigs in die Pfanne. Dann ging er zu seiner Frau und drückte sie an sich. »Kann sein, dass dir etwas seltsam erscheint, doch im Grunde ist er wirklich nett. Zumindest von den paar Minuten her, als wir mal miteinander sprachen. Und er soll ja nur ein Auge auf unser Haus werfen. Mehr nicht.«

Für einen kurzen Augenblick überlegte Anna, ob sie ihren Verdacht äußern sollte, dass sie schwanger sein könnte. Doch sie überlegte es sich anders. Wenn, dann wollte sie Robert auf eine schöne Art mit dieser Neuigkeit überraschen.

»Du, der neue Nachbar ...«, begann sie von neuem, als Robert aufschrie und sich von ihr losriss.

»Verdammt«, fluchte er beim Umdrehen des Pancakes, der auf einer Seite verbrannt war. »Den können wir wegwerfen. So schade ...«

»Oh«, bemerkte Anna. »Hey, wir haben noch mehr als genug für eine Großfamilie. Du warst recht tüchtig ...« Der Stapel der kleinen Pfannkuchen war tatsächlich höher, als dass sie es zum Frühstück schaffen würden.

»Ups«, schien Robert erst jetzt zu bemerken. »An den Mengen werde ich wohl noch arbeiten müssen, es sei denn, wir bekommen eines Tages gemeinsam eine Fußballmannschaft ...«

Anna errötete ein wenig, ließ sich aber nichts anmerken. *Vielleicht machen wir gerade den ersten Schritt in diese Richtung*, dachte sie und schmunzelte. Robert tat es ihr gleich.

Als sich etwa 20 Minuten später der Pancake-Stapel auf etwa die Hälfte reduziert hatte, bekam Anna von ihrer geliebten Speise aus Kindheitsjahren keinen Bissen mehr hinunter.

»Lecker«, begann sie die Unterhaltung und suchte nach einer geeigneten Überleitung, die nächtlichen Vorkommnisse zu erzählen.

Sie fand keine, also entschied sie sich, es direkt anzusprechen. »Schatz, als ich gestern auf dich gewartet habe, bin ich vorm Fenster eingeschlafen. Und als ich plötzlich aufgewacht bin, war der Nachbar da ...« Anna machte eine theatralische Pause. »Er hat mitten in der Nacht mit einem Taxi vorm Haus etwas ausgeladen. In einem Müllsack.« Da sich ihr Mann über diese verdächtige Tatsache nicht besonders beeindruckt zeigte, betonte sie es nochmal. »Mitten in der Nacht hatte er einen Müllsack in der Hand. Verstehst du?«

»Anni, Schatz ...« Roberts Stimme klang geduldig. Als würde er mit einem kleinen Kind reden, was seine Frau ärgerte. »Dieser Mann ist beim Einrichten seines Hauses. Vielleicht hat er etwas aus seiner alten Bleibe mitgebracht?«

»Okay, okay. Vielleicht hast du recht.« Anna gab sich nicht geschlagen. »Aber warum tut er das mitten in der Nacht? Und auch noch bei tobendem Sturm?«

»Manchmal kann man sich weder die Uhrzeit noch das Wetter aussuchen. Du solltest mehr unter Leute kommen. Ganz offensichtlich siehst du langsam Gespenster.« Die Stimme ihres Mannes verriet, dass er ihre Sorgen nicht im Geringsten teilte. »Was ist nun aus deinem Terminplaner geworden? Den hast du doch gestern gesucht ...«, änderte er das Thema.

»Ach«, Anna lächelte. »Habe ihn gefunden. Und du wirst es nicht glauben, doch er war in der Schublade mit den Teebeuteln! Dabei weiß ich nicht mal, wann ich das letzte Mal Tee getrunken habe...« Dabei verschwieg sie ihre Entdeckung im Müll.

In diesem Augenblick schaute Robert seine Frau durchdringend an. »Wie? Du hast mir doch gestern zum Frühstück gesagt, dass du ab sofort NIE WIEDER Kaffee, sondern immer nur noch Tee trinken würdest. Weil Kaffee ungesund sei ... Sag mal, willst du mich jetzt veralbern?«

Anna schaute sichtlich verwirrt. An diese Unterhaltung konnte sie sich keinesfalls erinnern.

Robert lachte auf. »Hey, du kleiner Scherzkeks.« Er ging zu seiner konsternierten Frau, half ihr aufzustehen und führte sie mit einer zärtlichen Geste in Richtung Couch. »Man könnte meinen, dass du mein Erinnerungsvermögen prüfst.«

Als sich Anna - immer noch schweigsam - hinsetzte, brachte er ihr das Getränk, das er zuvor vorbereitet hatte. »Siehst du? Ich habe es mir gemerkt!«

»Oh, vielen Dank.« Anna unterbrach widerwillig ihre Schweigsamkeit. Noch immer konnte sie nicht glauben, was sie soeben gehört hatte. Perplex beobachtete sie ihren Mann, wie er an seinem heißen Becher nippte. Zwar hatte sie auch Lust auf den duftenden Kaffee, doch sie wollte nicht launisch erscheinen. *Gestern wollte ich partout keinen Kaffee, weil er so ungesund sei ... Heute doch. Irgendwann hält er mich für irre, wenn ich ständig meine Meinung ändere. Oder für extrem zickig.*

»Ich bin zwar recht müde ...«, Robert schien zu überlegen, wie er das Thema sensibel ansprechen sollte,»... aber über etwas müssen wir uns noch unterhalten, bevor ich mich für ein paar Stunden hinlege. Es geht um deinen Ex, Graham Searcy."

Anna zuckte zusammen.

Ihr Mann fuhr fort:»Nicht nur, dass er wieder in der Stadt ist... Er soll sehr sauer auf dich und deinen Vater sein, hat mir einer gestern bei der Arbeit erzählt. Keiner weiß, warum er wieder in North Fork ist, obwohl sich jeder das Maul zerreißt. Ahnst du vielleicht, warum er so lange verschwunden war? Oder warum er so wütend ist? Übrigens habe ich mich bereits erkundigt. Das Einzige, was wir tun können, ist, uns von ihm fernzuhalten. Am Montag werde ich ein Kontaktverbot aussprechen lassen. So für alle Fälle - wenn ich mal in New York oder arbeiten bin. Okay?«

»Meinst du ...«, nun bekam Anna tatsächlich Angst,»... dass er meinem Vater oder mir etwas tun könnte?«, fragte sie unsicher.

»Nun ...«, Robert senkte die Stimme,»... die Leute reden viel über Searcy. Ich habe mal gelauscht. Manche lästern, dass er in der Zwischenzeit in einer Psychoklinik war. Manche, dass man ihn wegen Vergewaltigung verhaftet habe ... Aber wem sage ich das ... du hast ihn schon erlebt.« Er gähnte.»Nun werde ich mich hinlegen. Bitte, tu mir einen Gefallen«, ihr Ehemann wirkte sehr geheimnisvoll,»wenn du aus dem Haus gehst, lass es mich immer wissen. Dich in Sicherheit zu wissen ist für mich das Wichtigste!« Mit diesen Worten und einem Kuss auf die Stirn seiner Frau entfernte sich Robert gen Schlafzimmer. Allein.

Kapitel 11

Peconic Bay, North Fork,
das Anwesen des Ehepaars Wright,
Montag, 15.05.2017, 08:00 Uhr

Wider Erwarten begann der Montag nicht mit strahlendem Sonnenschein, sondern wie ein Herbsttag. Einerseits freute es Anna. Nach den trockenen, fast sommerlichen Frühjahrstagen war ein verregneter Tag eine willkommene Abwechslung. Andererseits musste sie an Marshall denken, der das letzte Wochenende bei ihrem Vater verbracht hatte. Unter diesen Umständen war das Gassigehen keine Freude.

Robert lag neben ihr angekuschelt im Bett. Seine warmen, kräftig gebauten Arme umklammerten ihre Taille so fest, dass sie sich nicht traute, sie zu lockern, um sich in Richtung Toilette zu bewegen. Anna verspürte ein leichtes Schwindelgefühl. Zusätzlich war ihr schlecht.

Nun spürte sie den warmen, regelmäßigen Atem ihres Mannes auf ihrem Nacken, was ihr beim Sex immer einen Schauer der Erregung durch den Körper jagte. Doch heute verhinderte das Gefühl des Unwohlseins, dass sie sich zu ihrem Mann umdrehte und ihn liebkosend weckte.

Kurz danach verspürte Anna einen salzigen Geschmack in ihrem Mund, und nun achtete sie nicht mehr auf Robert. Sie zog mit einem Ruck die Hand ihres Mannes vom eigenen Körper weg, sodass sie es gerade noch schaffte, die Toilette zu erreichen, um den Inhalt ihres Magens in die Schüssel befördern zu können. Zum Glück war ihr Magen recht leer.

»Alles okay?«, hörte sie Robert behutsam fragen.

»Ja, ja, alles okay«, rief sie vom Badezimmer zurück. »Habe wohl gestern etwas Falsches gegessen.«

»Armes Baby.« Robert kam zu ihr ins Bad. Trotz ihrer Verfassung entging es Anna nicht, wie verführerisch er aussah: in seinen Shorts und einem weißen Shirt, an dem sich die Muskeln abzeichneten. »Darf ich dich in diesem Zustand alleine lassen? Auch wenn ich wirklich nur ganz kurz nach New York fahre?«

Anna ließ sich nicht anmerken, dass ihr diese Information irgendwie entgangen war. Als hätte er es ihr gar nicht erzählt. Andererseits hatte sie aber im Moment Wichtigeres im Kopf. *Vielleicht habe ich es einfach nicht registriert?*, ging es ihr durch den Kopf. Ihren Mann wegen so einer Kleinigkeit auszufragen erschien ihr übertrieben. Es war ihr sogar recht, dass Robert wegfahren würde. Er sollte noch nicht mitbekommen, welchen Arzt sie aufzusuchen gedachte.

»Ich wollte nur nach dem Rechten in der Wohnung meiner Mutter schauen und ein paar Uni-Unterlagen holen. Für das nächste Semester sollte ich mich für einige Kurse einschreiben, wenn ich noch einen Platz kriegen will«, begründete Robert seine Entscheidung. »Dann fahre ich sofort wieder nach Hause. Aber in diesem Zustand? Nein, kann ich nicht machen!«

»Aber klar kannst du!«, entgegnete Anna, nachdem sie sich den Mund gründlich ausgespült hatte. »Ich komme schon klar, keine Sorge. Nachher wollte ich sowieso bei meinem Vater vorbeigehen, um den Hund zu holen. Und wenn es mir weiterhin so schlecht geht, bleibe ich natürlich heute komplett zu Hause. Du brauchst dir keine Sorgen zu machen. Falls es mir besser geht, werde ich Mimmi in der Stadt treffen. Und gegen Abend bist du eh wieder zu Hause.« Um ihre Worte zu unterstreichen, lächelte sie leicht. Tief im Inneren wollte Anna ihren Mann nicht so oft missen. Auch wenn es mal Vorteile hatte. Tatsächlich freute sie sich aber auch, ihre einzige, beste Freundin aus Kindheitsjahren zu sehen.

»Bist du dir da sicher, dass du auf mich verzichten kannst?«, fragte Robert immer noch skeptisch.

»Ganz sicher, Schatz.« Diesmal gab sich Anna etwas mehr Mühe, überzeugend zu sein. Den Frauenarzt wollte sie das erste Mal ohne ihren Mann aufsuchen. Nicht mal Mimmi sollte dabei sein.

»Na gut. Aber gegen Abend bin ich wieder bei meinem Frauchen, einverstanden?« Seine Stimme duldete diesmal keine Widerrede. Die Antwort schien irrelevant zu sein. »Dann lege ich schnell los, damit es auch klappt ... Willst du schnell etwas mit mir essen?«

»Nein, danke«, warf Anna ein. »Ich werde wohl nur einen schwarzen Tee trinken und erst später mit Zwieback anfangen. Nicht, dass alles wieder rauskommt. Mach dich ruhig fertig, Schatz.«

Als sie etwa dreißig Minuten später in der Küche erschien, stand auf dem Küchentisch bereits ein frisch aufgebrühter, schwarzer Tee. Kein Kaffee. Die Auffahrt war leer. Anna nahm den Telefonhörer in die Hand und rief ihren Frauenarzt an, um den schnellsten Termin für die Untersuchung zu machen.

Und sie hatte Glück. Jemand hatte abgesagt. Um zehn Uhr erschien sie mit einer Zeitschrift gewappnet am Empfangsschalter ihrer Gynäkologin, die sie einmal im Jahr aufsuchte. Eine der Sprechstundenhilfen nahm ihr Anliegen auf, das sie flüsternd preisgab. *Wie albern*, dachte sie im gleichen Moment. Beim Lärm der arbeitenden Drucker und anderer Geräte kam sie nicht umhin, einige Sätze zu wiederholen.

»Ich glaube«, stammelte Anna, »... ich bin schwanger.«

»Werden wir sehen.« Die Sprechstundenhilfe gab ihrer Kollegin ein Handzeichen, was sofort richtig verstanden wurde. Anna bekam einen Becher in die Hand mit den Worten: »Wir brauchen zuerst Ihren Urin. Rechts um die Ecke ist eine Toilette. Da lassen Sie den vollen Becher stehen; wir kümmern uns schon darum.«

Etwa zwei Stunden später befand sich Anna bereits auf dem Weg zu ihrem Vater. Sie war weder besonders glücklich noch unglücklich. Sie musste es erst begreifen. Aber zumindest hatte sie endlich eine bestätigte Antwort darauf, warum sie sich in letzter Zeit so seltsam gefühlt hatte. Ihr Körper machte eine hormonelle Veränderung durch. Völlig vom Regen durchnässt öffnete sie die Tür zu John Eliots Zimmer und trat ein, ohne zu klopfen und eine Antwort abzuwarten. Ihr Vater stand zum Fenster gewandt und schaute hinaus. Er rührte sich nicht. Annas Gedanken rasten in ihrem Kopf wie Fliegen um ein gegrilltes Steak an einem sonnigen Tag im Freien. Nur, dass das Wetter immer noch verregnet war.

Noch ehe sie ihren Vater begrüßen konnte, rannte Marshall auf sie zu - schwanzwedelnd und voller unbändiger Freude. Als hätte er sie seit einem Jahr nicht mehr gesehen - dabei war es gerade ein Wochenende. »Ist ja gut, alter Junge«, beruhigte sie den vor Freude jaulenden Hund. »Frauchen ist ja da ...«

Langsam drehte sich auch John zu seiner Tochter um. »Susanne?« Sein Gesicht erhellte sich. »Du bist endlich da! Ich habe dich vermisst.«

»Nein, Daddy«, antwortete Anna geduldig. »Susanne ist deine verstorbene Frau. Ich bin eure Tochter, Anna.«

»Anna?«, wiederholte ihr Vater. »Anna soll Graham anrufen«, sagte er nach einer Weile. »Graham muss Anna sprechen.«

»Wie bitte?« Sie schaute irritiert.

»Anna soll Graham anrufen. Graham muss Anna sprechen«, wiederholte er erneut und drehte sich wieder in Richtung Fenster, als würde er dort etwas Wichtiges sehen. Er rührte sich nicht. Starrte nur schweigend hinaus. Die einzigen Worte, die er fortwährend wie ein Gedicht aufsagte, waren: »Graham muss Anna sprechen.«

Anna verließ das Zimmer ihres Vaters, um nach einer Pflegekraft zu suchen. Etwa drei Zimmertüren weiter fand sie einen offenen Raum, in dem ein Pfleger ein leeres Bett vorbereitete. Höflichkeitshalber klopfte sie an die Tür.

»Kann ich Ihnen helfen?«, fragte der Mann, der so jung aussah, dass er in einem Film glatt für einen Zwölfjährigen durchgegangen wäre. Seine leichte Akne rundete diesen Eindruck noch ab. Anna war ihm noch nie hier begegnet, was nichts Ungewöhnliches bedeutete.

»Ich heiße Anna Wright und bin die Tochter eines Ihrer Patienten«, stellte sie sich vor. »John Eliot in Zimmer 12 ist mein Vater.«

»Ah«, lachte der Pfleger, stellte sich aber nicht vor. Zwar konnte man seinen Namen einem Schild auf seiner Brust entnehmen, doch die Entfernung machte es schwierig, die Buchstaben zu lesen. »Ihr Vater ist ein sehr ruhiger Patient. Heute recht seltsam. 'Liegt vermutlich am Wetter.«

»Gerade deshalb komme ich zu Ihnen«, griff Anna auf. »Ist heute etwas vorgefallen? Er scheint durcheinander zu sein.«

»Nee.« Der Krankenpfleger überlegte dennoch. »Der Tag lief wie immer ab. Nur dass heute Ihr Cousin Graham kam. Er hat seinen Onkel besucht und wollte den Hund ausführen, um uns zu entlasten. Der Hund war schon davor Gassi, also brauchte er es nicht. Netter Mensch, Ihr Cousin.«

»Wer war hier?« Anna sprach jedes Wort langsam und mit Bedacht aus.

»Na, Ihr Cousin Graham.« Nun schaute auch der Pfleger irritiert. »Er behauptete, Sie hätten ihn gebeten, vorbeizukommen. Und da der Hund nicht gebellt hat, kam ich nicht auf die Idee, dass er ein Fremder ist. Ich bin erst seit Samstag hier. Probeweise. Daher kenne ich noch nicht alle Angehörigen ... Fuck, habe ich etwa Mist gebaut?«

»Ich habe keinen Cousin«, unterbrach Anna. »Dieser Mann darf nie wieder in die Nähe meines Vaters oder meines Hundes kommen. Er ist sehr gefährlich, verdammt nochmal!« Sie war wütend. Und verängstigt.

Ihr Ärger hatte sich etwas gelegt, nachdem sie ihre Beschwerde der Leitung des Krankenhauses vorgetragen hatte. Nachdem man ihr anschließend zugesichert hatte, Vorkehrungen zu treffen, dass es nie wieder passieren würde, ging sie zum Parkplatz, während sie die New Yorker Vorwahl mit der dazugehörigen Nummer wählte. Erst als Anna Roberts Stimme hörte, verspürte sie ein Gefühl von Sicherheit.

Kapitel 12

Annas Freundin saß bereits an ihrem Stammtisch bei Emilio's. Mit Einkaufstüten beladen kämpfte sich Anna zwischen den eng gestellten Tischen zu ihr hindurch.

»Es tut mir leid«, entschuldigte sie ihre kleine Verspätung und umarmte ihre Freundin.

»Hey«, lächelte Mimmi. »Ist doch alles okay. Kinder sind bei der geliebten Oma und ich habe frei. Selbst wenn ich am Bahnhof auf einen Zug warten müsste, wäre es im Moment eine willkommene Abwechslung.« Mimmi sah wie immer adrett aus. In einem dunklen Kostüm und deutlich knabenhafter als Anna, deren Figur voller und kurvenbetont war. Nur im dunklen, halblangen Haar ihrer Freundin schimmerte etwas, das ganz neu war. So kannte sie ihre Freundin nicht, daher sah sie genau hin, ohne es zu wollen.

»Jaaaa, du siehst richtig!« Mimmi tat so, als wäre sie verärgert und sah zu, wie sich ihre Freundin ihr gegenüber auf einen der weißen Stühle setzte, die hervorragend zum restlichen Ambiente passten. »Meine ersten grauen Haare«, flüsterte sie so ehrfürchtig, als hätte sie gerade offenbart, eine hochgradig ansteckende Geschlechtskrankheit zu haben.

Anna konnte ihr Lachen nicht bremsen. »Werde ich vermutlich auch irgendwann bekommen.«

»Naja...« Eine kleine Prise Wehmut schwang in Mimmis Worten mit. Offenbar bezog sie die Aussage auf Annas Arbeit, als sie sagte: »Wenigstens kannst du deine Schulkinder nach der Arbeit wieder an die Eltern abgeben ...«

Grinsend verneinte Anna. Ihre Augen leuchteten dabei, was ihrer Freundin nicht entging.

»Nein. Nein«, kreischte Mimmi eine Spur zu laut, sodass sich die Gäste nach den beiden umsahen. »Du willst doch nicht sagen, dass ...«

»Psst«, beruhigte Anna ihre Freundin. »Ja, ich bin schwanger. Noch ganz am Anfang, aber die Ärztin nahm mich heute als Mutter auf. Nächstes Mal gibt es auch den Mutterpass.«

»Oh, wie aufregend!« Mimmi war außer sich vor Freude. »Weiß Robert schon, dass er bald Papa wird? Freut er sich? Ich wette, dass er sich sehr freut!«

»Er hat noch keinen blassen Schimmer«, erwiderte Anna und sah, dass die Kellnerin bereits ungeduldig auf ihre Bestellung wartete. In der ganzen Aufregung hatten sie die Frau übersehen. »Ups, ich hätte gern den italienischen Salat und viel Wasser.«

»Ich die Gnocchi bitte und einen halbtrockenen Weißwein, der gut dazu passt«, orderte Mimmi.

»Schau mal«, Anna zog einen gelben Babystrampler aus einer der Einkaufstaschen heraus, »das werde ich Robert heute mal zeigen. Uh, bin ich aufgeregt, wie er reagiert!« Mimmis Aufregung sprang plötzlich auf sie über wie ein Funke. Endlich kam die wunderbare Neuigkeit auch bei Anna an. Tränen schossen ihr in die Augen.

Mimmi nahm Annas Gesicht zwischen ihre Hände, als wäre ihre Freundin noch ein kleines Kind. In der Kindheit taten sie das öfter, wenn sie sich trösten wollten. Eine vertraute Geste, die Anna Trost spendete. Mimmi wischte die Tränen ihrer Freundin weg. »Das machen die Hormone mit dir, mein Schatz. Gewöhne dich am besten schon jetzt dran«, sagte sie und lachte herzlich. »Hey, Marshall bekommt einen kleinen Schützling, oder?«

»Du hast recht«, griff Anna den Gedanken auf. Die Kellnerin brachte die Getränke. »An unseren Hund habe ich noch gar nicht gedacht. Hoffentlich wird er nicht eifersüchtig. Immerhin ist er schon so alt.«

»Ach, Blödsinn! Der alte Herr wird sich über die Abwechslung freuen. Und auf euch aufpassen, wenn Robert nicht da ist.« Mimmi nippte an ihrem Glas. Ihr Gesicht verriet plötzlich Überraschung.

»Wo hast du ihn eigentlich gelassen? Hat ihn etwa dein Mann mitgenommen?«

»Oh«, Anna zuckte mit der Schulter, »ich wollte nur kurz ins Haus, weil ich meine Kreditkarte vergessen hatte. Da ist er ausgebüxt und bei meinem seltsamen Nachbarn in den Garten gelaufen. Der Typ ist so schräg, dass er schon mal gedroht hat, den Hund umzubringen, wenn das nochmal passiert.«

»Boah, echt?« Mimmi schaute entsetzt.

»Ja, doch Robert hat es mit ihm geklärt«, fuhr Anna. »Der ständige Wechsel zwischen den Bezugspersonen macht Marshall schwer zu schaffen ... Erst Robert und ich, dann mein Vater, dann das Pflegepersonal, und da wechseln sie auch noch untereinander. Kein Wunder, dass er nicht richtig auf mich hört. Ich ließ ihn auf den Schreck erstmal zu Hause.« Sie machte eine kurze Pause. »Ach, da fällt mir noch etwas Gruseligeres ein.« Kurz hielt Anna inne. Ihre Augen weiteten sich. »Graham ist wieder in der Stadt. Er war bei meinem Vater.«

Während Anna den Vorfall vom Mittag im Pflegeheim schilderte, brachte die Kellnerin das georderte Essen.

»Nein, wie gruselig«, bestätigte Mimmi und schob sich eine ordentliche Portion Gnocchi in den Mund. »Den würde ich tatsächlich bei der Polizei melden. So geht das nicht! Bei deinem Vater einfach so aufzutauchen, der Depp. Aber hey, der war bereits in der Schule schon so seltsam ... Weißt du noch? Alle Mädchen hielten sich von ihm weg. Seltsamer Kauz. Er hatte nur Glück, dass er recht gut aussah und vermögend war. Das stieg ihm offenbar zu Kopf, seit er mit der tollsten Frau liiert war, die ich kenne. Warum eigentlich, verstehe ich bis heute nicht.«

»Als wir damals zusammen waren, hatte er doch auch gute Seiten. Graham kann sehr loyal sein, wenn er will. Doch seit er mit dem Trinken anfing ...« Anna ließ die Stimme hängen. »Und seine Wut auf uns! Was haben wir ihm getan? Geht es immer noch um das Weingut? Mit dem Vorkaufsrecht, welches er nicht bekommen hat, das hat er sich selbst zuzuschreiben, verdammt nochmal. Ich habe es damals versucht, und er hat es versaut! Und nun ist er sauer? Vermutlich war er deshalb bei meinem Vater ...«

»Oh Mann«, Mimmi biss die Zähne aufeinander, »was willst du nun tun?«

»Ich würde Robert das überlassen. Er ist schließlich ein Kerl und regelt es wie ein Kerl«, überlegte Anna resolut. »Er wird's schon machen. Und schließlich ...«, Anna senkte die Stimme und lächelte wieder etwas gezwungen, »... hat er jetzt für uns zwei zu sorgen.«

Als die Frauen etwa eine Stunde später das italienische Restaurant mit guter Laune verließen, bemerkten sie nicht, dass ihnen ein paar aufmerksame Augen von einem Taxi aus folgten. Der 'Lady-Killer' hatte Annas Witterung aufgenommen.

Kapitel 13

»Kommt nicht infrage!«, protestierte Mimmi entschieden. So überzeugt klang ihre Freundin sonst immer, wenn sie dabei war, ihren Kindern etwas Gefährliches zu verbieten. »Wir fahren gemeinsam zu euch nach Hause und warten dort ebenfalls GEMEINSAM auf Robert. Mein Auto kann ich nachher auch noch mit Jay von hier aus abholen. Kein Ding! Ist ja nicht weit. Und meine Mutter werde ich vorwarnen, dass sie die Kids heute etwas länger betreuen muss. Was ist, wenn Graham vor deinem Haus lauert?«

»Oh, ich danke dir.« Anna war sprachlos. »Ich muss zugeben, dass ich in letzter Zeit nicht gerade übermäßig mutig bin.« Während sie sprachen, stiegen sie in Annas Wagen. Sie fuhren los. »Und vergesslich bin ich obendrein... Sehr sogar.«

»Vergesslich?«, Mimmi wunderte sich. »Das warst du noch nie. Wenn man einen Menschen im Leben als 'durch und durch zuverlässig und durchorganisiert' nennen könnte, dann bist du das, mein Schatz.«

»Die Frauenärztin behauptet, es wäre normal.« Anna verspürte das Bedürfnis, sich irgendwie zu verteidigen. Oder selbst zu überzeugen. »Vergesslichkeit in der Schwangerschaft sei durchaus nicht selten. Wenn man einer Internetrecherche vertrauen kann«, fügte sie hinzu. Als wollte sie damit das Problem des vererbbaren Alzheimers, der Krankheit, an der ihr Vater litt, erst gar nicht aufkommen lassen. Nicht mal daran denken wollte sie! Für eine Weile war es still im Wagen.

»Oh ja«, gab Mimmi nach einer Weile klein bei. »Sowas habe ich schon gehört. Zum Glück noch nie erleben müssen. In beiden Schwangerschaften ging es mir immer hervorragend. Kein Schlechtwerden, kein Vergessen, keine sonstigen gesundheitlichen Probleme ... Aber die meisten Frauen, die ich kennengelernt habe, hatten sich über Einiges zu beklagen. Von Wasserablagerungen bis ...« Sie biss sich auf die Zunge.

»Ja? Sprich weiter«, bat Anna.

»Vergiss es!« Mimmi lachte ganz laut. »Das wäre wie mit einem Beipackzettel. Kaum gelesen - zack, und du bekommst alle aufgelisteten Nebenwirkungen zu spüren. Nein, nein, ich sage nichts mehr ohne meinen Anwalt.«

»Ts, ts ...«, gab Anna sich zum Spaß verärgert und steuerte ihren roten Corolla in die Einfahrt ihres Hauses. »Das hat man also davon, wenn man schwanger wird? Eine Freundin, die einem alles verschweigt?«

Mit den durch und durch gepflegten Beeten sah Annas Haus im Schein der strahlenden Sonne, die sich nach dem regnerischen Tag langsam blicken ließ, malerisch aus. Die Stellen, die sie seit dem Umzug noch ausgespart hatte, waren mit Unkraut überwuchert, das zur gegenwärtigen Jahreszeit mit einer Fülle an Blüten erstrahlte, als hätte Anna es so gewollt.

»Wow ...« Mimmi konnte ihre Bewunderung kaum verstecken. »Ihr habt aus der früheren Ruine ein wahres Paradies erschaffen. 'Der geheime Garten'. Du kennst das Buch bestimmt noch? Daran musste ich mich gerade erinnern. Lange her, dass ich hier war, nicht? Alles in so kurzer Zeit! Wahnsinn ...«

»Es war sehr viel Arbeit, das gebe ich zu.« Das Kompliment schmeichelte Anna sehr. Sie mochte ihr neues Zuhause. Und es war auch ehrlich verdient. »Als sowas wie ein Projekt-Team funktioniert unsere Beziehung einwandfrei.«

»Das kann man wirklich so sagen.« Mimmi wurde ernster, während sie ausstieg. »Kinder brauchen starke Eltern. Durch unsere Mädels sind wir mit Jay wirklich anders, sagen wir, miteinander zusammengewachsen. Viel näher. Wie heißt es noch so schön? 'In guten wie in schlechten Zeiten' ...«

Anna schwieg. Anders als Mimmi überlegte sie, ob der Weg, den sie genommen hatte, der richtige war. *Geht das Ganze nicht viel zu schnell voran? Noch vor etwas weniger als einem Jahr war ich ganz allein; nun bin ich eine verheiratete Hausbesitzern, die obendrein noch ein Kind erwartet ... Sollte mir das nicht auch ein wenig Angst machen?*, überlegte Anna und war gleichzeitig über ihre Gedanken verärgert. Das schob sie ihrem hormonellen Zustand zu. Wechselstimmung durch Schwangerschaft.

Sicher waren Mimmi und Jay nicht immer einer Meinung. Doch immer, wenn sie an ein fast perfektes Paar denken musste, kam ihr ihre Freundin mit ihrem sympathischen Mann in den Sinn. Und das, obwohl beide so unterschiedlich waren. Mimmi war die immer elegant gekleidete, engagierte Mutter zweier bezaubernder Töchter. Jay dagegen ein gemütlicher, leicht untersetzter Buchhalter mit einem großen Hang zu Motorrädern. Rein äußerlich passten sie gar nicht zueinander. Doch das war noch nie ein großes Thema gewesen.

»Du sagst nichts?« Mimmi konnte die plötzliche Stille nicht einordnen.

»Hach, ich weiß nicht.« Anna wurde melancholisch. »Es ist noch alles so neu ... So fremd ... Ich weiß nicht einmal, was jetzt aus meinem Job wird. Das Baby kommt mitten im neuen Schuljahr auf die Welt ...«

»Was kommen soll, das kommt. Mach dir doch jetzt darüber keine Gedanken! Meistens regeln sich die Sachen von selbst, wenn man genug Geduld erübrigen kann«, klang es aus dem Mund ihrer Freundin mit einem Mal so ungewohnt mütterlich.

»Wow«, rief Mimmi erneut, als ihre Freundin die Haustür aufgesperrt hatte. »Wann wird meine Bude jemals so aufgeräumt sein? Etwa eine halbe Stunde, nachdem ich hart gearbeitet habe, sieht es aus, als wäre eine Bombe explodiert. Das ist zum Verzweifeln!«

Plötzlich wurde Anna geistesabwesend. Irgendetwas stimmte nicht. Ganz gewaltig nicht! Sie horchte.

»Hörst du Marshall bellen?«, fragte sie entsetzt. Doch eine Antwort war nicht nötig. Im Haus herrschte erdrückende Stille.

»Marshall?«, rief sie. Dann etwas lauter. »Marshall, wo bist du? Frauchen ist wieder da!«

Nichts. Stille.

Anna sah ihre Freundin erschrocken an. Dass ihr Hund nicht kam, war nicht nur ungewöhnlich. Es bedeutete, dass etwas passiert war. Mit Panik in den Augen wies sie mit dem Finger nach oben. Als wäre sie nicht fähig zu sprechen.

Gewiss zählte Marshall nicht mehr zu den jüngsten Hunden, doch ihn in der oberen Etage tot vorzufinden? Nein, dazu war Anna noch nicht bereit. Mimmi folgte ihrer Freundin wortlos die Holztreppe hinauf. Weder in dem schneeweißen Schlafzimmer, in dem zentral ein großes Bett mit einem darüber hängenden Moskitonetz stand, noch in einem der anderen beiden Zimmer konnten sie eine Spur des Hundes ausmachen.

Marshall war wie vom Erdboden verschluckt.

»Schatz«, hörten sie plötzlich von unten rufen. »Ich bin wieder da!«

Anna wechselte einen Blick mit Mimmi und stürzte daraufhin die Treppe hinunter.

Unten im Wohnzimmer stand Robert und sah liebevoll seine keuchende Frau an, die sich sichtbar um Fassung bemühte. Beide standen sich gegenüber, ohne sich umarmt zu haben.

»Ich wollte dich früher als verabredet überraschen«, sagte Robert sanft. »Wir können doch noch schnell gemeinsam zu deinem Vater fahren. Sicher wird er sich freuen, sein Töchterchen zu sehen.«

»Marshall«, japste Anna voller Anstrengung. Den Vorschlag, ihren Vater zu besuchen, ignorierte sich gänzlich, »... ist ... nicht da ...«

»Aber klar ist er nicht da.« Robert schmunzelte, als würde er die Situation immer noch nicht verstehen. »Wir haben uns doch verabredet, dass wir ihn gemeinsam abholen werden. Von deinem Daddy. Schon vergessen? Du hattest solche Angst, wegen Graham erneut hineinzugehen, dass ich versprach, dich zu begleiten. Hast du das wirklich vergessen?«, fragte er besorgt. »Wir haben doch telefoniert! Übrigens habe ich für unseren tierischen Rentner ein

Paar spezielle Leckerlis aus einem traumhaft teuren Tierbedarfsladen mitgebracht. Mitten in der Stadt! Die backen die Dinger wirklich selbst, stell dir das mal vor! Er soll es uns nicht krumm nehmen, dass wir ihn so lange haben dort warten lassen. Diesmal ein ganzes Wochenende.«

Ich habe den Hund nicht geholt? Anna war nicht nur irritiert, langsam bekam sie Angst vor sich selbst. *Bin ich vollkommen irre? Vielleicht ist der Hund deshalb nicht da, um uns zu begrüßen? Weil ich ihn nicht abgeholt habe? Verwechsle ich da was? Oder spinne ich?*, überlegte sie, und diese Erkenntnis beunruhigte sie zutiefst.

»Hi, Robert.« Erst jetzt machte Mimmi auf sich aufmerksam. Sie hätte schwören können, dass er sie bemerkt hatte, doch erkennen ließ er es nicht.

»Wow.« Man sah Robert an, dass er nicht so glücklich über ihre Anwesenheit war, wie er vorgab. »Zwei so wunderschöne Frauen im Haus. Was bin ich denn für ein Glückspilz? Hallo, Mimmi.« Das 'M' betonte er besonders schmeichelhaft. Die gleiche Freundlichkeit wie immer, wenn Anna Besuch ins Haus brachte. Es dauerte etwas, bis sie lernte, dass selbst hinter den kleinen, fast anzüglichen Bemerkungen zu Frauen nichts stand. Robert war einfach ein ewiger Charmeur. Und zu den Männern verhielt er sich stets kumpelhaft, wobei er sich niemals in die Position brachte, Konkurrenz für einen Mann darzustellen. Weder vor einer Frau noch im Vergleich mit anderen 'Männerattributen' wie handwerkliche Geschicklichkeit oder Bierkonsum. Vielleicht wurde er deshalb recht schnell in jeder neuen Gruppe akzeptiert. Man konnte sich das Leben ohne Robert vorstellen, doch wenn er dabei war, war er eine willkommene Abwechslung bei Partys.

»Mädels«, lächelte er. »Ich bin so geschafft von dem heutigen Tag. Wollen wir etwas trinken? Ich hätte wirklich große Lust auf ein Glas Wein, bevor wir aufbrechen.«

»Ich muss los.« Mimmi verstand den Wink sofort, doch Robert unterbrach sie.

»Kommt nicht infrage«, erwiderte er unerwartet und einen Hauch von Widerstand nicht duldend. »Für ein Getränk muss immer Zeit sein. Dann fahren wir dich heim, bevor wir Marshall abholen.« Mimmi schaute so verdutzt, dass sich Robert genötigt fühlte, es zu erklären. »Dein Auto ist weit und breit nicht zu sehen, also gehe ich recht in der Annahme, dass dich meine Frau abgeholt hat, richtig?«

»Angesichts dieser bahnbrechenden Logik«, Mimmis Anspannung entlud sich in einem Lächeln, »hast du mich zu einem Kaffee überredet, wenn es euch keine Umstände macht.«

»Ich trinke auch einen«, stimmte Anna zu. »Wein wäre jetzt keine gute Wahl.« Verschwörerisch schaute sie ihre Freundin an und blinzelte ihr auffällig zu. Doch Robert schien diese Geste nicht bemerkt zu haben.

»Zwei Kaffee für die Damen, einen Wein für mich«, wiederholte er. »Kommt sofort.« Die Frauen folgten ihm, jederzeit bereit zu helfen, wenn es nötig war.

Erst als sie in der Küche waren, sahen sie es.

Anna erschauerte.

»Hast du etwa vergessen«, sprach Robert aus, was seine Frau so erschreckt hatte, »... die Küchentür zum Garten zu schließen? Oh, Schatz! Wie oft passiert dir das noch? So kann doch jeder zu uns ins Haus gelangen! Auch der, wie du ihn bezeichnest, 'seltsame Nachbar' von drüben, vor dem du solche Angst hast. Verdammt, du musst vorsichtiger sein! Graham braucht nur um das Haus zu schleichen, um mitten in unserer Küche zu stehen.«

Und offenbar lasse ich auch Geld auf der Arbeitsfläche liegen, stellte Anna entsetzt fest, als sie eine Münze dort liegen sah. Um sich eine weitere Diskussion über mangelnde Hygiene zu ersparen, legte sie ihre Hand unauffällig darüber, als wollte sie sich auf diese Weise abstützen. Als Robert eine Weinflasche öffnete, in ein belangloses Gespräch mit Mimmi über ihren Mann vertieft, nützte sie die Gelegenheit, die Münze in ihrer Jeanstasche verschwinden zu lassen. *Schon wieder etwas liegengelassen*, dachte sie traurig. *Ich hoffe, nach der Schwangerschaft bessert sich mein Gedächtnis rapide, sonst werde ich noch verrückt!*

Derzeit ging die Sonne langsam in ihren verdienten 'Feierabend' über. Die von Bäumen geschützte Terrasse des Wright-Anwesens lud dazu ein, von Natur umgeben ein Getränk einzunehmen.

»Ich weiß nicht, wie es euch so geht«, fing Robert an, »... doch nach dem langen Tag an der Uni, wo man mich von einem zum anderen Büro geschickt hat und nach der anstrengenden Herfahrt würde sich meine Lunge über etwas ländlichen Sauerstoff freuen. Wollen wir uns kurz raussetzen?« Er sprach aus, was alle drei dachten.

»Eine gute Idee«, schloss sich Anna ihrem Mann an. »Zumal Mimmi bisher nur das Hausinnere sehen konnte. Dabei ist unser Garten mit dem Zugang zum Wasser mein größter Stolz ...«, sagte sie verträumt. Mittlerweile war sie davon überzeugt, dass sie Marshall tatsächlich vergessen hatte abzuholen und dass ihr ihr Gedächtnis wieder etwas vorgaukelte. Denn wenn sie ihn abgeholt hätte, wäre der Hund jetzt zu Hause. Er lief nie weg. Dazu war er mittlerweile zu alt. Ihre innere Unruhe wuchs, während sie sich die Situation zu erklären versuchte.

»Wenn man das, was ich bereits vor dem Haus sah«, erwiderte Mimmi, »... überhaupt noch irgendwie toppen kann. Das Schlafzimmer ist ein Traum. Das Wohnzimmer ebenfalls. Und von einem so toll eingerichteten Arbeitszimmer kann ich wohl nur träumen. Sobald ich etwas mit Regalen und Ordnern in meiner Wohnung überhaupt hinstelle, müssen wir es an die Wand dübeln, damit es standhält, falls die Kinder darauf klettern. Und Ordner sind in der Welt der Kleinen dazu da, geöffnet, vom Inhalt befreit und angesabbert zu werden ... Ihr wisst nicht ...« Sie unterbrach sich, um durch ihre impulsive Art nicht über das Thema 'Schwangerschaft' zu stolpern. Das war eine Sache zwischen den beiden.

»Wie geht es deiner Mutter? Hat sie angerufen?«, fragte Anna ihren Mann, als sie auf den ausladenden Rattan-Sesseln Platz genommen hatte. Und zwar so, dass sich die beiden Frauen mit dem Blick zum Steg und Robert sich ihnen gegenüber gesetzt hatte.

Dann fiel ihr wieder ein, dass es ihrem Mann unter Umständen schwierig war, vor Mimmi über seine Mutter zu sprechen. Zumal er ihren Verfolgungswahn selten erwähnte. *Was bin ich bloß für ein Trottel! Wie unsensibel von mir, das anzusprechen*, dachte sie. *Ihn so bloßzustellen, dass er es vor meiner Freundin beantworten muss.*

Doch Robert reagierte mit einem Lächeln. »Sie fühlt sich mehr als wohl. Das war mal nötig, glaube ich.«

Mimmi hielt sich weitgehend aus dem Gespräch heraus und ließ ihren Blick über den See gleiten. Irgendwie fühlte sie sich plötzlich überflüssig.

Die Aussicht war aber auch wirklich beneidenswert. Die großzügig geschnittene Echtstein-Terrasse mündete im frisch gemähten, saftig grünen Rasen. Nach diesem etwa 20 Meter langen Streifen fing bereits ein vom Vorbesitzer angelegter Steinstrand an, der direkt ins Wasser führte, in dessen Mitte ein naturbelassener Holzsteg auf dem Wasser zu liegen schien. Mimmi fragte sich, ob die beiden jemals Lust verspürten, sich ein kleines Boot zuzulegen. Wenn es etwas gab, was ihr bei diesem Anblick sofort einfiel, dann war es ein romantisches Boot mitten in der Idylle.

»Wir haben irgendwo auch noch kleine Enten ...« Anna folgte dem Blick ihrer Freundin und nutzte die Chance, es ihr noch schmackhafter zu machen, demnächst mit ihren Kindern das Haus der Wrights zu besuchen. Sie mochte Kinder sehr.

»Oh«, sagte Mimmi nachdenklich. »Dann ist die blaue Mülltüte vielleicht nicht gut, die da auf der Oberfläche schwimmt? Nicht, dass sich die Kleinen darin verheddern.« Nun schauten beide in Richtung des Wassers. Tatsächlich. Darin trieb eine der üblichen Mülltüten aus dem Supermarkt. Oder zumindest so ähnlich.

Eine von denen, die mein seltsamer Nachbar neulich in der Hand hielt, als ich aus dem Fenster hinausschaute?, fragte sich Anna verbittert, der instinktiv klar war, dass es sich um Plastik handeln musste, wenn es auf der Oberfläche schwamm. *Was für ein widerliches Schwein muss das sein? Aber gut, so, wie der zu Marshall ist, wundert mich gar nichts.*

»Nun, jetzt wissen wir«, sagte sie, während Robert einen Kescher aus der Garage holte. Es war nicht das erste Mal, dass sie etwas aus dem Wasser holen mussten, das jemand unachtsam hineingeworfen hatte. Doch Anna lag ihr Steg mit seiner naturbelassenen Flora und Fauna sehr am Herzen. Eine Mülltüte könnte für manche Tiere zur Todesfalle werden, »... wo unser Nachbar seinen Müll entsorgt. Wunderbar.«

Beide Frauen erhoben sich daher und gingen zum Steg, damit sie Robert irgendwie helfen konnten. Die Entfernung zwischen dem Steg und der Tüte schien von der Terrasse aus recht groß zu sein.

»Ich hab's gleich«, rief Robert mit hörbarer Anstrengung in der Stimme. Der Kescher bog sich unter dem Gewicht des Tüteninhaltes. »Verdammt, hat der da Steine abgeladen?«, stöhnte er erneut und zog den Inhalt der Tüte näher heran, dann hob er sie auf den Steg.

Ein Körper im Sack? Eine seltsame Kreatur?

Es dauerte einige Zeit, bis Anna wirklich begriff, was sich genau in der Tüte befand, deren kleiner, luftgefüllter Teil wie die Spitze eines Eisbergs von der Terrasse aus auf der Wasseroberfläche zu sehen war. Vermutlich nur ein Zufall, dass genau an dieser Stelle das Wasser auch noch recht flach verlief; sonst hätten sie es vielleicht gar nicht bemerkt.

Doch in diesem Augenblick, als sie das nasse Fell berührte, begriff sie, dass sie sich nicht getäuscht hatte. Unförmig, doch das Haar kannte sie.

Nein, sie hatte sich nicht eingebildet, Marshall von ihrem Vater geholt zu haben. Das müsste sich nachprüfen lassen! Es war ihr geliebter Hund. Das genau war die bittere Realität! Genauso wie die Tatsache, dass das Tier offensichtlich stranguliert und wie Müll ins Wasser geschmissen worden war.

Die Magensäure kam ihr plötzlich hoch. Anna übergab sich im hohen Bogen ins Wasser, und als sie nach einer Weile fertig war, schrie sie. Unerwartet. Ein herzzerreißender Todesschrei. Unendlich lang.

Als ob ihre Wehklage ihren Lebensgefährten aus Jugendzeiten zum Leben erwecken könnte.

Kapitel 14

»Er hat den Hund ermordet«, wiederholte Anna das Unbegreifliche. Nun saßen sie auf dem Boden im Wohnzimmer, dem einzigen Ort im Haus, zu dem sie überzeugt werden konnte, hinzugehen. Die Überreste des toten Hundes lagen immer noch am Steg, dort, wo Robert sie aus dem Wasser gezogen hatte.

Und obwohl Anna nicht mehr so herzzerreißend schrie, war bereits der Krankenwagen unterwegs. »ICH BIN SCHULD, weil ich die Tür offengelassen habe ... Ich. ICH BIN SCHULD, dass er ...«, murmelte sie. Dann zog Anna ihre Füße zum Schneidersitz zusammen und begann mit dem Oberkörper hin und her zu schaukeln - wie ein vernachlässigtes Waisenkind.

»Du bist nicht schuld!« Robert sprach ganz ruhig auf sie ein. Seine Arme legte er dabei um ihre Schulter, sodass sie in der Umarmung ihres Mannes zum großen Teil verschwand. Damit hielt er ihren Oberkörper fest, damit ihre Zwangsbewegung endlich erstarrte. »Du. Bist. Nicht. Schuld. Verstehst du? Er wird sich in der Tüte verheddert haben. Vielleicht lag sie einfach offen herum und roch nach irgendetwas? Immerhin haben auch wir solche Tüten zu Hause.«

»Haben wir nicht!«, rief Anna hochgradig empört. Robert löste sich von ihr und ging in die Küche. Nach einer Weile kam er mit einer offenen Rolle Müllsäcke in der Hand zurück, die denen aus dem Wasser zum Verwechseln ähnlich sahen.

»Haben wir schon«, sagte er trocken. Mittlerweile waren seine Tränen über den Verlust nicht mehr sichtbar - nur seine Augen leicht gerötet. »Ich habe sie auf der Arbeitsfläche in der Küche gefunden ... Vielleicht wolltest du Müll rausbringen und hast sie vergessen? Wobei ich nicht verstehe, warum der Hund überhaupt zu Hause war. Aber egal. Hey, nur weil du die Säcke gekauft und liegengelassen hast, heißt das noch gar nichts! Es ist doch vollkommen irrsinnig zu sagen, du wärst schuld!«

»Ich habe sie niemals gekauft! Ich nehme solche anderen, durchsichtigen ...«, stritt Anna ab. *Oder habe ich doch? Und ich kann mich nicht erinnern? Weil ich vor mir selbst zugeben müsste, dass ich ...* Mimmi traute sich kaum, etwas zu sagen. Sie kam sich weiterhin wie das fünfte Rad am Wagen vor, und fand immer noch keine Worte. Vielmehr noch - auch sie war schockiert. Dennoch wollte sie ihre Freundin in dieser Situation nicht allein lassen. Also verharrte sie, ohne zu wissen, wie sie helfen konnte. Das sah man ihrer Körperhaltung deutlich an. Kraftlos. So fühlte sie sich jetzt.

Sie ahnte dabei nicht, welche wirren Gedanken in ihrer Freundin aufkeimten, die plötzlich reglos und mit weit aufgerissenen Augen vor sich hin starrte, während Robert die Mülltüten zur Küche zurückbrachte.

Was, wenn ...? Wenn genau ICH Marshall umgebracht habe? Dieser Gedanke kam so blitzschnell, dass sich Anna dagegen nicht im Geringsten wehren konnte. *Was, wenn ich die Tüten fand, ihn umgebracht habe, und mich daran nicht erinnern kann? Wäre ich dazu fähig? Macht das die Schwangerschaft mit mir, dass ich zu einem Mord fähig wäre? Haben wir uns nicht zuvor mit Mimmi darüber unterhalten, dass ein Baby für Marshall nicht unproblematisch sein würde? Dass Marshall nicht da ist, erleichtert doch unsere Situation. Was, wenn ICH es so gelöst habe und mich daran nicht mehr erinnern MÖCHTE?*

Sie schrie wieder ununterbrochen.

Die Sirenen des Rettungswagens konnten Annas Stimme im Inneren des Hauses kaum übertönen. Mimmi lief sofort zu ihrer Freundin und drückte sie an sich. Doch es half nichts. Anna war wieder in ihrem Trauma, das sich offensichtlich erneut manifestierte, und von außen gar nicht ansprechbar. Mimmi beschränkte sich daher auf die Umarmung, um ihrer Freundin zu zeigen, dass sie nicht allein war. Ganz leise wiederholte sie wie ein Mantra ein leises »Sch, sch sch ...« - wie sonst zu ihren Kindern, wenn sie in Rage waren. »Sch, sch, sch ...«. Sie war unfähig, mehr zu tun als das.

Blaues Licht leuchtete in die Fenster des Wohnzimmers, als Annas Stimme langsam an Kraft verlor. Für die Beteiligten lief die Zeit im Schneckentempo ab, während die Sanitäter eiligen Schrittes zuerst an die Tür klopften, sich dann durch Robert die Situation in Stichworten erklären ließen, und zügig ins Wohnzimmer kamen.

»... Beruhigungsmittel«, hörte Mimmi bruchstückhaft den offensichtlich verantwortlichen der beiden Männer sagen.

»Das geht nicht!«, rief Mimmi - gegen Annas Geschrei ankämpfend. »Sie dürfen nicht! Also nicht so einfach, meine ich.«

»Hä?« Der Sanitäter erstarrte. Auch Robert schaute sie ratlos an, während die Stimme ihrer geistesabwesend wirkenden Freundin zunehmend verstummte. Ohne ihre liegende Freundin loszulassen, schaute Mimmi zunächst Robert schuldbewusst an, dann wanderte ihr Blick zu den Sanitätern, die immer noch auf eine gescheite Begründung warteten, sich an die Anweisungen einer fremden Frau zu halten.

Leise flüsterte Mimmi ihrer Freundin eine Entschuldigung ins Ohr. Dann seufzte sie, bevor sie weitersprach: »Anna ist schwanger. Sie müssen ihr etwas für Schwangere geben.« Im gleichen Augenblick brach Anna in ihren Armen wie ein Kartoffelsack zusammen und verlor das Bewusstsein.

Der leitende Sanitäter rief seinen Kollegen zur Hilfe, um sie von dem erschlafften Körper ihrer Freundin zu befreien. »Hilf mir!«, bat er den Kollegen, »... sie auf die Trage zu legen.«

Während die Sanitäter anschließend Annas Vitalwerte überprüften, löste sich auch bei Robert die Schockstarre - ausgelöst durch die Ereignisse und die freudige Nachricht über seine Vaterschaft.

»Seit wann ...«, stammelte er geistesabwesend, »... weiß sie es schon?«

»Ich vermute seit heute, wenn sie dir noch nichts gesagt hat ... Mir zumindest hat sie es erst vorhin erzählt«, erwiderte Mimmi trocken.

»Mr. Wright?« Der leitende Sanitäter wandte sich an Robert und wartete ab, dass er die volle Aufmerksamkeit des Angesprochenen bekam. »Einige der Werte Ihrer Frau sind recht hoch. Alles nicht dramatisch, doch bei Schwangeren sind wir vorsichtig und werden sie zur Beobachtung ins Krankenhaus mitnehmen.«

»Tun Sie alles, was Sie für nötig halten«, antwortete Robert. »Sobald ich unsere gemeinsame Freundin nach Hause gefahren habe, komme ich nach.«

»Danke, aber das ist nicht nötig!«, widersprach Mimmi. »Zur Not kann ich mir doch ein Taxi ...«

»Kommt nicht infrage!«, fiel ihr Robert ins Wort. »Anna würde das nicht anders wollen. Und sie ist eh nicht ansprechbar.«

Kapitel 15

Greenport, Eastern Long Island Hospital
Donnerstag, 18.05.2017, 11:00 Uhr

Seit etwa zwanzig Minuten hörte Anna den Herzschlägen eines Babys zu, das sich im Bauch ihrer Bettnachbarin mit dem Namen Rosita Ramírez befand. Der durch das CTG-Gerät aufgezeichnete Ton war für sie mindestens so heilsam wie die morgendliche Stille, die im Zimmer herrschte. Die zwischen der abgeschlossenen Frühstückszeit und noch nicht erfolgten Facharztvisiten.

Tha- thau, tha- thau, tha- thau, flüsterte der Wehenschreiber monoton im immer gleichen Rhythmus. Ihre Bettnachbarin, eine sehr füllige Mexikanerin mittleren Alters, schien diese einzigartige akustische Verbindung zu ihrem Kind im Leib zu genießen. Mit geschlossenen Augen lag sie in der Seitenlage. Ihre Ängste über den Verdacht auf eine Plazentainsuffizienz waren in solchen Momenten immer verschwunden. Sollte es sich bestätigen, würde man das Baby per Kaiserschnitt sofort entbinden müssen, hatten die Ärzte gesagt. Doch im Moment schien alles in bester Ordnung zu sein. Rosita entsprach im vollen Umfang allen Vorurteilen, die über mexikanische Familien im Umlauf waren. Sie war die laute, liebevolle 'madre de cuatro hijos', sobald sie Besuch von ihren vier Kindern und sonstigen 'Ramírez-Clan-Mitgliedern' bekam, die jedes Mal als Rudel aus mindestens sechs Personen das Krankenhaus stürmten. Doch sobald Rosita mit Anna allein im Zimmer war, verstummte die Frau. Und es war kein unangenehmer Zustand, die zwischen den beiden Müttern in spe herrschte. Im Gegenteil. Beide hingen gern ihren Gedanken nach und waren dankbar für das Verständnis der anderen, sich mal einfach zu rein gar nichts äußern zu müssen.

»Weißt du«, sagte Rosita heute beim Frühstück zu Anna, während die Schwestern die Mahlzeit an den Betten der Frauen servierten, »im Leben will jeder etwas von dir wissen. Erst recht, wenn du Mutter wirst. Im Krankenhaus - die Ärzte; zu Hause - die Familie, die Kinder. Du bist nie für dich allein. Selbst im Badezimmer nicht.

Du bist Mutter, Ehefrau, Tochter, Patientin. Entweder will man wissen, wie es dem Baby geht. Oder du musst dir Geschichten von Zuhause anhören: Welche Berge an Arbeit auf dich warten, wenn du wieder halbwegs belastbar bist. Doch hier, im Zimmer, neben dir fühle ich mich frei. Ich bin nicht 'nur' eine Mutter oder Patientin, sondern auch eine Frau, die das Recht hat, ihre Ruhe auszukosten und ihren Gedanken nachzugehen. Oder einfach nur allein auf die Toilette zu gehen, wenn mir danach ist. Du bist meine Oase. Dafür danke ich dir.«

Als Antwort lächelte Anna ganz schwach. Das war das erste Mal, seit sie am Montag eingeliefert worden war. Aber sie schwieg weiterhin stur.

Selbst als die Krankenschwester einen Gurt um Rositas großen Bauch band, um ein erneutes CTG zu machen, sprach niemand im Raum. Nicht mal die Schwestern. Als hätten plötzlich auch sie Rücksicht auf die Mütter in spe nehmen wollen.

Annas Gedanken kreisten permanent um den Tod ihres Hundes. *Kann es sein, dass ich ihn umgebracht habe?*, fragte sie sich zum gefühlt hundertsten Mal am heutigen Tag. *Verliere ich den Verstand? Oder war es dieser Bastard von Nachbar? Wie hieß der Scheißkerl nochmal? Habe ich seinen Namen vergessen oder wusste ich den noch nie? Könnte er dazu fähig sein? Oder war das das Werk von Graham? War Graham fähig, den Hund zu töten, den er seit seiner Welpenzeit kannte?* Zu keiner dieser Fragen konnte Anna eine glaubhafte Antwort geben.

»Rosita«, drehte sie sich vom Fenster weg zur Seite, als sie sah, dass sie bereits beobachtet wurde. »Ist es möglich, dass man während der Schwangerschaft Sachen tut, an die man sich nicht erinnern kann?«

»Hmm ...« Rosita dachte nach. »Ich hatte solche Probleme höchstens dann, wenn ich eines meiner Babys gestillt habe. Fand meine Schlüssel im Kühlschrank - zum Beispiel. Meinst du diese Art?«

»In etwa«, erwiderte Anna, die das tatsächlich empfundene Ausmaß dieser seltsamen Wahrnehmungsstörung nicht mal vor sich selbst zugeben konnte. Entweder drehte sie langsam durch, oder es waren wirklich Frühsymptome des Alzheimer, und die Schwangerschaft beschleunigte das Absterben der Neuronen in ihrem Gehirn zusätzlich.

Wenn ich also Glück habe, wird es nach der Schwangerschaft womöglich aufhören. Spätestens aber nach der Phase des Stillens ... Ich werde also wieder halbwegs 'normal' sein? Das halte ich doch bis dahin durch!, versuchte sie die aufsteigende Panik zu dämmen, die sie vom Tod des geliebten Tieres wieder ein wenig abgelenkt hatte. Die Tatsache, ihrer Wahrnehmung nicht mehr trauen zu können, verwandelte ihr Leben zunehmend in eine Hölle auf Erden. Solange sie die Hoffnung hegte, dass diese Qual irgendwann ein Ende haben würde, gab es Hoffnung. Denn sie kannte John Eliots Krankheit. Zu lange hatte sie untätig zugesehen, wie ihr Vater mit jeder fehlenden Erinnerung an die Vergangenheit einen Teil seiner Persönlichkeit aufgab. Er verwandelte sich langsam in einen geistigen Zombie - jemanden ohne Vergangenheit und ohne Zukunft. Ein Wesen ohne Träume oder Wünsche ... Ein Niemand in jemandes Haut.

Anna liebte ihren Vater sehr. Auch wenn es ihr in der Seele wehtat, sich aus seinen Erinnerungen zu entfernen, war sie als sein Kind doch die Verlängerung seiner Träume.

Kann ich Robert zumuten, eine ähnliche Verlängerung meiner Träume zu werden? Ist unsere Beziehung stark genug, meinen geistigen Tod mit einem kleinen Baby durchzustehen? Werde ich erleben, wie mein Kind eines Tages 'Mama' zu mir sagt? Werde ich jemals Mama meines Kindes sein, oder wird es eine fremde Person sein, während man sich um mich im Pflegeheim kümmert? Diese doch so zerstörerischen Gedanken ließen sie nicht mehr los. Die damit verbundene, unbändige Angst, sich und damit auch alles andere zu verlieren, ließ ihre Tränen permanent in den Kissen versickern.

»Schatz, was ist los?«, hörte sie Rosita sanft fragen. »Du weinst ja wieder ...«

»Alles in Ordnung«, log Anna und wischte sich mit dem Ärmel ihres Krankenhaus-Kaftans übers Gesicht. »Am Montag ist nur mein Hund gestorben, der mich so viele Jahre begleitet hat. Ich schätze, ich bin deshalb besonders traurig.« Immerhin war es keine Lüge. Höchstens eine Halbwahrheit.

»Oh ...« Rosita schien das Gefühl zu kennen. »Vor einigen Jahren brachte mein Mann einen Hund nach Hause, den er auf der Straße fand. Naja ... Vielleicht fand der Hund eher meinen Mann. Er ist ihm bis nach Hause gefolgt. Ausgehungert war das arme Ding. Wäre er, oder besser gesagt sie, nicht zu uns gekommen, wäre sie vermutlich irgendwann elendig verendet. Der Hund war so dankbar, dass wir ihn aufgepäppelt haben, dass er uns keinen Schritt von der Seite wich. Tolles Tier. Solana war mehr als drei Jahre bei uns, als sie von einem Auto überfahren wurde. Sie fehlt mir bis heute ...«

Nun waren sie beide ganz ruhig.

Tha- thau, tha- thau, tha- thau, hörte man den Herzschlag des Babys. Die Krankenschwester trat ins Krankenzimmer, befreite Rosita von dem Bauchgurt und nahm den Wehenschreiber samt der Auswertung mit. Sie ließ die beiden Frauen ganz allein, ohne Annas gedämpften Gemütszustand registriert zu haben.

Rosita lächelte. »Am liebsten würde ich dich umarmen und dir sagen, dass alles besser wird. Aber wir wissen beide, dass ich lügen würde. Mit der Zeit wird es aber etwas leichter. Unter deinem Herzen trägst du jetzt ein Wesen, das eine starke Mutter braucht. Das dich braucht! Du darfst es nicht im Stich lassen, Anna. Trauere ruhig um deinen kleinen Freund. Aber dann denke auch an die schönen, gemeinsamen Zeiten. In diesen wenigen Tagen, die wir uns kennen, habe ich dich nur ein einziges Mal lächeln sehen. Jetzt. Nun ist es wenigstens verständlich für mich.« Rosita machte eine kleine Pause. »Doch wenn du lächelst, lächelst du in deinen Mamabauch hinein. Das spürt das kleine Würmchen und fühlt sich nicht so allein da drin, weißt du? Versuche, deine Ängste und Trauer ab und zu zu vergessen und deinen Mund wenigstens so zu formen, als würdest du dich freuen. Irgendwann funktioniert es dann. Du wirst noch Freude verspüren, glaube es mir! Tu es dir und deinem Kind zuliebe. Das hätte dein kleiner Freund auch so gewollt.«

Anna fühlte, wie ihre Augen wieder feucht wurden. Auch wenn sie es nicht wollte, konnte sie den erneuten Gefühlsausbruch nicht aufhalten. Ihre Trauer über ihren Hund und darüber, offenbar mit diesem Schmerz allein auf der Welt zu sein, floss in diesem Augenblick mit jeder Träne aus ihrem Körper hinaus.

»Darf ich dich umarmen?«, fragte Rosita sie leise und erschrak sogleich über sich selbst. Anna gab sich trotz ihrer Tränen immer so stark und unberührbar, seit sie eingeliefert wurde. Nun musste Rosita erkennen, wie bröckelig dieser Fels eigentlich war. »'tschuldigung«, warf sie ein, »ich weiß nicht, was mit mir los ist ... Meine mexikanische Impulsivität scheint durchzukommen.«

Wider Erwarten stand Anna wortlos vom Bett auf und überraschte sich damit sogar selbst.

Rosita schaute ihrer Bettnachbarin verdutzt zu, bevor sie ihre Arme so weit öffnete, wie es ihr ihre Liegeposition und der dicke Bauch erlaubten. Und Anna drückte die irgendwie fremde Frau, die nur geringfügig älter als sie selbst war, so innig, als könnte sie damit ihre Sorgen ersticken. Als wäre Rosita die Mutter, die ihr jeden Tag so schmerzlich fehlte. Nun ließ Anna endlich ihre Trauer auf sich zukommen. In den Armen einer Frau, deren Herz so viel größer als die Angst vor Berührung war. Und es tat ihr gut. Als eine halbe Stunde später die Tür schwungvoll aufging und eine Handvoll Ärzte hineintrat, lag Anna bereits wieder in ihrem Bett und schaute aus dem Fenster. Die Sonne stand recht hoch. Sie schien so intensiv in das sterile Krankenzimmer, dass endlich die sonst recht träge Außenjalousie reagierte, indem sie automatisch herunterfuhr.

»Mrs. Ramírez«, sagte einer der Ärzte. Wie Anna später erfuhr - der Oberarzt.»Leider hat sich unsere Befürchtung bestätigt. Ihr Baby wird zurzeit nicht ausreichend mit Sauerstoff versorgt, daher müssen wir es heute schon holen. Wir werden Sie vorsichtshalber in eine Spezialklinik mit einer nahen Frühchenstation verlegen, damit Sie ihr Baby jederzeit nach dem Kaiserschnitt sehen können ...«

Rositas Augen weiteten sich vor Angst. Auch wenn sie mit einer solchen Diagnose rechnen musste, so war sie doch überrascht.

»Keine Sorge«, beruhigte sie eine der Krankenschwestern, die erschien, als die Ärzte wieder hektisch das Zimmer verlassen hatten. »Es ist reine Routine. Freuen Sie sich doch, dass Sie ihr Kleines noch heute in die Arme schließen können. Es wird nicht mehr lange dauern und Sie können es dann auch bald nach Hause holen. Schließlich ist es schon die 34. Schwangerschaftswoche ...«, beruhigte sie die Patientin und tätschelte Rositas Arm.

Mittlerweile nahm die Vorbereitung zum Abtransport ihren Lauf.

»Der linke Schrank gehört Ihnen, nicht wahr?«, sprach eine der anwesenden Krankenschwestern Rosita an.

»Wir werden Ihre Familie benachrichtigen«, versicherte eine andere. Alles laut. Durcheinander.

»Machen Sie sich keine Sorgen, Sie sind in den besten Händen ...«, hörte Anna irgendjemand sagen, während ihre Bettnachbarin mit geweiteten Augen im Bett lag und so tat, als wäre alles okay. Das war es aber nicht. Dafür kannte Anna sie wiederum zu gut. Trotz der Beteuerungen, dass es nur Routine sei, hatte sie wahnsinnige Angst, wie man ihren Gesichtszügen entnehmen konnte.

Anna verspürte das Gefühl, diesmal ihre Zimmernachbarin trösten zu wollen. »Wenn du lächelst, lächelst du in deinen Mamabauch hinein«, wiederholte sie ganz leise Rositas Worte. »Tu es dir und deinem Kind zuliebe.«

Diesmal konnte Rosita das Lächeln nicht unterdrücken, das ihre innere Starre mit einem Mal löste. Um ihre Augen erschienen viele kleine Lachfältchen, die ihr sonnengebräuntes Gesicht liebevoll erscheinen ließen. Nun war sie wieder die beherrschte 'madre de cuatro hijos', wie Anna sie von den Besuchen ihrer Verwandtschaft her kannte.

Bald eine glückliche 'madre de cinco hijos'.

Kapitel 16

Peconic Bay, North Fork,
das Anwesen des Ehepaars Wright,
12:00 Uhr

Unbemerkt schob Andrew Bradley die Terrassentür zur Seite, im Wissen, dass er nun allein im Haus war. Jetzt galt es, die Beweise seiner Anwesenheit im Haus, als er den Hund beseitigt hatte, für immer verschwinden zu lassen. Er konnte nicht zulassen, dass man Anna Wrights Vorwürfen Gehör schenken würde. Seine Dummheit könnte ihn sein Versteck kosten. Aber nicht, wenn er Beweise seiner Anwesenheit im Haus beseitigt hatte. Nur Anna konnte sie entfernt haben. Dessen war er sich sicher.

Wie konnte er nur so unaufmerksam sein, eine der Münzen, die er für seine menschlichen Opfer vorgesehen hatte, im Wright-Haus zu vergessen? Aber auch die Rolle Müllbeutel nicht mitzunehmen, war im Nachhinein ein dämlicher Fehler. Was, wenn Anna Wright, so neugierig, wie sie war, dem Ganzen doch nachgehen würde? Denn irgendwann würde das FBI Molly finden und die Sache wieder öffentlich machen ... Dann war die Münze besser in seinem als in Annas Besitz.

Nun konzentrieren sich die Nachforschungen auf Mary Ann und New York, was meinen Arsch nur so lange rettet, wie die Münze nicht in North Fork gefunden wird. Und einer Frau mit Nervenzusammenbruch, weil ihr Köter krepiert ist, glaubt eh keiner.

Er überlegte, in welchen Räumen des Hauses er noch gewesen war, nachdem er den Hund erwürgt hatte. Dieser Scheißköter hat mir mehr Kraft abverlangt, als ich gedacht hätte ... Dass sich diese alte Töle noch so vehement zur Wehr setzen würde ... Zumindest im Lebenswillen war er der hübschen Molly haushoch überlegen. Schade aber auch, dass es beiden nichts genutzt hatte ... Schade für mich. Gegen ein bisschen mehr Spaß mit Molly hätte ich nichts gehabt. Im Gegenteil.

Nach kurzer Überlegung ging er in die Küche.

Die Rolle mit den blauen Müllbeuteln war nicht schwer zu finden. Sie lag noch direkt auf der Arbeitsfläche. Andrew Bradley packte sie in seinen Rucksack. Zur Sicherheit würde er sie irgendwo in den Hudson River werfen.

Oder in irgendeiner Tonne in der Stadt entsorgen, wo kein Hahn danach krähte, sollte sie jemals aufgefunden werden.

Nun war aber die Münze an der Reihe.

Doch sie war nicht dort, wo er sie vermutet hätte. Obwohl er sie garantiert neben die Müllbeutel gelegt haben musste, war sie nicht da.

Und es war noch zu früh, Anna die Münze zuzustecken. Viel zu früh! Damit habe ich sie gewarnt, wenn sie schlau ist, ärgerte er sich über den Fehler.

Wenn eine Sache für ihn sicher war, dann, dass er irgendwann demnächst die Existenz beider Wrights löschen musste, bevor die Spur zu ihm zu offensichtlich wurde. Sicherheitshalber würde Robert Wright genauso elendig wie seine Frau sterben.

Und alles nur, weil die blöde Bitch zu neugierig ist!, schimpfte er und begab sich ins Schlafzimmer. Wenn sie diese Münze gefunden hat, dann bin ich geliefert. Vor allem, wenn sie darauf besteht, zur Polizei zu gehen. Das kann ich niemals zulassen!

Darauf bedacht, keine Hinweise zu hinterlassen, die vielleicht als Einbruch gedeutet werden könnten, schaute er systematisch alle Schubladen durch. Viel Zeit blieb ihm nicht mehr.

Er musste sich mit der Suche beeilen.

Und tatsächlich. Irgendetwas Silbriges lag unter der Kommode des Schlafzimmers. Er bückte sich, um eine Münze aufzuheben.

Kapitel 17

Greenport, Eastern Long Island Hospital
15:00 Uhr

Die Einsamkeit des Zimmers oder vielmehr das Fehlen der gewohnten Begleitung nahm Anna schwerer mit, als sie von sich gedacht hätte. Die so durch und durch mit positiver Ausstrahlung geladene Rosita Ramírez fehlte ihr. Erst jetzt bemerkte Anna, dass sich ihr Erinnerungsvermögen zumindest stabilisiert hatte. Jemand klopfte leise an die Tür. »Herein«, bat Anna den Besucher einzutreten. In der Tür erschien zunächst ein riesiger Blumenstrauß, gefolgt von einem großen Teddybären.

»Taaadaaa ...« Robert trat mit einem Lächeln ein.

Annas Gesicht erhellte sich sofort, als sie das geliebte Gesicht sah. »Willst du mir den Tag versüßen?«, fragte sie und stand vom Bett auf, um eine Vase zu ordern. »Ich werde dich daran garantiert nicht hindern.«

»Aber klar«, entgegnete ihr Ehemann, während er sie an sich zog. »Doch morgen kriegst du keinen Teddy«, sagte er und küsste seine Frau zur Begrüßung. »Weil du morgen laut der Einschätzung des Oberarztes nur einen halben Tag hier bist. Genau genommen wirst du nach der Vormittagsvisite entlassen. Mein Frauchen und mein Baby kommen dann wieder zu mir nach Hause. Ich vermisse euch so sehr.« Roberts Gesicht strahlte Wärme aus.

»Uh ...« Anna konnte ihre Überraschung kaum verbergen. *Bin ich überhaupt schon dazu bereit?*, überlegte sie. *Früher hätte ich nichts mehr als das gewollt. Doch heute, im Haus ohne Marshall?* Um ihren Mann nicht zu verletzen, setzte sie ein gespieltes Lächeln auf und gab vor, nach einer Vase suchen zu wollen. Insgeheim wollte sie aber Zeit gewinnen, auf diese Neuigkeit angemessen zu reagieren.

Mit einer leeren Vase bewaffnet öffnete sie einige Zeit später die Tür zu ihrem Krankenzimmer. Robert saß nicht mehr am Ende ihres Krankenbettes wie gewöhnlich, sondern auf einem kleinen, unbequemen Stuhl neben ihrem Spind.

»Du siehst aus, als würdest du mein Hab und Gut bewachen«, lachte Anna. Diesmal war sie etwas gelöster als zuvor.

»Zu Recht, Schatz! Jetzt ist auch noch der Laptop drin, um den du mich ja gebeten hattest. Und du hast die Tür auch noch offen gelassen«, zuckte Robert mit der Schulter. »Nicht dass die Krankenschwestern etwas ... ähm ... klauen ...«

»Wahrscheinlich habe ich den Schlüssel nach dem Duschen drin gelassen«, dachte Anna nach. »Aber offen hätte ich ihn niemals gelassen, oder?«

»Nicht so wichtig, Schatz«, erwiderte Robert, drehte den Schlüssel um und nahm ihn heraus. Instinktiv spürte sie, dass dies bedeutete, dass sie ihn doch geöffnet gelassen hatte, sich nur nicht daran erinnern konnte. Wie an so vieles nicht mehr. Dann brachte Robert den kleinen Schlüssel zu Annas Nachttisch, wo sie ihn für gewöhnlich aufbewahrte. Er wollte ihr sichtlich nicht sagen, dass ihr Gedächtnis wieder versagt hatte. Es war trotzdem kein Trost für Anna.

»Deine Bettnachbarin ist weg?«, fragte er beiläufig.

»Ja, leider.« Annas Gesichtszüge verrieten, dass sie darüber wirklich traurig war.

»Oh, nicht betrübt sein«, bat Robert und nahm seine Frau in den Arm. »Du bist doch gleich morgen bei mir. Darüber kannst du dich freuen, oder?«

»Und endlich können wir auch gemeinsam den Hund begraben«, fügte Anna hinzu. Zur gleichen Zeit füllte sie die Vase mit Wasser, stellte die Blumen hinein und stellte beides neben die anderen zahlreichen Vasen auf der ausladenden Fensterbank ab.

Robert schaute seine Frau entsetzt an. »Aber ...«, stotterte er. »Ich habe dir doch schon gestern erzählt, dass ich ihn längst im Garten begraben habe. Kannst du dich nicht mehr daran erinnern?«

»Was?« Anna schaute ihren Mann entsetzt an. *Habe ich das etwa wirklich vergessen?*

»Weißt du es nicht mehr?« Robert schien auch erschrocken zu sein. »Als deine Bettnachbarin geschlafen hat, sind wir rausgegangen. Weißt du DAS wenigstens noch?«

Daran konnte sich Anna erinnern, also nickte sie.

»Da hast du mich doch gebeten, dass ich den Hund begrabe, nachdem der Arzt festgestellt hatte, dass er ertrunken ist. Also liegt er nun im Garten, in der Nähe zum Ufer. Kannst du dich daran nicht erinnern? Ich meine, ich konnte den Hund nicht mehrere Tage draußen liegen lassen.«

Anna zögerte kurz. Das machte Sinn. Hatten sie aber nicht abgesprochen, dass Marshall so lange beim Arzt bliebe, bis Anna aus dem Krankenhaus entlassen wurde?

»Nicht schlimm, Schatz.« Robert streichelte ihr langes, blondes Haar, das jetzt durch die fehlende Pflege strohig aussah. »Du hast ein Trauma erlitten. Dann kann es schon mal passieren, dass speziell solche Erinnerungen verschwinden.« Er küsste sie liebevoll auf die Stirn. »Außerdem wirst du sehen, wie hübsch ich es dem alten Jungen gemacht habe. Das war schließlich unser Familienmitglied!«

»Marshall soll ertrunken sein? Hat das der Arzt gesagt?«, fragte Anna argwöhnisch.

»Ja«, entgegnete Robert traurig. »Er scheint sich voller Panik offenbar in einem offenen Beutel verheddert zu haben. Irgendwie schien diese Tüte so offen gewesen zu sein, dass es passieren konnte. Dann sei er mit dem Beutel überm Kopf rausgelaufen. Und dann ... «, Tränen liefen Robert über die Wangen, »... fiel er ins Wasser und ertrank. Unser Marshall ...« Nur mit Mühe konnte er seine Erschütterung verbergen.

Anna vergrub ihr Gesicht an seiner Brust. Es tat gut, mit ihrem Mann zu weinen.

»Das bedeutet, dass es ein Unfall war?«, fragte sie entsetzt.

»Ja. Oder glaubst du mir etwa nicht? Dann ruf doch beim Arzt an«, sagte Robert fast beleidigt über Annas Misstrauen. »Wir wissen zwar nicht wie, doch die Henkel haben sich im Wasser so zugezogen, dass der Ärmste kaum Luft bekam. Durch die Panik schnürte er es selbst noch mehr zu ... bis er ... bis er ... starb.« Roberts Stimme brach.

»Das glaube ich nicht«, wisperte Anna.

»Ich kann dich verstehen.« Roberts Stimme zitterte. »Er fehlt mir so.« Mit diesen Worten drückte er Anna noch stärker an seine Brust. »Wir können den Arzt jetzt sofort anrufen, damit du mir glaubst.«

»Hey ...« Nun fühlte sich Anna unangenehm bedrängt. »Ich glaube dir doch, Mensch! Das war dieser Scheißkerl von nebenan«, erwiderte Anna wütend. »Der hat gedroht, dem Hund etwas anzutun, wenn er Marshall nochmal in seinem Garten erwischt. Er war es ganz sicher!« Sie spürte, wie die Wut ihre Stimme zum Beben brachte.

»Nein, Schatz. Du irrst dich.« Robert schluchzte wieder. »Denn genau an dem Tag war unser Nachbar auf einer der Baustellen in Greenport. Ich habe es bereits überprüft, weil du so überzeugt warst, dass er den Hund getötet hat. Er hat nachweislich dort übernachtet.«

»Na und? Vielleicht hat man dich angelogen!« Annas Stimme bekam einen zweifelnden Unterton.

»Nein«, entgegnete Robert trocken und wischte seine Tränen weg. »Ich habe es wirklich gründlich überprüft. Er war den ganzen Montag da. Ich bin mir sicher, weil die Jungs dort stark hinter dem Zeitplan liegen, sind sie auf alle Hilfskräfte angewiesen. Hätte er für eine Minute beim Mittag gefehlt, hätten sie es bemerkt, haben sie mir versichert!«

»Marshall wäre nie so blöd gewesen. Ich glaube das nicht!«, konterte Anna und fragte sich selbst, ob sie damit recht hatte.

Kapitel 18

Zum erneuten Mal an diesem Tag hörte Anna jemanden an die Tür ihres Zimmers im Krankenhaus klopfen, lange nachdem ihr Mann verschwunden war. Zwar hatten sie sich nicht gestritten, aber miese Laune hatte sie seitdem dennoch.

»Herein«, sagte sie gleichgültig.

»Oh mein Gott!« Mimmi war sichtlich entsetzt, als sie das blasse Gesicht ihrer Freundin sah. »Gestern am Telefon hast du viel glücklicher geklungen! Was ist passiert?«

»Robert hat Marshall ohne mich begraben«, stellte Anna trocken fest.

»So, wie du es gewollt hast«, bestätigte Mimmi. »War das falsch?«

Anna schwieg einen Augenblick, bevor sie fragte: »Wann habe ich es denn gewollt?« Nun schaute sie ihre Freundin durchdringend an.

»Ähm ... «, stammelte Mimmi. »Keine Ahnung. Ich kann dir nicht mal sagen, woher ich es weiß. Von dir? Oder von Robert vielleicht? Keine Ahnung.« Sie überlegte. »Ist das jetzt wichtig?«

»Nein, Quatsch«, log Anna. Sie hatte keine Lust mehr, sich mit ihrem ständigen Gedächtnisverlust auseinanderzusetzen. Wenn alle sagten, dass das in der Schwangerschaft 'normal' sei, dann war es vielleicht tatsächlich normal, dass ihr ständig einer sagte, wie sie etwas gemeint hatte. »Danke, Mimmi«, winkte sie ihre Gedanken ab und stand auf, um ihre Freundin erneut zu drücken. Es gelang ihr diesmal recht unbeholfen.

»Wofür denn?« Mimmi war erstaunt.

»Für alles«, entgegnete Anna nervös. »Für den Abend ... am Montag«, stammelte sie, unfähig, den Hund zu erwähnen. »... und dafür, dass du immer da bist, wenn ich dich brauche ... für alles eben«, wisperte sie und lockerte die Umarmung.

»Komm schon!« Mimmi lachte sichtlich gerührt, während Anna wieder Platz auf ihrem Krankenbett nahm. Mimmi setzte sich auf das neubezogene Bett, das man ins Krankenzimmer gestellt hatte, nachdem Rosita hinausgefahren worden war.

»Hättest du das für mich nicht gemacht?«, fragte Mimmi kokett.

»Doch!« Annas Versuch zu lächeln scheiterte kläglich. »Dennoch ist es toll, dass ich auf dich zählen kann. Schließlich hast du auch noch die Mädchen, die ihre Mami brauchen.«

»... und die von der Oma nach Strich und Faden verwöhnt werden, wenn ich nicht da bin.« Mimmi lächelte. »Meinst du etwa diese Damen?« Anna sagte nichts. »Mach dir keine Sorgen; es ist alles okay!«

»Was gibt es Neues?« So unbeholfen, wie Anna sich vorhin bedankt hatte, so wechselte sie auch das Thema. »Ich sitze hier wie in einer Luftblase und weiß von nichts.«

»Eigentlich darf ich es dir nicht verraten, aber ...«, Mimmis Augen glänzten, »... dein Mann hat mich gebeten, ihm etwas zu helfen. Deine Bude glänzt wieder, wobei ich kaum etwas gemacht habe. Robert war es! Das ist ein feiner Kerl, den du da hast. So fürsorglich ... beneidenswert. Und er vergöttert dich! Manchmal wünschte ich mir, dass mein Jay die gleiche Leidenschaft in den Augen hat, wenn er über mich spricht ... Hach ...«

»Er hat die Wohnung aufgeräumt?«, fragte Anna gerührt.

»Nicht nur«, lachte Mimmi. »Er hat sie fast abgeleckt, damit du dich dort wieder wohlfühlst. Das hat er so oft betont, dass es schon fast schnulzig wurde. Ach, Kleines ...« Mimmi seufzte. »Übrigens, deinem Vater geht es sehr gut. Ich war gestern bei ihm.«

»Geht es ihm wirklich gut? Oder was ist los?« Annas Stimme klang strenger, als sie es beabsichtigt hatte.

»Ja, ihm geht es gut«, beruhigte Mimmi ihre Freundin. »Er hatte sogar einen guten Tag und hat nach dir gefragt« Sie schwieg einen Augenblick, bevor sie weitersprach. »Robert hat mir zwar verboten, es dir zu erzählen, doch Graham ist wohl irgendwann auch bei euch aufgetaucht und wollte mit dir sprechen. Robert sagte, dass er so aggressiv war, dass er ihm gedroht hat, die Polizei zu rufen. Dann war er plötzlich verschwunden. Robert erzählte, wie er schrie, du würdest wie Marshall sterben - alles, bevor Robert ihn des Grundstücks verwiesen hatte. Zunächst machte es mir Sorgen, doch dein Mann versprach, die nächste Zeit bei dir zu Hause zu bleiben. Offenbar war Graham wieder betrunken. Komischer Typ. Aber bitte, sag Robert nicht, dass ich mich verplappert habe, okay? Ich habe es ihm zwar versprochen, doch du bist meine Freundin ...«

»Nein, werde ich nicht«, versicherte Anna. »Was ist nun mit Graham?«

»Dein Mann hat die polizeilichen Maßnahmen so verschärft, dass er nie wieder an dich herankommt, hat er mir erzählt. Da der Arzt nun bescheinigt hat, dass Marshalls Tod ein Unfall war, schien sich die Polizei einig darüber zu sein, dass im Moment nicht viel mehr zu machen sei, sie aber in Alarmbereitschaft ständen, meinte Robert. Mehr kann man wahrscheinlich nicht erwarten.«

»Nein«, griff Anna traurig auf. »Erst wenn jemand zu Schaden kommt, wird ermittelt. Meistens ist es dann für diese Person zu spät.«

»Apropos zu spät«, versuchte Mimmi das Thema zu wechseln, »hast du schon von diesem Ladykiller aus New York in den Nachrichten gehört? Gestern haben sie wieder eine Leiche gefunden.« Erst jetzt bemerkte Mimmi, dass dies momentan für ihre Freundin nicht das geeignete Gesprächsthema war. »Fuck«, entglitt es ihr. »Schneller gesagt als gedacht.«

Anna musste diesmal sogar grinsen, wofür sie ihrer übereifrigen Freundin insgeheim dankbar war. »Na, na, na ... Diese Worte aus deinem Mund? Was für ein Ladykiller denn? Ich gucke kein Fernsehen. Hier lebe ich so abgeschottet, dass ich mit der Welt draußen vermutlich nicht mehr klarkommen werde, wenn sie mich nach dieser Woche entlassen«, scherzte Anna. Es tat ihr gut, mit ihrer Freundin zu sprechen.

»Das läuft auf CNN hoch und runter ...«, erwiderte Mimmi und schaltete den winzigen Fernseher ein.

»... anhand der Fingerabdrücke wurde die Leiche als Molly Hunt identifiziert«, sprach der Moderator. Das Bild einer jungen Frau mit mädchenhaften Gesichtszügen wurde eingeblendet. Ihr sehr hübsches Gesicht war von blonden Locken umrahmt. *Wie ein Engel*, ging es Anna durch den Kopf.

Die Kamera machte plötzlich einen Schwenk zu einer Frau, die neben dem Moderator saß. Sie trug einen Bobschnitt, der sie recht attraktiv erscheinen ließ. Ihre sehr feinen Gesichtszüge passten gar nicht zu der festen Stimme, mit der sie sprach. Bevor die Frau sprach, vermutete Anna, es handle sich bei ihr um eine Referendarin oder eine Journalistin, die mit dem Fall zufällig betraut wurde und eigentlich fehl am Platz war.

»Ich bin Special Agent Angel Davis« stellte sich die Frau vor, »... und gehöre der BAU an, der Verhaltensanalyseeinheit des FBI. Aufgrund der beispiellosen Brutalität des Verbrechens gehen wir davon aus, dass es sich bei Molly Hunt um das elfte bekannte Opfer in einer grausamen Mordserie an jungen Frauen handelt. In den Medien wird der Täter bereits als *Ladykiller* bezeichnet, weil er junge, zielstrebige, oft verheiratete Frauen bevorzugt. Die Spur aller bisherigen Opfer verliert sich meistens auf einem öffentlichen Platz: in einer Bar oder einer Tankstelle. Die Analyse der Blutwerte der Frauen wies bisher neben einem hohen Alkoholspiegel auch auf eine hohe Dosis von Tetrazepam hin, eines Arzneimittels, das bei der Behandlung von Muskelverspannungen sowie Angststörungen und Panikattacken verschrieben wird. Wir erhoffen uns diesbezüglich Hinweise aus der Bevölkerung. Was alle die Verbrechen miteinander verbindet, ist eine sehr seltene Münze, die wir bei den Opfern fanden. Bitte haben Sie Verständnis, dass wir die Münze nicht näher beschreiben können, um die Ermittlungen nicht zu verfälschen. Sie ist aber einzigartig. Also falls Ihnen eine seltene Münze aufgefallen ist, zögern Sie nicht, uns zu kontaktieren. Der Täter bevorzugt zwar vorwiegend Ehefrauen, seine Wahl scheint jedoch zufällig zu sein. Er dürfte männlich, sehr kräftig ...«

In diesem Augenblick öffnete eine junge Krankenschwester die Tür des Zimmers mit so viel Schwung, dass diese gegen die Wand schlug. Die Freundinnen fuhren gleichzeitig hoch, wobei sich Mimmis entsetzter Blick sofort auf die Krankenschwester richtete.

»Es tut mir leid«, sagte die Krankenschwester ehrlich schuldbewusst. »Ich wollte Sie nicht so erschrecken. Es ist nur ...«

»Ich sehe, Abendbrotzeit.« Nur langsam legte sich die Aufregung auch bei Anna.

»Ja«, nickte die Schwester.

»Dann stellen Sie das Tablett bitte ...« Plötzlich fiel Mimmi auf, dass sie durch den Schreck in ihre Mutterrolle verfallen war. Über diese deprimierende Feststellung verärgert, drehte sie ihren Kopf zu ihrer Freundin, in der Erwartung, dass sie selbst reagieren würde. *'Einmal Mutter, immer Mutter'*, hieß es abschätzig oft in der Büroküche, wenn eine der Kolleginnen einen besseren Deal als ihr männlicher Kollege ausgehandelt hatte. Diese kleine verbale Bestrafung war dazu gedacht, die Leistungen der Frauen zu mindern und sie weniger konkurrenzfähig aussehen zu lassen.

Anna rührte sich nicht. Sie starrte wie gebannt auf den immer noch laufenden Fernseher, in welchem die FBI-Agentin im Interview zu sehen war. Durch die offene Tür und klappernden Teller im Gang konnte sie kein einziges Wort verstehen. Doch das schien ihr egal zu sein.

»Stellen Sie es bitte einfach zur Seite«, instruierte Mimmi die offenbar unerfahrene Krankenschwester.

»Haben Sie Käse oder Schinken bestellt?«, fragte diese ganz verschüchtert.

Da Anna immer noch mit keinem Wort antwortete, übernahm Mimmi die Wahl der Nahrungsmittel für ihre Freundin. »Käse bitte. Und einen Tee.« Die Krankenschwester führte ihre Arbeit wortlos aus und verschwand so plötzlich, wie sie gekommen war. Doch diesmal ganz leise.

»Was ist los?« Mimmi nutzte die Chance, endlich die Frage zu stellen, die ihr am Herzen lag, als die Zimmertür wieder zugefallen war.

»Ich habe sie ...«, Anna konnte den Blick nicht vom Fernseher abwenden, »... gesehen.«

»Wen hast du gesehen?« Mimmis Augenbrauen hoben sich bei der Frage. Dass ihre Freundin wegsah, verunsicherte sie noch mehr.

»Die ... seltsame Münze«, warf Anna entsetzt ein. Dabei erwiderte sie den Blick ihrer Freundin geistesabwesend. »Ich habe eine Münze gesehen, die garantiert anders war. Sie war aus Silber und viel größer als die normalen. Und sehr schön. Glänzend.«

Nun sah es aus, als wollte Mimmi denken, ihre Freundin hätte den Verstand verloren. »Du hast was - nochmal?«, fragte sie ungläubig. »Wo hast du ...?«

»An dem Tag, als Marshall verschwunden ist.« Plötzlich sprang Anna wie von einer Wespe gestochen aus dem Krankenbett und lief zu ihrem Spind. »Ich habe sie dann in meine Hosentasche gepackt«, rief sie aufgeregt. »Sie war auf der Arbeitsfläche in der Küche.«

Mit zitternden Händen suchte sie die Taschen ihrer Jeans durch. Ihre Miene erhellte sich dann. »Ich habe sie!«, sagte sie triumphierend und zog eine Münze aus ihrer Hosentasche.

»Ich wusste es!«, rief sie dabei erregt. »Ich wusste, dass ich diese Münze gesehen habe! Und zwar direkt neben den Mülltüten! Dieser Nachbar ist der *Ladykiller,* und er hat meinen Hund umgebracht!« Annas Stimme wurde so laut, dass ihre Freundin erschrak. Nun erwartete sie, dass sich jederzeit die Tür zum Zimmer öffnete und eine der Krankenschwestern mit Beruhigungsmitteln erschien. Aber nichts desgleichen geschah. Wahrscheinlich waren alle zu sehr mit dem Verteilen des Essens beschäftigt.

»Zeig mal!« Die Aufregung ihrer Freundin übertrug sich auf Mimmi.

Doch nun war Annas Gesicht weniger erfreut, als sie die Münze sah.

»Das kann doch gar nicht wahr sein!«, rief sie. »Fuck! Was soll das?« Sie wurde hysterisch.

Mimmi nahm das auf Hochglanz polierte, silberglänzende Geldstück zwischen die Finger und schaute es genauer an.

»Das ist ...«, beurteilte sie fachmännisch, während ihre Freundin den ganzen Spind auf der Suche nach weiteren Münzen leerräumte, »... ein stinknormaler Quarter-Dollar, Schatzi. Ich habe Dutzende davon in meinem Portemonnaie. Der Glanz könnte dadurch kommen, dass er sich mit den anderen Münzen in deiner Hosentasche gerieben hat. Nicht besonders ungewöhnlich.«

»Nein. Nein. Nein. Nein. Nein«, wiederholte Anna wie besessen. »Es ist keine posttraumatische Störung, an der ich leide!«, wiederholte sie, was sie im Zusammenhang mit dem tragischen Tod ihres Hundes von den heimlichen Gesprächen der Ärzte und Psychologen aufgeschnappt hatte.

»ICH HATTE DIESE MÜNZE WIRKLICH IN DER HAND! Glaubt mir das jemand?«, schrie sie so laut, als wollte sie sich selbst davon überzeugen, dass sie nicht gerade dabei war, ihren Verstand vollständig zu verlieren.

Kapitel 19

Gefesselt lag Anna im Dunkeln auf dem Steg vor ihrem Haus. Nicht mal der Mond war zu sehen. Sie konnte sich nicht rühren, als hätte man sie sediert. Neben einer Münze, die im Kegel der Taschenlampe so stark glänzte, dass es sie blendete. *Ein Adler im Sturzflug.* Doch woher kam die Taschenlampe? Blinzelnd versuchte Anna die Konturen ihres Angreifers zu erkennen. Sie erkannte seine Stiefel. Es war ihr Nachbar.

Und sie roch ihn, obwohl sie immer noch nicht fähig war, ihre Augen vollständig zu öffnen. Doch sie erinnerte sich an diese widerwärtige Mischung aus Schweiß, Alkoholgedöns und *Cool Water.* Und an die Hände, die sie nun überall berührten.

Graham? Der neue Nachbar? Wie war sein Name noch? Hatte sie ihn vergessen oder hatte sie ihn nie gekannt?

Plötzlich verdunkelte sich alles, und sie sah den Schatten seines Stiefels. Er würde sie gleich treten!

»Neeeeein!«, schrie sie, so laut sie konnte. Doch keine Stimme drang aus ihrer Kehle. Sie schien wie zugeschnürt.

»Neeeeein!« Der Stiefel war unerbittlich. Immer näher an ihrem Schädel. Näher ... Noch näher ...

Bääm. Alles aus. Dunkelheit. Stille.

Anna nahm zunächst ihren eigenen Atem wahr. Unregelmäßig. Ihr Herz raste.

Dann traute sie sich langsam, die Augen aufzumachen. Stille. Dunkelheit.

Es war nur ein Albtraum.

Kurz danach setzte ihre Erinnerung ein. Zunächst an Rosita, dann an Robert, den sie angesichts des sterilen Krankenzimmers plötzlich schmerzlich vermisste. *Habe ich nicht wegen der Münze geschrien? Wahrscheinlich hat man mir dann Beruhigungsmittel gespritzt ...*

Die entsetzten Augen von Mimmi, erinnerte sich Anna weiter. Ihr war plötzlich so elend zumute. *Sie ist so eine tolle Freundin, und ich habe sie ganz offensichtlich mit meiner Paranoia einfach überfordert. Wie jeden, den ich kenne, außer meinen kranken Vater. Bin ich dann nicht auch krank? Ich gehöre nicht in ein Krankenhaus, sondern in eine geschlossene Abteilung. Das war doch nur ein gottverdammter Albtraum.* Es gelang ihr gut, sich zu fangen. Langsam beruhigte sich auch die Atmung. Der Puls wurde langsamer. Anna schloss die Augen in der Erwartung, wieder einschlafen zu können.

Doch sie konnte nicht. Sobald sie in die Dunkelheit ihres Unterbewusstseins eintauchte, erschienen ihr die Bilder. Groß. Lebendig. Erschreckend. Und die großen Augen von Mimmi. Voller Angst.

Mit einer Hand griff sie zu ihrem Nachttisch, um ein Papiertaschentuch herauszuholen. Der Schweiß lief von ihrer Stirn hinunter. Sie wischte ihn weg. Dann tupfte sie mit dem bereits nassen Tuch an ihrem Dekolleté herum, als würde es Sinn machen. Das tat es nicht.

Als sie endlich die Absurdität ihrer Handlung erkannt hatte, stand sie auf, schaltete ein schwaches Nachtlämpchen ein und ging auf die Toilette, um das Gesicht vernünftig mit kaltem Wasser zu reinigen. Das Nachthemd, das man ihr zum Schlafen gegeben hatte, war feucht, was bedeutete, dass die Baumwolle ihren restlichen Schweiß bereits aufgesogen hatte. *Wann habe ich jemals so geschwitzt? Liegt das etwa auch an der Schwangerschaft?,* überlegte sie.

Als Annas Gesicht wieder sauber und trocken war, störte sie plötzlich dieses Gefühl von Feuchte an ihrem gesamten Körper, sodass sie sich entschloss, ihre Kleidung zu wechseln. Ihr Blick fiel auf die über der Eingangstür zum Zimmer hängende Uhr. Etwas tiefer, von dem Spalt im Rahmen, drang schwaches Licht hinein. Ein Zeichen für Nachtruhe.

Zwei Uhr. Es schlafen bestimmt alle, überlegte Anna und ging entschlossen zu ihrem Spind, um ein T-Shirt rauszusuchen, das ihr das Nachthemd ersetzen würde. Ihr fiel der Laptop ein, den Robert mitgebracht hatte. *Einschalten? So ein Quatsch,* rügte sie sich. *Ich bin in*

ein paar Stunden eh zu Hause; da wäre der Schlaf jetzt deutlich wichtiger.
Naja, andererseits, wenn ich das Ding bereits habe, hat Robert es nicht umsonst
mitgebracht. Ich könnte ein wenig surfen.

Molly ... Molly Hunt, gab Anna in die Maske der Suchmaschine ein.
Etliche Artikel erschienen. Die Presse überschlug sich in den
Beschreibungen, wie fürchterlich ihr Zustand war, als man sie fand.
Multiple Frakturen, Hämatome ... *Dieser Mistkerl muss sie wie wild*
getreten haben. Aber anders als bei den anderen Opfern, die eigentlich 'nur'
stranguliert wurden, nachdem er sie gequält hat, las sie. Das Einzige, was
all die Verbrechen verband, war die Münze, die Anna so sicher war,
bei sich zu Hause gefunden zu haben. *Die du dir offenbar nur eingebildet*
hast, verneinte ihr Verstand.

Doch je mehr sie über diese Morde las, desto klarer war, wie
wenig Informationen die Polizei über die Fälle herausgegeben hatte.

Die Münze erwähnten sie bestimmt nur deshalb, weil sich dieser Mord von
den anderen unterschied, dachte Anna. Das Opfer wurde nicht wie die
vorherigen misshandelt. Diesmal war es nicht mal eine verheiratete
Frau, sondern eine junge, alleinstehende Frau. Alles war diesmal
anders. Nur eine Sache blieb: die geheime Münze, von deren
eigentlicher Beschaffenheit wahrscheinlich nur das FBI wusste, um
die Hinweise der sensationsbesessenen Informanten von denen des
eigentlichen Täters unterscheiden zu können.

Doch mehr als die Morde, die momentan New York in Furcht
versetzten, gab es ein großes Thema, das sie wirklich mehr als alles
andere interessierte: d*iese verfluchten Lücken im Gedächtnis.*

Und als sie entsprechende Begriffe in die Suchmaske eingegeben
und die schon von früheren Recherchen bekannten Artikel
überlesen hatte, erschien ihr ein interessanter Artikel zum Thema
'dissoziative Identitätsstörung'.

Bei einer dissoziativen Identitätsstörung erleiden die Betroffenen
Gedächtnislücken, die sie sich nicht erklären können, las Anna und fühlte,
wie sie aufstoßen musste. Ihr wurde übel.

Wenn im frühkindlichen Alter, las Anna weiter, *etwa im Alter von bis*
zu vier Jahren, ein schweres, wiederholtes Trauma durchlebt wird, beispielsweise

ein wiederholt schwerer, körperlicher Missbrauch durch ein Familienmitglied oder im Zuge einer Sektenerfahrung, kann ein Spaltungsprozess im Bewusstsein des betroffenen Kindes eingeleitet werden. Das so veränderte Bewusstsein kann man sich dabei als eine Art Wohngemeinschaft vorstellen: In mehreren Zimmern einer gemeinsamen Wohnung leben Persönlichkeiten, die meistens auch ein eigenes Leben führen und oft nichts voneinander wissen. Es gibt darin eine Kind-Person, die ein Eigenleben führt. Sie benimmt und fühlt sich wie ein Kind. Vielleicht gibt es auch einen Beschützer, der immer auftaucht, wenn das Kind bedroht ist, damit es sich zurückziehen kann. Eine 'Person', die zum Beispiel sexuellen Erfahrungen aufgeschlossen ist, und eine 'Person', die das skeptisch betrachtet. Lediglich der Host, also eine Art mitwohnender Vermieter und eine weitere Persönlichkeit, haben eine mehr oder minder geringe Kontrolle über die Hunderte von Persönlichkeiten, die mit ihm unter einem Dach leben.

Je mehr Anna las, desto schlechter fühlte sie sich bei dem Gedanken, an einer DIS zu leiden, wie der Autor die Krankheit in seinem Artikel nannte.

Ziel der Therapie ist es, im Optimalfall die 'Persönlichkeiten' komplett verschwinden zu lassen. In manchen Fällen reicht es aus, wenn sich diese 'Mitbewohner' kennenlernen und dem Vermieter - dem Host - der Mechanismus bekannt wird, wann eine der 'Personen' in Erscheinung tritt.

Anna hielt den Atem an. Wäre es möglich, dass ihr so etwas passierte? Zwar konnte sie sich an Vieles aus ihrem Leben erinnern, doch zurzeit mehrten sich die Gedächtnislücken in einer beunruhigenden Weise. Anna bekam das Gefühl, ihr Leben nicht mehr unter Kontrolle zu haben. Und niemand schien ihr zu glauben. Selbstverständlich war es immer noch möglich, dass sie lediglich unter enormem Stress litt, wie die Ärzte es behauptet hatten.

Nicht nur die Tatsache, dass Anna den Hund verloren hatte, war entscheidend. Besonders die Tatsache, wie sie ihn vorgefunden hatte und dass sie schwanger war, schien einen posttraumatischen Stress ausgelöst zu haben. Zumindest so verstand sie die Diagnose.

Aber was war, wenn es sich anders verhielt? *Hatte ich die Lücken nicht schon vorher?*, fragte sich Anna noch verzweifelter als zuvor.

Mittlerweile vertraute sie ihren Erinnerungen an ihre Kindheit gar nicht mehr. *Was, wenn ich an einer dissoziativen Identitätsstörung leide und mir einbilde, es wären keine nennenswerten Lücken? Wen könnte ich fragen, was mit mir los ist, ohne gleich in die Psychiatrie eingewiesen zu werden? Oder ist es doch 'Alzheimer'?*

Wobei die Tatsache, an einer DIS zu leiden, sie fast noch mit Hoffnung erfüllte. Für diese Krankheit gab es offenbar Heilung: eine langjährige Therapie. Gegen Alzheimer höchstens eine Linderung beziehungsweise eine Verzögerung. Und das nur, wenn sie Glück mit den Ärzten hatte.

Um eine Antwort auf die Frage zu finden, ob sie an einer dissoziativen Persönlichkeitsstörung leiden könnte, vertiefte sich Anna weiter im Artikel.

Bei einem traumatischen Ereignis hat unser Körper evolutionstechnisch zwei Handlungsmöglichkeiten: Angriff oder Verteidigung. Diese Alternativen kommen besonders ausgeprägt bei Kleinkindern (durch die Unreife ihres Gehirns und fehlende Erfahrungen mit ähnlichen Situationen) zum Tragen. Doch in einer schwer traumatisierenden Situation werden sowohl die Flucht als auch der Angriff durch ihre Peiniger unterbunden, sodass es bei einem wiederholten Erleben irgendwann zu einer nach innen gerichteten Flucht kommt. Das Kind spaltet sein Bewusstsein in kleine Fragmente ab, mit denen es besser umgehen kann.

Als Anna verstand, was das für sie zur Konsequenz haben könnte, konnte sie den salzigen Geschmack im Mund nicht mehr stoppen. Brechreiz.

Ohne den Laptop zuklappen zu können, rannte sie ins Badezimmer und versenkte den Inhalt ihres Magens in der Toilettenschüssel. Mehrfach.

»Alles okay?«, fragte die Krankenschwester leise. Anna hatte sie nicht kommen hören. Es war die noch junge, tollpatschige Frau von vorhin, die Mimmi mit ihrem Türknallen in Schrecken versetzt hatte. Die Geräusche aus dem Zimmer der Patientin musste sie bei einem Kontrollgang alarmiert haben.

»Alles in Ordnung. Danke«, erwiderte Anna schwach.

»Gehört leider zu den Begleiterscheinungen der Schwangerschaft.« Dabei zuckte die Krankenschwester mit der Schulter. Wie oft hatte Anna diesen Satz bereits gehört?

»Ich werde Ihnen das Bett machen und ein frisches Nachthemd mitbringen, wenn Sie möchten«, fuhr sie fort. »Und Sie tun mir den Gefallen und schalten den Laptop ab. Was Sie wirklich brauchen, ist viel Schlaf!«

Anna leistete diesmal keinen Widerstand, als die diensthabende Schwester sie mit frischen Sachen im Zimmer zurückließ, nachdem die Patientin 'etwas zur Beruhigung' bekommen hatte.

Kurze Zeit später war Anna Wright alles egal, als Morpheus die Arme nach ihr ausstreckte, um sie sanft in einen vollkommen traumlosen Schlaf zu geleiten.

Kapitel 20

Peconic Bay, North Fork,
das Anwesen des Ehepaars Wright,
Freitag, 26.05.2017, 07:00 Uhr

Etwa eine Woche war vergangen, seit Anna Wright wieder nach Hause zurückgekehrt war, doch es kam ihr deutlich länger vor. Die Sorgen über die Gründe, weshalb ihr Gedächtnis immer mehr nachließ, zerfraßen sie innerlich, ohne dass sie sich traute, das Thema vor irgendjemanden anzusprechen.

Während sie bemerkte (ob beim Frauenarzt oder beim Einkauf), wie schwangere Frauen trotz ihrer Babybäuche und der damit verbundenen Beschwerden aufblühten, sank ihre Zufriedenheit immer weiter. In ihren schwachen Momenten machte Anna innerlich ihre derzeitige Situation für den Verlust der Kontrolle über ihr Alltagsleben verantwortlich.

Sie fühlte sich zerrissen. Zwischen der langsam erwachenden Verbundenheit zu dem Wesen, welches sie unter ihrem Herzen trug, und ihrer Verbitterung darüber, welchen Preis sie dafür zu zahlen hatte. Denn dass der Schub und ihre Schwangerschaft irgendwie zusammenhingen, stand für Anna außer Frage.

Doch an wen sollte sie sich wenden? Bisher nahm sie doch niemand ernst. Und Robert schien ihren sonderbaren Zustand, wie auch die Ärzte im Krankenhaus, zu bagatellisieren. Dass ihr Mann, der im Moment so viel mit ihr ertragen musste, gerade neben ihr im Bett lag, gab ihr wieder Hoffnung. Von Liebe erfüllt schaute sie ihm beim Schlafen zu. Wie sich beim Einatmen sein Brustkorb hob, um dann beim Ausatmen zu sinken. Das Bild war ihr in letzter Zeit so vertraut geworden, zumal sie neuerdings die Augen immer zuerst aufschlug. Das war vermutlich das Ergebnis der Krankenhausroutine. Und noch einen Pluspunkt gab es zwischen ihnen beiden. Sie erlebte Robert in letzter Zeit so zärtlich wie nie zuvor.

Wenigstens tut dir meine Schwangerschaft gut, dachte Anna, wobei ihr Gesicht bei dem Gedanken weiche Konturen bekam. Als hätte Robert gespürt, dass ihn seine Frau beobachtete, öffnete er die Augen. Nach einem kurzen Blinzeln angesichts des mit Sonnenlicht durchfluteten Schlafzimmers entspannte auch er sich sichtlich.

»Hey«, sagte er zärtlich flüsternd, obwohl niemand im Haus war. »Du lächelst ja.«

»Du auch«, entgegnete Anna ebenfalls wispernd.

»Komm her ...« Robert hob seine Decke, damit sie sich an ihn kuscheln konnte. »Jetzt brauche ich mein Frauchen.«

Anna schmiegte sich so eng an ihren Mann, als könnte die Enge zwischen ihnen all ihre unausgesprochenen Sorgen aus ihrem Kopf vertreiben. Dann legte sie ihr Ohr an seine Brust und horchte auf das beruhigende Pochen seines Herzens. Robert legte den Arm schützend um sie. Eigentlich mochte Anna eher diese unbändigen, leidenschaftlichen Küsse, doch seit ihr Mann wusste, dass sie ein Kind unter ihrem Herzen trug, war die Leidenschaft zugunsten seiner Fürsorge eingeschlafen. Anna war nicht sicher, ob sie diesen Zustand gut fand, weil es zeigte, dass Robert die Vaterrolle zunehmend bewusster wurde. Oder ob sie darüber traurig war, dass das bisherige Verlangen aus ihrer Beziehung wich, um einem unbekannten Gefühl Platz zu machen.

»Wie habe ich ...«, flüsterte Anna und wiederholte es: »Wie habe ich mir so einen tollen Mann verdient?« Bei diesen Worten schmiegte sie sich noch enger an Robert.

»Wir bekommen nur das, was wir verdient haben«, erwiderte Robert flüsternd zurück. »Ich besitze eine wunderschöne Frau und werde bald mit ihr ein Baby bekommen. Ihr gehört zu mir. Egal, was kommt!«

Es klang wie ein Versprechen, sie beide zu schützen. Und genau ein solches brauchte Anna dringender als alles andere.

»Du solltest doch heute im Bett bleiben.« In Roberts Stimme schwang ein Anflug von Vorwurf mit, als Anna etwa eine Stunde später in einem legeren Jumpsuit in der Küche erschien. Ihre Haare waren zu einem Dutt zusammengebunden.

»Ich kann doch nicht nur im Bett liegen«, entgegnete sie matt. »Ich weiß, ich bin letzter Zeit irgendwie tollpatschig geworden, aber ...«

»Ach, was ... Nur etwas vergesslich«, verbesserte Robert sie. »Aber das ist in der Schwangerschaft vertretbar. Zumindest war das die Meinung deiner komischen Frauenärztin.«

»Wie bitte?« Anna war perplex. »Woher weißt du das? Hat sie mit dir darüber gesprochen?« Ihre Augen weiteten sich und gaben ihr einen argwöhnischen Charakter. »Darf sie das? Ich meine ...«, Anna hielt inne. Es war eine blöde Situation, daher achtete sie darauf, dass Robert ihre Verblüffung nicht falsch verstand, »... stell dir vor, irgendjemand ruft bei denen an und fragt sie über mich aus. Graham zum Beispiel ...«

Robert lachte. »Du immer mit deinem Verfolgungswahn, meine kämpferische, vergessliche Maus! Sie hat vor ein paar Tagen angerufen, als du geschlafen hast. Das ist alles!«

Anna fühlte sich, als hätte sie tatsächlich mal wieder überreagiert. *Er ist doch der Vater meines Kindes und mein Ehemann. Die Ärztin kennt ihn. Und immerhin hat sie bei uns angerufen - wer soll da sonst rangegangen sein, wenn nicht der Mann, der sich um mich kümmert? Und so wichtig war diese Information nun auch nicht, dass ich gleich ein Fass aufmachen muss. Meinen Zustand kennt er eh schon.*

»Außerdem bin ich doch dein Mann«, setzte Robert fort. »Und man darf nicht vergessen, dass du wegen Marshall ein großes Trauma durchlebt hast. Das darfst du nicht auf die leichte Schulter nehmen und so tun, als wäre bei uns alles in Ordnung gewesen, Schatz! Es ist doch verständlich, dass deine Welt gerade vollkommen durcheinander ist.«

Anna bemerkte, dass es das erste Mal seit Tagen war, dass Marshalls Verlust tatsächlich nicht zum ersten Gedanken des Tages gehörte. Wie schnell sein Fehlen zum Alltag wurde, machte sie plötzlich furchtbar traurig.

Robert drückte sie an sich. »Hey, aber ich bin noch für dich da«, sagte er. »Hast du vergessen? In guten und in schlechten Zeiten, bis dass der Tod uns scheidet.«

Anna stieß einen Seufzer aus und merkte, dass sie durch die Aufs und Abs der vergangenen Tage recht sensibel geworden war. Sie spürte, wie ein wässriges Sekret ihre Nase hochstieg, als würde sie gleich weinen, und hoffte inständig, dass auch diese neu erworbene '24-Stunden-Emotionalität' mit dem Ende ihrer Schwangerschaft verschwinden würde.

»Ich helfe dir gleich noch beim Frühstück«, sagte sie auf dem Sprung zur Treppe, um ein Taschentuch aus dem Schlafzimmer zu holen.

»Nicht nötig«, hörte sie ihren Mann noch sagen. »Ruh dich lieber wieder aus! Ich mach das schon.«

Doch als sie einige Minuten später herunterkam, war weder etwas vorbereitet, noch konnte sie Robert in der Küche sehen. Dafür hörte sie seine Stimme auf der Terrasse, wohin sie dann ihre Schritte richtete. Mit Absicht so, dass ihr Mann sie hören konnte. Privatsphäre hielt Anna schon immer für essentiell in einer gesunden Beziehung.

»Nein, Mutter!«, sagte Robert so laut und deutlich, dass Anna klar wurde, dass und mit wem er telefonierte, ehe sie ihren Mann auf dem Boden sitzen sah.

»Ich kann dich am Wochenende nicht abholen, weil ich meinen größten Schatz dann alleine lassen müsste«, fuhr er bestimmend fort. »Wir werden wohl eine andere Lösung finden müssen, bis meine Frau wieder allein gelassen werden kann. Mimmi will ich das nicht zumuten, zumal Anna im Moment so zerstreut ist. Andauernd passieren ihr seltsame Dinge. Manchmal weiß ich nicht, was ich tun kann ...«

»Aber natürlich wirst du mich am Wochenende alleinlassen, ich bin doch kein Baby mehr!«, verneinte Anna trotzig, als sie den letzten Satz hörte. Es ärgerte sie, dass sie für pflegebedürftiger als

Roberts Mutter empfunden wurde. »Tut mir leid, wenn ich euer Gespräch störe ...«

Robert errötete, als schäme er sich für die letzte Bemerkung. Mit einer Hand den Hörer verdeckend flüsterte er: »Nein, kann ich nicht. Du bist schwanger und hast ein Trauma. Sie ist es nicht!«

»Hör auf, mich wie ein Kind zu behandeln, Robert.« Anna wurde noch ärgerlicher. »Es sind doch nur zwei Tage ...«

»Bis Sonntag ...«, unterbrach er.

»Na gut, dann eben bis Sonntag!«, griff Anna seine Worte auf. »Ich werde es schon überleben! Immerhin habe ich es geschafft, mehr als zwanzig Jahre lang zu überleben. Dann wird es mir wohl weiterhin gelingen.« Rein von außen betrachtet fand sich Anna gerade selbst zickig. Als hätte Robert ihren wunden Punkt getroffen. *Und ich werde,* dachte sie gleichzeitig, *endlich Zeit zum Recherchieren finden, die du mir seit meinem Krankenhausaufenthalt streng reglementiert hast, weil es mich angeblich aufregt.* »Na los, sag's ihr bitte«, bat sie diesmal viel sanfter. Der Ärger war verflogen, weil ihr wieder klar wurde, dass Robert es nur lieb gemeint hatte. »Ich schaff das schon!«

»Wirklich?« Robert war immer noch unschlüssig, was er tun sollte.

»WIRKLICH!«, entgegnete Anna lächelnd, froh darüber, ihren Ärger gezähmt zu haben. Nach einer kurzen Überlegung nahm Robert die Hand vom Hörer und sprach weiter mit seiner Mutter. »Ich bin's, Mutter. Also, Anna sagt, es ist für sie okay, wenn ich komme. Ich würde dann heute starten. In Ordnung?«

Anna gab ihrem Mann ein Zeichen, seine Mutter von ihr zu grüßen, und ging hinein ins Wohnzimmer, um den Tisch fürs Frühstück vorzubereiten.

Ein flüchtiger Blick durch das Fenster verriet, dass ihr Nachbar just in diesem Augenblick sein gelbes Taxi startete, um loszufahren. Sie hoffte, dass er sich bis Sonntag nicht blicken lassen würde.

Kapitel 21

New York, La Birreria Rooftop-Bar
21:00 Uhr

Andrew Bradley blätterte gelangweilt in der New York Times, die er auf dem Nebentisch vorgefunden hatte, während er geduldig auf sein Essen wartete. Er hatte einen Bärenhunger.

Der Mord an Molly Hunt beherrschte 'nur' die zweite Seite der Zeitung. Die erste war diesmal der Politik vorbehalten - ganz anders als bei seinen Opfern zuvor. Da hatte er sich aber auch irgendwie mehr Mühe gegeben.

Ach, Molly ... Zu mehr hat es bei dir nicht gereicht, seufzte er enttäuscht. Du warst und bleibst eine zweite Wahl für die Welt. Selbst in der Zeitung. Und machst mich auch dazu. Resigniert faltete er die Zeitung und legte sie wieder auf dem Nebentisch ab, wo er sie zuvor gefunden hatte.

La Birreria war einer der angesagtesten Rooftop-Bars, in der man über den Dächern der mit Leben pulsierenden Stadt ausgewählt essen und vor allem sehr gutes Bier trinken konnte. Der ausgezeichnete Ausblick auf das Empire State Building und auf das Flatiron, das absolute Wahrzeichen von New York, lockte zudem die Touristen in Scharen.

Hier konnte er unbemerkt ein neues Opfer finden.

Oder einfach nur ein Bier trinken.

Oder beides. Andrew grinste bei der Vorstellung.

Die Kellnerin, die ihm gerade das »tagliata di manzo«, also ein Rindersteak mit einem aus ihrem Mund erregend klingenden Namen, gebracht hatte, registrierte nicht, wie sein Grinsen wirklich zu deuten war. Zumindest schlussfolgerte Andrew das aus ihrem verstohlen Blick und dem schüchtern ausgesprochenen 'Guten Appetit'. Hätte sie gewusst, wen sie vor sich hatte, hätte sie das Weite gesucht, anstatt sich freundlich zu geben.

Vielleicht ist sie den ersten Tag hier, dachte Andrew und verspürte eine aufsteigende Freude bei der Vorstellung, wie er diese Frau in kürzester Zeit effektiv zum Schreien bringen könnte. Wie er ihr seine Fratze versteckt hinter dem freundlichen Bubigesicht zeigen würde. Dann hast du garantiert mehr Zeit für mich, wenn ich mich deiner im Wald annehme, sprach er in Gedanken mit der Kellnerin, die sich dessen unbewusst von ihm weggedreht hatte.

Mit einem vollen Bierglas in der Hand, in dem die Krone bereits kippte, weil sie sich entschlossen hatte, zuerst das Essen auszuliefern, schaute sie suchend in die Menge. Sie machte einen recht verzweifelten Eindruck, was Andrew an die letzten Minuten mit Molly erinnerte. Wieder so eine Heulsuse! DAS machte ihn sauer. Nicht schon wieder eine zweite Wahl!

Verschwendete Zeit für Abschaum! Die nächste wird die Richtige sein. Nicht ein zerstreuter Klumpen Scheiße, sagte er sich und lenkte seinen Blick auf das Steak, dessen wunderbarer Duft bereits in seine Nase stieg. Die Kellnerin verschwand wieder aus seinen Gedanken.

Eine Stunde später gelang es Andrew, seinen Frust im dritten Bier zu ersaufen. Er verspürte genauso stark den Drang, sich eine Auszeit von dem Ganzen zu gönnen, wie die Angst in ihren Augen zu sehen. Konnte er beides verbinden? Einen unterdrückten Todesschrei am Ufer der Donau auszulöschen, zu sehen, wie sich im flatternden Todesblick der Eiffelturm spiegelt, seine Münze in irgendeiner italienischen Kathedrale in der Tasche einer rassigen Bitch zu versenken ... Das klang mehr als erregend in seinen Ohren.

Plötzlich setzte sich eine junge Frau an seinen Tisch. Ihr Hals war so auffällig weiß, dass es Andrew an eine Geschichte aus seiner Kindheit erinnerte, die ihm einst seine Mutter vorlas. Das passierte ziemlich selten. Nur wenn sie gerade Lust verspürte, Mutter für ihren kleinen Sohn zu spielen ... An den Fingern einer kleinen Kinderhand abzählbare Augenblicke:

»Hätt' ich ein Kind, so weiß wie Schnee, so rot wie Blut und so schwarz wie das Ebenholz an dem Rahmen!«, wünschte sich die Königin.

Andrew gegenüber saß gerade genau so ein Mädchen.

Fuck, hätte ich das Bier bloß nicht getrunken!, schimpfte er über sich selbst. Sie hat was! Und ich bin beschwipst.

Zu betrunken, um sie aus diesem Raum voller Menschen zu entführen. Zu wenig, um die Kontrolle über seine Selbstdisziplin bei seinem kleinen Geheimnis zu verlieren.

»Dürfen wir uns dazusetzen?«, fragte das Mädchen in gebrochenem Englisch. Erst jetzt sah Andrew, dass sie in Begleitung war. Er nickte wortlos. Das

Mädchen lächelte und setzte sich dazu. Mit ihrem männlichen Begleiter sprach sie leider nur französisch.

Andrew verstand gar nichts. Aber er sah, wie sie sich küssten. Nicht mehr lange.

Aber er wusste nun, dass er nach dem Schneewittchen suchen würde. Er wollte, dass sich in ihrem letzten Blick der Eiffelturm spiegeln würde. Diesen Gefallen musste sie Andrew einfach tun. Ob ihm das FBI nachreisen würde?

Zumindest erfüllte ihn die Vorstellung mit neuer Energie. Die Welt würde ihm gehören. Irgendwann. Sehr bald. Im Prinzip, wenn er die Flugtickets gebucht hatte.

In der ausgelassenen Stimmung, in der sich das offenbar junge Pärchen befand, fiel es 'Schneewittchen' nicht auf, dass Andrew im Rucksack, der neben ihm unter der Bank lag, nach dem Portemonnaie suchte. Zu mehr reichte sein leicht alkoholisierter Zustand im Moment nicht aus.

»Das Steak kann ich nur empfehlen«, sagte er überschwänglich freundlich und zeigte auf den Nebentisch. Die Blicke der beiden folgten ihm. Dass er die Brieftasche des Mannes unter seinem Sakko versteckte, fiel daraufhin nicht mal auf.

Vielleicht habe ich Glück und werde dein Täubchen über deine Adresse finden, kleine Schwuchtel? Und so durchficken, wie du es noch nie gemacht hast. DAS WIRD EIN SPASS!, spottete er in sich hinein. Eines Tages wird es soweit sein ... Schneewittchen darf in meiner Kollektion nicht fehlen, schmunzelte er. Und gegen eine ausgedehnte Tour quer durch Europa habe ich auch nichts. Sollen alle etwas von meinem Handwerk erfahren.

Das Mädchen erwiderte sein Lächeln. Der kleine Pisser findet das nicht so toll, also wird es Zeit, abzuhauen. Am besten, bevor die den Verlust der Geldbörse bemerken. Andrew blinzelte und streckte leicht, aber vieldeutig seine Zunge aus, was Schneewittchen noch mehr grinsen ließ. Sie empfand es offensichtlich als Kompliment. Frankreich soll ganz romantisch sein. Du zeigst es mir bestimmt, meine Kleine. Ich möchte dich jetzt schon quieken hören. Geduld ist meine Schwäche.

Die junge Frau senkte beschämt den Kopf, als er sie gierig ansah. Ihr Freund schien es nicht bemerkt zu haben.

»Noch einen schönen Abend euch in der, wie ich finde, schönsten Stadt der Welt«, sagte Andrew gespielt lallend, und machte sich auf, die Kellnerin zu finden, die heute Abend für ihn zuständig war. Er spürte, wie sein Glied vor Erregung hart wurde.

Heute würde er eine so richtig draufmachen. Es war sein Tag! Dank seines Cousins wusste er bereits, wo er für ganz wenig Geld fündig werden würde.

Die Runde ging diesmal auf den smarten Franzosen mit seiner prallgefüllten Geldbörse.

Kapitel 22

New York, Mayahuel,
etwa 22:00 Uhr

Andrew Bradley saß nun in der hintersten Ecke der Bar und beobachtete alle Frauen so aufmerksam wie ein hungriger Tiger eine große Herde Antilopen.

Auch wenn sich die New Yorker Abende für ihn in sexueller Hinsicht als erfüllt zu bezeichnen waren, weil er sich oft die recht unerfahrenen Mädchen gönnte, die sich für etwas Koks ausgesprochen experimentierfreudig zeigten, fehlte ihm etwas.

Der metallische Geruch von frischem Blut.

Und das angsterfüllte Betteln der Schlampen um ihr Leben, während er beschloss, es zu beenden. In dieser Hinsicht waren sie nicht besonders originell.

Aber er beendete Leben.

Einfach so. Weil er Gott war.

Diesmal versprach es ein längerer Abend zu werden. Eine von Bradleys beliebtesten Maschen war, einen Junkie von der Straße zu bezahlen, der später in einem ausgesuchten Lokal sein erwähltes Opfer plump anmachen sollte. Das gab ihm, Andrew Bradley, eine gute Chance, sich als Ritter aufzuspielen und die Frau in ein kurzes Gespräch zu verwickeln. Für gewöhnlich konnte er der Frau einen American Eagle in die Tasche stecken. Als einen winzigen Hinweis für die unfähigen Cops.

Dann amüsierte er sich immer wieder, wie die Frauen aus Dankbarkeit vor einem so gutaussehenden Retter alle ihre Warnsysteme abschalteten. Wenn er wollte, konnte er eben auch sehr nett sein.

Für gewöhnlich wartete Andrew Bradley ein paar Tage, manchmal Wochen ab, in denen er den Frauen nachstellte. Der Mord an einem Stricher war dabei eher ein unangenehmer Kollateralschaden. Sein Messer in die Eingeweide dieser armseligen Kreaturen zu versenken, bereitete wenig Freude. Es gehörte lediglich zum Job, Zeugen loszuwerden. In der Wahl der Tatwaffe war Bradley aber eigen. Für diese Art von Abschaum hatte er ein spezielles Messer.

Und anders als bei Molly Hunt standen seine Morde von Junkies nicht mal auf der letzten Seite der miesesten Zeitung. Für Drogenabhängige gab es keinen Platz in der Gesellschaft, die sich für reinlich hielt. Daher auch kein Platz auf dem Papier, das diese Gesellschaft widerspiegelte. Und dennoch, falls ihnen jemand zuhörte, konnten solche Kreaturen am Rande des Kollektivs zu unangenehmen Zeugen werden.

Fast wollte Andrew Bradley die Aktion abbrechen. Er war frustriert. Keine geeignete Lady dabei, also würde der Stricher heute umsonst sterben. Nicht dass es ein großer Verlust für die Menschheit gewesen wäre, wenn er die Straßen von New York wieder mal von einem Versager säuberte. Aber langsam wurde sein Drang nach dem 'richtigen' Töten stärker und seine Zeit, ein geeignetes Opfer zu finden, kürzer. Sein größtes Alibi nahm im Moment einfach eine zu große Rolle in seinem Leben ein.

Es wurde zunehmend gefährlicher, aufzufliegen.

Und Anna Wright unbequem.

Andrew war gewöhnt, Unbequemes schnell aus dem Weg zu räumen.

Just in diesem Augenblick, als er den Stricher von der Arbeit wegpfeifen wollte, um ihn später mit einer Restzahlung für die 'Dienste' zu 'entlohnen', sah er sie. Und sie war PERFEKT.

Also gab er dem Stricher ein Zeichen.

Nun würde er sie beobachten und sich ein Bild von der Lady machen, bevor er sie ansprechen würde. Sie schien auf jemanden zu warten. Dass sie seine Nächste sein würde, fühlte er mit jeder Pore seines Körpers.

Als er sich einige Zeit später zufrieden auf den verabredeten Weg machte, den Junkie auszulöschen, steckte er die durch Zufall gestohlene Visitenkarte seines neuen Opfers in sein Portemonnaie. Endlich eine feste Adresse für seinen ersten Europaaufenthalt.

Deutschland würde sein nächstes Ziel werden.

Schneewittchen würde in Frankreich auf ihn warten müssen.

Kapitel 23

Peconic Bay, North Fork,
das Anwesen des Ehepaars Wright,
Samstag, 27.05.2017, 10:00 Uhr

Anna wurde vom Klingeln des Telefons geweckt, doch als sie auf das Display schaute, entschied sie sich, nicht abzuheben.

Es war Mimmi.

Und Anna wollte mit niemanden sprechen.

Denn keiner würde sie verstehen. In ihrem Kopf gingen so viele Sachen vor, auf die keiner eine Antwort hatte. Ob es in ihrem Zustand normal war, Dinge zu verdrehen, vermochte sie nicht zu sagen. Zu groß war ihre Angst, als verrückt abgestempelt zu werden, wenn plötzlich jemand das Ausmaß begreifen würde. Zum Glück ahnte nicht mal Robert, wie schlecht es um sie stand, sonst hätte er sie längst verlassen. Vermutlich war ihr Desinteresse auch langsam ihrer Freundin aufgefallen, worauf ihre Versuche immer seltener wurden. Genau genommen beschränkte sich der Kontakt auf einige Gespräche, die Anna bat, ihren Mann führen zu lassen. »Ja, es geht ihr gut«, »Ich kümmere mich schon darum«, waren Sätze, die sie Robert immer wieder aufsagen hörte und die bestätigen sollten, dass es seiner Frau wirklich hervorragend gehe.

Es war keinesfalls so. Im Gegenteil. Mit jedem Tag nahm Annas Bereitschaft, am aktiven Leben teilzunehmen, ab. Und sie war froh, dass Robert wie eine Art stabiler Panzer um sie herum stand. Er erfand für seine Frau Ausreden, warum sie sich zurückzog, die für Menschen, die sie nicht gut genug kannten, glaubwürdig waren. Und dennoch blieb er bei ihr. Als einer der wenigen. *Bis dass der Tod uns scheidet*, dachte Anna dankbar.

Dennoch brauchte sie Zeit für sich, daher war sie ihrem Mann für seine Bereitschaft, für sie zu lügen, dankbar. Sie musste herausfinden, warum ihre Gedächtnisausfälle häufiger wurden. Genau um dieses Thema kreisten ihre Gedanken ununterbrochen, sodass sie ihr den Schlaf raubten. Auch wenn sie wusste, dass die

Aufregung dem Baby in ihrem Bauch nicht fair gegenüber war, musste sie recherchieren. Sie musste herausfinden, ob es nach der Schwangerschaft eine Besserung geben würde. Denn so würde sie nicht weiterleben wollen! Das stand fest.

Elf, zwölf ..., zählte sie in Gedanken. Erwartungsgemäß hörte der Klingelton des Telefons nach der Zahl zwölf auf. Mimmi gab erst dann ihre Bemühung auf, ihre Freundin zu erreichen. Wie erwartet füllte sich der Raum mit Stille.

Stille, die Anna in den Ohren schmerzlich wehtat, weil ihr wieder klar wurde, dass sie nun wirklich allein war. Denn eine weitere Nacht ohne Robert stand ihr bevor.

Mit einem Mal schämte sie sich dafür, sich so unfähig zu fühlen, die einfachsten Tätigkeiten auszuführen. Seit ihrem Krankenhausaufenthalt übernahm Robert nach und nach alles: Einkäufe, Essenszubereitung, selbst das Putzen oder Müllrausbringen hatte er zu seinen Aufgaben gemacht. Annas Aufgabe war fortan, sich auszuruhen. Doch es war vermutlich das Flehen ihres Mannes, keinen Finger im Haus zu rühren, weil sie mittlerweile die einfachsten Sachen vergaß wie das Schließen der Eingangstür. Langsam ertappte sie sich dabei, wie sie zunehmend Zwänge entwickelte, alles ständig zu überprüfen.

Genau genommen hatte sie heimlich, kurz nachdem Robert gefahren war, eine Liste vorbereitet, woran sie zu denken hatte, um den Tag erfolgreich zu überstehen.

Aufstehen, Zähne putzen, anziehen, beim Rausgehen Türen und Fenster überprüfen, und so weiter ... Alltägliche Dinge, die für einen 'normalen' Menschen selbstverständlich waren. Nur nicht für die schwangere Anna. Diese Liste steckte sie in ihren Kalender, in dem sie fortan alles akribisch aufschrieb, was an bestimmten Tagen von ihrem Alltag abwich. So schaffte sie sich eine Gedächtniskrücke, falls sie sich an bestimmte Ereignisse nicht mehr erinnern konnte.

Und wenn das Baby auf der Welt ist, und sich nichts ändert? Was dann? Kann ich Robert zumuten, sich um zwei Wesen zu kümmern, die absolut hilfsbedürftig sind? Diese Gedanken waren fortan ein Teil ihres Selbst und bewogen sie letztendlich, über das vorzeitige Ende nachzudenken. Einen Monat nach dem errechneten Entbindungstermin, wenn sie bereits ihr Baby in den Armen halten würde, schrieb sie daher hinein: *Wenn sich bis heute nichts geändert hat, werde ich es beenden. So will ich nicht mehr leben.* Aufzugeben war noch nie eine Option für Anna gewesen. Aber sie war binnen kurzer Zeit ihrem verständnisvollen Mann zu einer Last geworden. Das hatte nun sie in der Hand.

Nicht mal der immer treue Marshall war dabei, um sein Frauchen zu trösten, wie er es zu Lebzeiten in solchen Fällen getan hätte. Diese Erkenntnis bedrückte Anna zusätzlich. Es verstärkte ihre Empfindung von unendlicher Einsamkeit. Zumal ihr Hund eine feine Nase hatte, was ihren psychischen Zustand in solchen Fällen betraf. Dann verlangte er eine zusätzliche Kuscheleinheit, die den beiden guttat.

Der Verlust des Hundes schmerzte immer noch sehr.

Das Telefon klingelte erneut. Diesmal war es Robert, wie Anna dem Display entnehmen konnte. Ihr Mann war derzeit auch das einzige Wesen, dem sie freiwillig zuzuhören bereit war. Vielleicht deshalb, um ihm nicht die trostlose Vorstellung zu geben, wie elendig sie sich eigentlich fühlte. Oder weil sie vor sich zugeben musste, dass er ihr einziger Freund war, jemand, der sie nicht im Stich ließ? Robert war ihr Lebensbaum, von dem sie sich nährte. Durch seine Energie, die er ihr gab, verdiente er etwas Besseres im Leben. Zumal er sich bereits innerlich zerriss, gleichzeitig seine kränkelnde Frau und seine Mutter zu pflegen.

»Hallo, Schatz. Ich bin's. Wie geht's dir?«, hörte sie seine samtige Stimme im Hörer, die ihr Gefühl von Isolation in Sekundenschnelle verfliegen ließ. Sie war doch gar nicht allein. Sie hatte doch einen starken Felsen, auf den sie sich stützen konnte.

»Es geht mir sehr gut«, log sie, so gut sie konnte. »Hier klappt alles bestens.« Noch eine Lüge. Schweigen auf der anderen Seite. »Ich vermisse dich sehr.« Diesmal sagte sie die Wahrheit.

»Hey, ich dich viel mehr«, lachte Robert. »Zusätzlich macht mich diesmal meine Mutter tatsächlich wahnsinnig. Über kurz oder lang werde ich eine stationäre Pflegestelle für sie suchen müssen, damit ich mehr bei meiner Familie sein kann. Du glaubst nicht, wie ich mir wünsche, mit unserem Baby und dir am Strand zu liegen. Glaubst du, wir könnten vielleicht mal weg, bevor das Baby auf der Welt ist? Ich brauche eine Pause vom Leben!«

Anna lachte. Diese Vorstellung gefiel ihr auch sehr. All dem, was ihr passiert war, zu entfliehen, und ihre Füße ins kühle Meer einzutauchen, während die Sonne ihre Haut küsste. Bevor sie ...

»Bist du noch dran?«, fragte Robert besorgt.

»Aber klar doch«, antwortete Anna sofort, als schämte sie sich dafür, in ihre schwarzen Gedanken abgedriftet zu sein. »Ich habe mir nur vorgestellt, wie es mit dir am Strand wäre. Und diese Vorstellung gefiel mir sehr gut«, erklärte sie eifrig. Der Zauber war durch ihre Ängste mal wieder wie weggewischt.

»Ah, okay«, klang Robert recht ernüchtert.

»Hey«, Anna wollte ihrem Mann ein besseres Gefühl vermitteln. Er sollte sich doch keine Sorgen um sie machen, »ich bin schon angezogen, habe eifrig gelesen und die Küche aufgeräumt. Alles klappt wie am Schnürchen. Dennoch fehlst du mir.«

»Das klingt toll!« Es schien, als hätte ihre Bemühung gefruchtet. Denn Roberts Stimme schien wieder weniger angespannt. »Ich bin so stolz auf dich. Grüß bitte deinen Vater von mir, wenn du da bist, okay? Schaffst du das allein, oder soll ich Mimmi anrufen, damit sie dich hinbringt?«

»Meinen Vater ...?«, wiederholte Anna leise. *Wollte ich meinen Vater besuchen? Genau heute? Verdammt.* »Moment, ich bin gleich wieder da ...« Sie rannte zu ihrem Kalender, öffnete ihn beim heutigen Datum und suchte einen entsprechenden Eintrag. Den fand sie nicht. Tränen stiegen ihr in die Augen. Was ist, wenn sie auch schon vergaß, aufzuschreiben, was sie abgesprochen hatten? Dann schluckte sie den dicken Kloß hinunter. Um nichts auf der Welt sollte Robert mitkriegen, dass sie wieder einen Anfall hatte.

»Entschuldige«, sagte sie so freundlich in den Hörer, wie es ihr gelingen wollte. »Ein Fenster war offen und ich hatte etwas Angst, dass der Durchzug die Türen zuknallen lässt.« Wieder eine der unzähligen Lügen. Dafür hasste sie sich am allermeisten. Irgendwann würde Robert schon erkennen, was für ein Pflegefall sie geworden war! Und was dann?

»Meinen Vater«, wiederholte sie diesmal beherrschter. »Genau, den wollte ich natürlich gleich besuchen. Darum bin ich ja schon angezogen.« Es klang, als wollte sie mehr sich als ihren Ehemann überzeugen.

»Wunderbar, Schatz«, erwiderte Robert liebevoll, als hätte er nichts von alldem gemerkt. »Umarme den alten Herrn von mir. Ich werde morgen sehr früh losfahren, dann können wir danach gemeinsam hin. Sicherlich wird er sich freuen. Ich liebe dich.«

Freuen? Genau das bezweifelte Anna sehr. Entweder hatte er gute Zeiten und konnte sich erinnern. Was so viel bedeutete, dass er sicherlich traurig wegen Marshall sein würde. Oder er hatte schlechtere Zeiten und Anna würde ihren Vater apathisch die Wand anstarrend vorfinden. Beides würde ihr das Herz erneut brechen. Aber er war ihr Vater. Und sie wusste nicht, wie lang ihre gemeinsame Zeit auf Erden noch sein würde.

»Ja« versuchte sie, Freude zu mimen. Doch ihr Vorrat an Energie war wieder erschöpft. »Er wird sich sicher sehr freuen. Ich liebe dich auch«, beendete sie dann fast mechanisch das Gespräch.

Nachdem Anna Wright den Hörer aufgelegt hatte, saß sie noch kurze Zeit da, ohne sich die geringste Mühe zu machen, ihren Tag fortzusetzen.

Sieh es endlich ein, so kann es nicht weitergehen!, sagte ihr etwas im Kopf. Sie wünschte sich, fähig zu sein, es zu überhören.

Doch sie konnte es nicht.

Kapitel 24

Pflegeheim in Riverhead,
15:00 Uhr

Die Sonne schien auf Annas schwarze Lederjacke, und sie bereute zutiefst, sie nicht im Auto gelassen zu haben. Es war einer der wärmeren Tage des Spätfrühlings, der einen sehr positiven Einblick in den kommenden Sommer versprach. Die Lederjacke schien vollkommen übertrieben.

Doch nicht die plötzliche Feststellung, falsch angezogen zu sein, trübte Annas triste Gedanken. Die Tatsache, dass ihr Vater nicht nur apathisch war, sondern nach der telefonischen Auskunft auch noch seit einigen Tagen das Essen verweigerte, machte ihr zu schaffen.

Die Sonden an ihm zu sehen, die ihn intravenös ernährten, überstieg die Grenzen des Erträglichen erneut. Und zu wissen, dass er seit einiger Zeit reglos in seinem Bett lag, ließ Anna befürchten, dass er langsam aufgab.

So wie sie. Ob sie nun damit einverstanden war oder nicht.

Langsam, wie man es sonst von einem der Patienten des Pflegeheims erwartet hätte, ging sie den gepflasterten Weg zu ihrem Auto, das sie auf dem heiminternen Parkplatz stehen gelassen hatte.

Ihr Handy klingelte. 'Anrufer unbekannt' erschien auf dem Display, dennoch ging sie ran. Mimmi war es nicht, auch sicherlich kein Bekannter. *Vielleicht wichtig ...*, ging es ihr durch den Kopf, der noch voll mit Bildern ihres Vaters auf dem Krankenbett war.

»Hallo?«, meldete sie sich. Stille. Wenn sie ihr Ohr ganz nah ranhielt, konnte sie jemanden atmen hören. Mehr nicht.

»HALLO!«, sagte sie diesmal mit Nachdruck, obwohl sich die Unsicherheit in ihrer Stimme nicht verstecken ließ.

KLICK. Der Anrufer legte in diesem Augenblick auf.

»Idiot!«, murmelte sie. Dennoch konnte sie nicht anders, als sich mehrfach umzusehen. Der Parkplatz der Anstalt befand sich hinter einer Reihe aus hohen Bäumen. Er war so gut versteckt, dass er kaum ins Auge fiel. Ob der Grund dafür der unspektakuläre Ausblick auf die betonierten Flächen vor dem renommierten Gebäude war? Oder eher die Befürchtung der Heimleitung, die begehrten Parkplätze der Stadt an die Einkaufszentren abgeben zu müssen? Und das trotz des offiziellen Parkverbots. Niemand wusste es genau.

Doch nun fühlte sich Anna plötzlich nicht mehr so unangreifbar wie vor etwa anderthalb Stunden, als sie das Auto dort hatte stehen lassen. Es erschreckte sie zudem, wie menschenleer der Parkplatz mittlerweile geworden war. Leer und gut versteckt ... Gruselig.

Ich sehe Geister!, ermahnte sie sich in Gedanken. *Was soll mir am helllichten Tag schon passieren?* Ihre Bedenken fand Anna plötzlich lächerlich. Und dennoch beschleunigte sie den Schritt, um zum letzten Auto in der hinteren Parkreihe zu gelangen.

Zu ihrem roten Corolla.

Aber erst, als sie die Tür des Wagens aufgeschlossen und sich hineingesetzt hatte, konnte sie durchatmen. *Na wunderbar*, sagte sie zu sich selbst. *Nun bin ich auch noch paranoid!*

Als sie bereits den Wagen starten wollte, klingelte das Handy erneut. Wieder 'Anrufer unbekannt'. Anna überlegte kurz. Dann nahm sie ab, fest entschlossen, den Anrufer anzuschreien, wenn es notwendig sein sollte.

Nichts. Kein Atmen.

»Hallo, wer ist dran? Sag doch endlich etwas, du Arschloch!«, schimpfte sie aufs Äußerste gereizt.

Im gleichen Augenblick öffnete sich die Beifahrertür des Wagens und Anna blickte in die Mündung einer Pistole, deren Lauf akribisch genau auf das Zentrum zwischen ihren beiden Augen zeigte. Das geschah so plötzlich, dass sie wie paralysiert zuschaute, ohne begreifen zu können, in welcher Gefahr sie sich befand.

»Etwas«, sagte die Person als wäre es der beste Witz der Welt. Einen kurzen Augenblick später nahm sie den Platz zu Annas rechter Seite ein. Die Waffe zielte immer noch in Richtung ihrer Nasenwurzel. Sie traute sich nicht, den Blick abzuwenden, obwohl sie den Angreifer jetzt erkannte.

»Ich bin das Arschloch, das dich zum zweiten Mal angerufen hat«, erwiderte Graham Searcy, ihr Ex-Freund. »Nun fahr los!«

»Was soll ...«, fing Anna an, und ihre Hände zitterten.

»Pass auf!« Graham schnitt ihr das Wort ab. »Du tust, was ich dir sage! Verstanden? Ich werde die Waffe runternehmen. Aber sie zielt auf deinen schwangeren Bauch. Falls du etwas Unüberlegtes tun solltest, wie zum Beispiel an einer Ampel aussteigen oder so. Fahr los!«, befahl er mit Nachdruck und nahm die Waffe wie versprochen herunter.

»Warum tust du das?«, erkundigte sich Anna mit zitternder Stimme, nachdem sie das Auto in Bewegung gesetzt hatte.

»Weil ich dich immer noch liebe«, antwortete Graham überraschend liebevoll. »Mehr sage ich dir, wenn wir angekommen sind. Nun fahr vorsichtig, und keinem von uns wird etwas geschehen. Weder dir noch dem Baby. Versprochen.«

»Wohin?«, fragte sie diesmal trocken. Graham nahm mit der freien Hand das Handy von ihrem Schoß, auf den sie es hatte fallen lassen, als sie die Mündung seiner Waffe in der Fahrgastzelle ihres Corollas sah. Sie zuckte bei seiner Berührung zurück, was auch ihm auffiel. Doch er schenkte dieser Tatsache keine Beachtung.

»Gilgo Beach. Du weißt schon wohin«, instruierte er Anna, ohne sie aus den Augen zu lassen. Nach einer Weile legte er das Handy, das er zuvor ausgeschaltet hatte, auf die Getränkeablage.

»So, nun stört uns endlich keiner mehr«, sagte er wieder sachlich.

Kapitel 25

Mit zitternden Händen lenkte Anna Wright ihren Wagen in Richtung des Ocean Parkways, der letzten größeren Hauptstraße, die zum Gilgo Beach führte.

Normalerweise zog es im Sommer reihenweise New Yorker hierher, die die Ruhe von der Großstadt im Sand der Dünen suchten. An einem Ort etwa eine Fahrstunde von Manhattan entfernt. Die ländlich geprägten Küsten waren ein Magnet für die New Yorker High Class, deren Residenzen vorzugsweise an den Nobel-Standorten wie den Hamptons angesiedelt waren.

Gilgo Beach war auch für die Anwohner ein beliebter Ort, um den im Sand tobenden Kindern zuzuschauen, oder sich in der Nachmittagssonne ein Gläschen vorzüglichen Wein zu genehmigen. Daher kannten die ansässigen Kinder diesen Ort wie ihre Westentasche. Insbesondere das heruntergekommene Haus am Ende einer Düne, das für Erwachsene kaum einsehbar war.

Anna sah das Haus zum ersten Mal, als sie ein Teenager wurde. Graham zeigte es ihr damals. Ein Häuschen im Nirgendwo war der willkommene Treffpunkt für Jugendliche, die auf der Suche nach Romantik im Licht der untergehenden Sonne waren. Das Rauschen des Meeres und die vom heimlich gekauften Alkohol gelockerte Stimmung waren in ihrer High School-Zeit der Garant für einen gelungenen Abend.

Doch das änderte sich schlagartig, als Anna volljährig wurde. Die Eltern verboten ihren Kindern, diesen Abschnitt des Strandes zu besuchen. Und selbst, wenn sich die Sprösslinge nicht an die Anweisungen ihrer 'Alten' hielten, diente das mehr als Mutprobe als der Romantik.

Zwischen Dezember 2010 und 2011 wurden am Strand um Gilgo Beach elf Leichen gefunden, davon acht Frauen. Für die Presse war der Name des Mörders gefunden:»Long Island Ripper«, wobei man zu seinem letzten Opfer eine verstörte Frau zählte, der es gelang, zu entkommen und an die Tür eines am Strand lebenden Rentners zu klopfen. Noch ehe er einen Notruf tätigen konnte, verschwand die Frau spurlos. Eine weitere Leiche, die man ein halbes Jahr später fand ...

Nun wusste Anna, was sie erwartete. Ein noch mehr verkommenes Häuschen, als sie es in Erinnerung hatte, mitten in der Wüste, menschenleer. Ganz weit weg von jeglicher Romantik, die sie noch vor sechs Jahren an der Seite von Graham empfunden hatte. Nun beherrschte sie nur ein einziges Gefühl: Angst um ihr Leben. Und um das ihres Babies. Dass Graham diesen Ort nicht zufällig ausgewählt hatte, war ihr bereits in dem Augenblick klar, als er es erwähnte.

»Los, steig aus!«, befahl er, als sie das Auto geparkt hatte. »Bitte, zwing mich nicht, sie zu benutzen.« Er zeigte auf die Waffe.

Anna nickte.

Und in der Tat, ihre Vorahnung hatte sich bestätigt. Die Gegend wirkte auch heute noch wie ausgestorben. Selbst ihr Schrei würde vom starken Wind erstickt werden.

Wird man meine Leiche hier suchen?, überlegte sie und fühlte Mitleid, besonders mit dem Mädchen, das vor ein paar Jahren den Tod am Strand gefunden hatte. *Immerhin hatte sie eine kleine Chance zu entkommen ... Werde ich auch eine haben?*

Derweil kamen sie an den Ruinen des Häuschens an, in dem sie einst glücklich waren. Anna schwieg, doch ihre Bedrückung fühlte man auch ohne Worte. Graham befahl ihr, sich an einen querliegenden Balken zu setzen, der in der Nähe eines aus dem Boden herausragenden stand. Dann band er ihre Hände ganz sanft daran und tat es genauso mit ihren Füßen.

»Tut das weh?«, fragte er. Anna antwortete nicht.

»Das hätte mein Baby sein können ...«, stellte er überraschend fest. Seine Stimme war leise.

»Was?« Anna konnte ihre Verblüffung kaum kaschieren, obwohl sie ahnte, was er meinte. »UNSER gemeinsames Kind?«

»Ja«, sagte Graham traurig, obwohl er die Antwort erahnte.

»Nein. Zum Glück nicht!«, erwiderte Anna mit Nachdruck. »Es ist ein Baby, das aus großer Liebe entstanden ist - nicht aus Vergewaltigung. Und dessen Vater mich niemals mit einer geladenen Waffe bedrohen würde«, entfuhr es ihr. Doch in ihrer Stimme klang nicht nur Wut, sondern auch Verbitterung. Auch Enttäuschung, dass genau Graham ihr Leben beenden wollte. *Warum? Des Babys wegen?* Graham sah ihr durchdringend in die Augen, als wollte er sich Annas Gefühle versichern.

»Sie ist nicht mal geladen«, sagte er mechanisch und senkte den Kopf. »Die Waffe, meine ich. Ich wollte euch nicht wehtun, sondern nur ungestört mit dir sprechen. Wenn wir fertig sind, bringe ich dich zum Auto, damit dir auch wirklich nichts passiert. Dann sehen wir uns nie wieder, versprochen! Denn ich verstehe, dass du mich jetzt hasst.«

»Wow, wow, warte mal ...« Anna konnte das eben Gesagte nicht begreifen.

»Schau ...« Graham entsicherte die Waffe und schoss mehrmals in den Himmel. Kein Knall war zu hören.

»Was soll das dann?« Anna verstand jetzt gar nichts mehr. »Hast du mich entführt, um mich zu fragen, ob es dein Baby ist? Das hättest du leichter haben können. Warum hast du mich zum Beispiel nicht einfach gefragt?«

»Dich gefragt?« Graham lachte bitter. »Ich habe es so oft probiert, doch dein toller Kerl hat mir gedroht, dass, wenn ich mich dir nähern sollte, er Hackfleisch aus mir machen würde. Dann hat er mir die Bullen auf den Hals gehetzt. Anna, deinetwegen bin ich vorbestraft und will keine Probleme mehr!«

»Ach!« Anna wurde wütend. »MEINETWEGEN?«, schrie sie. »Und der gnädige Herr ist ein Unschuldslämmchen oder was? Binde mich sofort los!«

»Nein, bin ich nicht«, erwiderte Graham. »Ich habe dir Schlimmes angetan, ich weiß. Und ich hatte ein starkes Alkoholproblem, an dem ich nun arbeite. Das war der Grund, warum ich untergetaucht bin. Heute feiere ich ein kleines Jubiläum. Seit einem Vierteljahr bin ich trocken.«

»Wie rührend«, entgegnete Anna sauer. »Und ich darf deine Begleitung sein? Gefesselt an einen Balken?«

Graham seufzte. »Nein, so ist es nicht. Es war notwendig, dich so zu sprechen, weil dein Robert niemanden an dich ranlässt. Und weil du mir auch sonst nicht zugehört hättest – nur so habe ich eine Chance. Und Mimmi will auch nicht mit mir sprechen. Selbst dein Vater war keine gute Wahl. Die Welt um dich ist wie eine undurchdringliche Bastion!«

»Aha ...« Anna klang nun nicht mehr sauer, sondern desinteressiert. »Dann erzähl mal, was so wichtig ist. Ob mich das überhaupt interessiert, möchte ich bezweifeln. Aber ich will endlich nach Hause.«

»Okay ...« Graham atmete tief ein, und dann schoss es wie aus der Pistole aus ihm heraus: »Dein Nachbar ist ein vorbestrafter Vergewaltiger. Es gab in seiner Vergangenheit sogar Morde, die man ihm aber nicht nachweisen konnte. Ich erfuhr das von meinem Bewährungshelfer, der sich mit anderen über die 'üblichen Verdächtigen' regelmäßig abspricht. Außerdem ist er Zuhälter und konnte sich vermutlich dadurch ein hübsches Häuschen in eurer Nähe kaufen. Von blutigem Geld, dieses Schwein! Er benutzt ständig neue Namen, wobei einer, den ich an seiner Tür finden konnte, Owen Norris ist. Leider weiß man nicht, wie sein richtiger Name lautet. Der, den er jetzt benutzt, ist sauber - habe ich bereits recherchiert. An dieses Schwein kommst du einfach nicht ran.«

»Du willst mich verschaukeln!« Anna war wirklich baff. Sie vergaß sogar, unter welchen Umständen sie das erfuhr.

»Glaube es mir oder nicht«, Graham zuckte mit der Schulter, »als ich es deinem Robert erzählte, nachdem du im Krankenhaus warst, hat er mich hochkant aus eurem Haus rausgeschmissen. Ich gehe auch davon aus, dass der Typ genug kriminelles Potential hätte, den armen Marshall umzubringen.« Grahams Augen wurden weicher.

»Das arme Kerlchen ... Stand sogar in der Zeitung. Eine neue Sensation.«

»Der Typ ist zwar seltsam, doch ...«, fing Anna an.

»Ich sage die Wahrheit, ob du sie glaubst oder nicht. Ich muss es dich wissen lassen, weil ich mir Sorgen um dich mache. Und es wird mich wahrscheinlich schnurstracks ins Gefängnis bringen. Bewaffnete Entführung, geschieht mir recht! Doch ich könnte es mir niemals verzeihen, dich nicht vorgewarnt zu haben. Das Kostbarste, wofür es sich zu leben lohnt, habe ich eh längst verloren. Dich.«

»Und nun sitzt 'das Kostbarste, wofür es sich zu leben lohnt' gefesselt an einem Balken?«, bemerkte Anna zynisch.

»Hättest du mich jemals angehört, wenn ich dich nicht gefesselt hätte?« Grahams Stimme klang unerwartet traurig.

»Vermutlich nein«, quittierte Anna für sich selbst überraschend. »Robert sagte, dass du ziemlich sauer auf meinen Vater und mich wärst. Ich hatte berechtigte Angst vor dir, wie man sieht.«

»Siehst du?« Graham war nun richtig bedrückt. »Die einzige Person, auf die ich unendlich sauer bin, bin ich doch selbst. Habe das Beste in meinem Leben durch Alkohol zerstört. Doch nun will ich dir etwas zurückgeben. Und nun werde ich dir auch die Fesseln abnehmen. Das Wichtigste hast du gehört. Bitte, halte still ... Ich möchte dich nicht verletzen.«

Sobald Annas Hände befreit waren, griff sie sofort zu der am Boden liegenden Waffe.

»Es tut mir leid, doch sie ist wirklich nicht geladen. Nun wünschte ich, sie wäre es, damit du mein sinnloses Leben beenden kannst.«

Graham tat ihr plötzlich irgendwie leid. Er schien gebrochen. Warum auch immer ... Anna ließ den Arm mit der Waffe kraftlos sinken. Sie hatte keine Angst mehr. Nur das Verlangen, schnellstens nach Hause zu kommen .

»Gut«, sagte sie mit ruhiger Stimme. »Lass uns beide gehen, okay? Hier ist es langsam unheimlich. Wo setze ich dich ab? Unterwegs kannst du mir noch erzählen, was du über den Nachbarn herausgefunden hast, in Ordnung?«

»Sehr sogar. Ich wohne jetzt in der Mill Road, Manoville; es ist auf dem halben Weg zu euch. Danke«, stimmte Graham zögernd zu. »Versprich mir aber noch eines, bitte ...« Graham zog unerwartet etwas aus seiner Hosentasche und versetzte damit Anna erneut in Angst.

»Schon okay«, sagte er beruhigend. »Wollte ich dir wehtun, hätte ich dazu bessere Gelegenheiten gehabt, glaube es mir doch endlich!« Anna entspannte sich wieder etwas.

»Versprich mir bitte«, fuhr Graham fort, »dass du ab sofort dieses Ding mit dir trägst und niemandem sagst, dass du es hast, weil es nicht ganz legal ist, okay?« Dann fügte er hinzu: «Keinem. Das heißt nicht mal deinem Mann. Er würde dir eh nicht abnehmen, dass du es selbst gekauft hast. Auf Ärger deshalb habe ich wiederum keine Lust.«

»Was ist das?«, fragte Anna skeptisch.

»Hochdosiertes Pfefferspray«, erwiderte Graham sachlich. »Es kann sehr nützlich sein, wenn dich einer angreift. In dieser Konzentration sollte man es als Waffe melden. Die kleineren Dinger taugen nichts. Glaube mir. Es befindet sich in einer kleinen Tasche, die du sofort öffnen kannst, falls dich jemand angreift. Denk daran: nicht über 50 Grad lagern, nicht brennen lassen - alles handhaben wie ein Deo. Solltest du es zur Selbstverteidigung benutzen, wirst du juristisch nicht belangt. Und niemals, niemals ohne das Täschchen aus dem Haus gehen, verstanden? Das ist mein Geschenk zum heutigen Jubiläum. So, nun lass uns gehen.«

Zum ersten Mal, seit sie Graham auf dem Parkplatz der Pflegeanstalt begegnet war, empfand Anna für einen kurzen Augenblick so etwas wie einen Funken Zuneigung für ihren Ex-Freund.

Endlich fand sie jemanden, der eine ihrer unzähligen Ängste in gleicher Intensität teilte. Nicht, dass es Robert nicht auch getan hätte. Der wesentliche Unterschied bestand jedoch darin, dass sie sich seit langer Zeit ernstgenommen fühlte. Oder sie waren beide paranoid.

Hilfe ausgerechnet von einem Mann, der ihr vor nicht ganz einem Jahr einen Teil ihrer Würde gestohlen hatte? Konnte sie ihm vertrauen oder war das ein Trick?

Kapitel 26

Peconic Bay, North Fork,
das Anwesen des Ehepaars Wright,
Samstag, 27.05.2017, 21:00 Uhr

Anna konnte vor Aufregung keinen Platz zu Hause finden. Sie pendelte zwischen der Küche und dem Wohnzimmer wie eine Katze auf der Suche nach einem Mauseloch im Unterholz. Kurz nachdem sie Graham zu Hause abgesetzt hatte, rief sie Mimmi vom Auto aus an und war dankbar, dass ihre Freundin nicht so nachtragend war, sofort aufzulegen. Immerhin hatte sie seit ihrem Krankenhausaufenthalt wirklich alle Anrufe durch Robert abwimmeln lassen. Warum? Das konnte sie sich jetzt nicht mehr erklären. Doch nun spürte sie, wie sich allmählich die Leere löste, die seit Marshalls tragischem Tod in ihrem Inneren entstanden war. Diese machte einem anderen Gefühl Platz, das sie noch nicht definieren konnte. Wut? Angst? Entsetzen, endlich in ihrem Feindbild bezüglich des Nachbarn bestätigt worden zu sein? Ein wenig tat es gut! Aber wollte Graham nicht einfach ihre Ängste anheizen und dann ausnutzen, sie für sich zu gewinnen?

Anna brauchte jetzt jemanden zum Reden, dem sie vertraute. Zum Glück war Robert noch bei seiner Mutter in New York. Wenn sie vor ihm Grahams Namen bloß erwähnen würde, würde er sicherlich durchdrehen. Robert hasste Graham. Und Anna musste mit Mimmi gemeinsam überlegen, ob sie genau das Gleiche tun sollte.

Um für ein wenig Gelassenheit zu sorgen, schaltete sie den Fernseher an. Das Programm war nicht besonders interessant, deshalb zappte sie zwischen den Programmen hin und her, als die Nachrichten erschienen.

»Das FBI bittet um Mithilfe«, hörte sie die Moderatorin sagen. *Wieder der Serienmörder. Ist es vielleicht der Nachbar? Vorstrafen, komisches Verhalten, Aggressivität - das passt zu ihm.* »Unter der Nummer ...« Im gleichen Augenblick lief sie zu ihrem Terminkalender, den sie überraschenderweise dort vorfand, wo sie ihn letztes Mal abgelegt hatte. Diese Erkenntnis hob ihre Stimmung. *Lässt dieser verdammte Zustand etwa nach, kleines Baby?*, fragte sie sich feierlich, als könnte das Wesen in ihrem Bauch bereits ihre Gedanken beantworten. Wenn sie sich etwas so gut merken konnte, war das ein kleiner Erfolg.

Anna nahm den Stift, der am Terminkalender befestigt war, um sich die Kontaktdaten aufzuschreiben. Für alle Fälle, nicht weil es akut wichtig war. *Was, wenn … Auch wenn es verrückt klingt … Wenn der Nachbar tatsächlich etwas damit zu tun hatte? Was tue ich dann?* Im Inneren traute Anna sich die Gedanken zu Ende zu denken, die sicherlich nur ihrer Phantasie entsprungen waren.

Während sich die Moderatorin wieder mit der Frau unterhielt, die durch ihr zierliches Aussehen mehr wie eine Schauspielerin als eine FBI-Pressesprecherin aussah, wurde die Telefonnummer im unteren Bereich des Bildschirms dauerhaft eingeblendet. Anna notierte sie sich samt dem Namen und vorsichtshalber auch des Ranges beim FBI: Supervisory Special Agent Angel Davis.

»… infolge unserer letzten Sendung ist eine Vielzahl von Hinweisen eingegangen, wobei eine Spur tatsächlich interessant erscheint. Kurz bevor Molly Hunt verschwand, wurde sie beim Einsteigen in ein New Yorker Taxi gesehen, dessen Fahrer bisher noch nicht gefunden werden konnte. Möglicherweise ist das der entscheidende Hinweis, den weiteren Weg am Tag des Verschwindens des Opfers zu rekonstruieren. 'Wo wollte Molly Hunt hin?', ist eine der Fragen, auf die wir auf diesem Weg eine Antwort zu finden hoffen. Also zögern Sie bitte nicht, uns anzurufen.«

Anna nahm das Telefon in die Hand und wählte die aufgeschriebene Nummer. Doch noch bevor sie ein Freizeichen bekam, klingelte es schon an der Tür und sie kam sich richtig lächerlich vor. Sie legte auf.

Na gut, überlegte sie, während sie an die Tür ging. Owen Norris mag ein Vergewaltiger sein. Und er hat sogar ein eigenes Taxi. Und vielleicht hat er sogar meinen Hund auf dem Gewissen. Und die Münze, die ich gesehen habe … Oder mir eingebildet habe, sie gesehen zu haben, was auch immer. Alles schön und gut. Aber macht ihn das zu einem Serienkiller, der Frauen brutal ermordet? Wohl kaum. Natürlich werden sie im Fernsehen behaupten, dass man bei dem geringsten Verdacht anrufen sollte, doch bei wie vielen Menschen trifft Ähnliches zu?

Noch bevor Anna an der Tür ankam, hörte sie jemanden rufen: »Ich bin's.« Ganz offensichtlich wollte ihre Freundin sie so wenig wie möglich erschrecken. Dafür war Anna diesmal durchaus dankbar.

»Tut mir leid, dass es so lange gedauert hat«, entschuldigte sich Mimmi bereits auf der Schwelle des Hauses. »Jay war ein wenig stinkig mit mir, weil er die Kids allein übernehmen muss, während ich mir *eine schöne Zeit mit meiner besten Freundin* mache.«

»Oh nein«, erwiderte Anna erschrocken. »Das wollte ich natürlich nicht. Es tut mir leid.«

»Keine Sorge, ihm passiert schon nichts« lachte Mimmi. »Er erinnert sich höchstens wieder, wie anstrengend Hausarbeit sein kann, was wiederum bedeutet, dass ich bei der nächsten Gelegenheit ein Sträußchen Blumen aus dem Supermarket bekomme. Auch mal schön!«

»Wirklich?«, fragte Anna skeptisch.

»Wirklich«, bekam sie zu hören, während ihre Freundin die Schuhe auszog und sich in die Küche begab. »Möchtest du auch Tee?«, fragte sie, als wäre sie bei sich zu Hause. Wenn sie allein waren, tat sie das immer. Wenn Robert zu Hause war dagegen niemals. Für diese unkomplizierte Art mochte Anna ihre Freundin ganz besonders.

»Oh ja, bitte. Machst du mir einen Earl Grey?«, rief Anna laut genug, den Teekocher zu übertönen, während ihre Freundin in der Schublade mit Teebeuteln nachsah. In der Zeit lief Anna ins Wohnzimmer zu ihrem Terminplaner. Die Antwort verstand sie daher nicht, weil sie ihre Routinetätigkeiten des heutigen Tages bereits im Kopf durchging, um Zeit zu sparen. Es war auch notwendig, das sofort zu tun, weil sie befürchtete, die Anwesenheit ihrer Freundin hätte sie durcheinander gebracht. Sie fragte sich, ob die Tür geschlossen war, ob der Schlüssel an seinem Platz lag, und wo sich ihre Tasche befand. Erst, wenn sie sich sicher war, dass alles zu ihrer Zufriedenheit verlief, machte sie ein Häkchen im Kalender.

Anna achtete penibel darauf, dass es immer mindestens drei waren. Doch die Existenz ihrer Liste verriet sie nicht einmal Mimmi oder Robert. Zu groß war ihre Angst, dass sie sie für komplett durchgeknallt halten würden. *Freundschaft und Liebe hin oder her - die Zwänge waren nun mal zu bekloppt, um sie einfach zu benennen,* dachte sie immer, wenn sie sich dabei ertappte, ihr Geheimnis vor ihren einzigen Freunden zu lüften. Den Terminkalender versteckte Anna anschließend im Flur, wo ihn niemand finden würde.

Als sie ins Wohnzimmer kam, stand ihre Tasse bereits auf dem Couchtisch neben der ihrer Freundin. Anna setzte sich dazu.

»So, nun erzähl mal, was vorgefallen ist, dass du es so eilig hattest!«, bat Mimmi. Während Anna die Ereignisse des Tages wiedergab, sah sie, wie sich die Kinnlade ihrer Freundin allmählich senkte.

Bei der Schilderung ließ sie jedoch eine Sache aus. Mimmi würde es ohnehin nicht gutheißen, weil es nicht ganz legal zu sein schien. Das Täschchen mit dem Pfefferspray, das sie vorsichtshalber in einem ihrer Schuhe im Flur versteckt hatte. Natürlich nicht ohne in ihrem Terminkalender auf eine recht kryptische Art vorzumerken, wo sie es versteckt hatte. So für alle Fälle, sollte sie es vergessen.

»Und du glaubst ihm? Hast du den Verstand verloren?«, fragte Mimmi nach einer kurzen Pause, als sie die Sprachlosigkeit überwunden hatte.

»Diese Frage habe ich mir auch gestellt«, antwortete Anna wahrheitsgemäß. »Und ja, ich weiß nicht warum, doch ich glaube ihm. Nenn mich naiv. Aber welchen Sinn hätte es, mich anzulügen?«

»Na, dein Vertrauen zu erschleichen ... oder so ...?«, Mimmi fiel nichts ein, was plausibler wäre.

»Um was?« Anna meinte diese Frage wirklich ernst. »Mich zu kidnappen? Hatten wir schon. Mich zu verführen? Hmm, vielleicht. Ich bin aber glücklich verheiratet und bekomme ein Baby, was er schon weiß. Er hätte wenigstens eine Andeutung gemacht, dass ich ihn wählen soll oder sonst etwas. Hat er aber nicht. Er hätte mich vergewaltigen, mich töten können. Stattdessen hat er es riskiert, in den Knast zu wandern, um mir diese Informationen über unseren ohnehin seltsamen Nachbarn zu geben ...« Anna ließ eine kurze Pause verstreichen. »Natürlich ist alles möglich, da hast du recht, doch ... Mein Bauchgefühl sagt mir, dass er wirklich daran glaubt und sich dahintergeklemmt hat. Ich bin auch gewillt, ihm zu vertrauen, dass er ein Auge auf diesen Kerl hat. Solange er nicht in mein Haus kommt ... Das ist nicht verkehrt, oder?«

»Das stimmt«, stellte Mimmi nach kurzer Überlegung auch für sich fest.

»Aber dadurch habe ich ein Problem damit, allein zu Hause zu bleiben. Verstehst du? Oder spinne ich?«

»Nein, ich verstehe dich vollkommen«, versicherte Mimmi. »Nun erzähl mal, wie es dir so geht.«

»So langsam geht's aufwärts«, erwiderte Anna nicht ganz zufrieden. »Immerhin gibt es Momente, in denen ich nicht sofort an Marshall denken muss. Nun ist er bei Mutti im Himmel. Damit ist sie nicht mehr so allein. Meinem Vater geht es auch mal so, mal so, hat mir das Personal erklärt. Es ist für mich nicht einfach, jemandem zuzusehen, dessen Seele mit jedem Tag mehr stirbt.« Annas Augen füllten sich sofort mit Tränen, die sie zu unterdrücken versuchte. Doch es gelang ihr nicht. Mimmi nahm sie schweigend in den Arm und hielt sie so lange fest, bis ihre Tränen versiegten.

»Hey«, wisperte sie. »Es ist okay so. Ich bin bei dir, und ich habe dich lieb.«

Für einen Augenblick fühlte sich für Anna alles so an, als wäre die Welt wieder in Ordnung.

Doch ihre Welt sollte Risse bekommen.

Kapitel 27

Peconic Bay, North Fork,
das Anwesen des Ehepaars Wright,
Sonntag, 28.05.2017, 08:00 Uhr

Die Eingangstür zum Haus öffnete sich sehr leise, doch das ungewohnte Geräusch entging Mimmi nicht. Sie blinzelte mehrmals, als wollte sie den Schlaf vertreiben. Als sie sich zur gleichen Zeit aufzurichten versuchte, sah sie, dass auch Anna wach wurde. Mimmi legte die Wolldecke zur Seite, mit der sie zugedeckt war. Nach der nächtlichen Unterhaltung hatten sie beschlossen, noch einen Liebesfilm von einer der zahlreichen DVDs zu schauen, die sich im Besitz ihrer Freundin befanden. Dabei mussten sie eingeschlafen sein, denn beide lagen nun auf der Wohnzimmercouch vor dem Fernseher. Dank des Fortschritts der Technik hatte das Gerät registriert, dass keine Bewegung mehr stattfand, also schaltete es sich rechtzeitig ab, womit der Schlaf in der ungünstigen Position beinah erholsam wurde.

Trotz der blickdichten Fenstervorhänge, die Anna vorsorglich zugezogen hatte, als wollte sie die Existenz des Nachbarn ausblenden, drangen die ersten starken Sonnenstrahlen ins Haus.

Anna drehte zuerst den Kopf in Richtung der Störquelle. Mimmi tat es ihr gleich.

»Guten Morgen, die Damen. Ich habe Bagels aus der Metropole dabei«, sagte Robert fröhlich, wenn auch ein wenig überrascht über Mimmis Anwesenheit.

»Oh nein«, strahlte Anna. »Du bist ein Schatz! Woher wusstest du ...?« Sie rannte ihrem Mann entgegen, um ihn zu drücken.

»Ich habe nur mein Frauchen und mich einkalkuliert«, wisperte er ihr ins Ohr. Dann sagte er so laut, dass auch Mimmi es hören konnte: »Natürlich, weil das Auto deiner allerbesten Freundin vor unserem Haus steht! Ich bin gleich mit dem Frühstück für die Damen dran, wenn Myladys erlauben, dass sich der Narr in die Küche entfernen darf ...« Anna versetzte ihm, dankbar für die Lüge,

145

einen Klaps auf den festen Hintern, während er seinen Kopf erwartungsvoll zu einem Kuss senkte.

»Danke«, sagte sie ganz leise.

»Na, dann werde ich ...« Mimmi stand auf.

»Auf das Frühstück warten«, beendete Anna ihren Satz. »Sonst werde ich richtig sauer! Wann habe ich schon meine allerliebsten Menschen zur gleichen Zeit in einem Raum?«

Als sich Mimmi erst etwa zwei Stunden später von ihrer Freundin verabschiedete, war es Anna dann doch recht, dass sie nach Hause musste. Sie brannte darauf, die Neuigkeiten aus New York zu erfahren, und wusste, dass Robert nichts davon vor Mimmi erzählen würde. Zwischen den beiden bestand doch eine Barriere, die sie nicht übertreten würden. Manchmal fragte sich Anna, ob es an ihr lag. Mochten sie sich nicht so innig wie die beiden Freundinnen? Oder war es so eine Art Eifersucht?

Anna beschloss, es eines Tages mit beiden zu ergründen. Natürlich erst, nachdem das Baby auf der Welt war. Zurzeit war sie zu sehr mit wichtigeren Gedanken beschäftigt, um sensibel genug für zwischenmenschliche Beziehungen zu sein.

»Und? Wie geht es deiner Mutter?«, begann Anna mehr aus Pflicht als aus ernstem Interesse heraus, als Mimmis Auto aus ihrer Sicht verschwand. Zu ihrer Schwiegermutter gab es selten Spannendes zu berichten. Anna kuschelte sich auf der Couch an ihren Mann.

»Oh, im Moment alles okay«, lächelte Robert. Er roch so männlich, als hätte er in seinem Lieblingsparfüm gebadet. Anna mochte den Duft.

>*»Open your hands*
>*Take a glass*
>*Don't be scared*
>*I'm right here*
>*Even though you don't roll*
>*Trust me girl*
>*You wanna be high for this.«*

Der sinnliche Text, der in der Werbung hoch- und runterlief, war plötzlich da. Der Song 'High For This' von The Weekend war ihr Klingelton, wenn Robert sie anrief. Und er passte perfekt.

Betörend, fand sie und drehte sich zu ihm um. Sie hatte Lust auf zarte Berührungen seiner Lippen auf ihrem Gesicht. Zumal die körperliche Nähe zwischen ihnen in letzter Zeit etwas auf der Strecke geblieben war, was ihr gerade schmerzlich auffiel.

Doch Robert schien nicht in der Stimmung zu sein. Er erwiderte ihren Kuss nur halbherzig.

»Schatz«, sagte er liebevoll und schwieg. Anna - irritiert durch die so verstandene Ablehnung - reagierte nicht. »Könnten wir über etwas reden, was mir wirklich sehr am Herzen liegt? Es ist mir sehr wichtig!«

»Ja, okay«, Anna bemühte sich, die aufkeimende Enttäuschung zu verbergen, »... was gibt es?« Möglichst unauffällig nahm sie sogar ihre Hand von seiner. Sie fühlte sich verletzt.

Ich bin keine Frau mehr, sondern ein Pflegefall. Dabei weiß er nicht mal, wie schlecht es wirklich um mich steht, dachte sie traurig. *Unattraktiv selbst für meinen eigenen Mann ...*

Robert schien es nicht bemerkt zu haben, denn er sprach weiter. »Ich habe mir bereits einige Heime in unserer Nähe ausgesucht und werde in der nächsten Woche dort anfragen. Das andauernde Hin- und Herfahren macht keinen Spaß.«

Die Stimmung war endgültig hin. Als könnte das Thema 'Schwiegermutter' nicht noch paar Minuten warten ...

»Das finde ich großartig.« Anna machte sich nicht mehr die Mühe, Freude zu mimen. Dennoch war sie dankbar, dass sie die Zukunft nicht allein in diesem großen Haus verbringen würde. Auch wenn die Leidenschaft im Moment auf der Strecke blieb. Doch sie zwang sich, dennoch etwas Positives zu finden. »Dann bist du tatsächlich mehr zu Hause, bis die Uni losgeht! Und auf eine

Mutter in unserer Nähe freue ich mich auch schon. Ich finde sie wirklich nett.«

»Das ist sie auch.« Robert lächelte und umarmte seine Frau väterlich. »Ich liebe dich.«

»Ich dich auch«, erwiderte Anna und widerstand dem Drang, Roberts Hand zu umschließen. Er sollte spüren, dass sie unzufrieden mit der aktuellen Situation zwischen ihnen beiden war. Roberts Mutter war ein wichtiger Mensch für sie beide. Aber sie sollte für ihn nicht wichtiger als Anna werden!

Sie schwiegen.

»Schatz«, durchbrach Robert die unangenehme Situation. »Ich habe noch etwas auf dem Herzen.«

»Okay. Und was?«, fragte Anna verärgert, dass sich ihr Mann nicht ein bisschen bereit zeigte, den Grund ihrer so offensichtlichen Unzufriedenheit zu erkennen oder gar zu ergründen.

»Nun ...« Robert wusste nicht, wie er das Thema anpacken sollte. »Ich habe am Mittwoch einen Termin beim Rechtsanwalt, um die Patientenverfügung für meine Mutter zu beantragen. Ich fände es gut, wenn du auch ein Mitspracherecht bekämst, was denkst du? Und da dachte ich ...« Robert schwieg, als wäre es klar, dass Anna erraten würde, was er sagen wollte. Die Idee erschien ihm plötzlich unangenehm, und dennoch wollte er es erwähnen. Diesmal wartete Anna den Rest des Anliegens ab.

»Ich dachte, du könntest das Gleiche für den alten Herrn machen. Und wenn wir schon dabei sind, könnten wir uns doch beidseitig absichern, oder? Dann könnten wir Geld und Wege sparen. Dann kannst du alles entscheiden, wenn mir etwas passiert. Wenn das Baby auf der Welt ist, können wir uns nicht leisten, dass ich beispielsweise im Koma liege und du all die Rechnungen bezahlen musst, oder? Dann wäre es doch besser, dass du juristisch alles entscheiden darfst? Was sagst du?«

»Dass ich nicht will, dass du im Koma liegst!«, antwortete Anna trotzig wie ein kleines Kind. Auch wenn es einen wahren Kern beinhaltete, was ihr Mann sich hatte einfallen lassen, fühlte sie in ihrem Inneren einen bitteren Nachgeschmack.

Über den Tod hatte sie in ihrem Leben genug gesagt und nachgedacht.

Oder dass ich Alzheimer bekomme und du für mich alle Entscheidungen treffen musst, beendete ihr Verstand die Überlegung ihres Mannes.

Kapitel 28

**Peconic Bay, North Fork,
das Anwesen des Ehepaars Wright,
Mittwoch, 31.05.2017, 10:00 Uhr**

»Hast du gesehen? Heute früh ist eine Frau aus dem Haus von Owen Norris geschlichen.« Anna rührte in ihrem morgendlichen Tee und kämpfte gegen das starke Aroma in der Luft. Sie hatte beschlossen, sich nicht alles durch die Schwangerschaft nehmen zu lassen. »BARFUSS! Und ich habe es genau gesehen.« Mittlerweile beobachtete Anna ihren Nachbarn obsessiver, als es ihr selbst lieb war.

Seit sie beschlossen hatte, die Hausarbeit wieder weitgehend zu übernehmen, klärten sich ihre Gedanken. Endlich fühlte sie sich, trotz weiterhin vieler Lücken in ihrem Gedächtnis, als ein vollwertiges Mitglied der Gesellschaft. Auch wenn sie weiterhin Kleinigkeiten vergaß oder verlegte, Termine vertauschte oder sich irrte, war sie wieder brauchbar. Damit stärkte sie ihr Selbstbewusstsein, wie eine Art Selbsttherapie, wodurch sie ihrer Vergesslichkeit einen kleineren Wert zuschrieb. Langsam nahm sie das Leben wieder etwas leichter.

Doch es gab noch einen anderen Grund dieses Wandels in ihrem Denken. Sie war wie ein Apnoetaucher, der tief am Boden angekommen, sich abstößt, um wieder schnell an die Wasseroberfläche zu gelangen. Annas Auftrieb war nicht die Tiefe, die sie längst verlassen hatte, nachdem sie ihren Hund damals fand. Es war ihre akribische Arbeit, ihren Tag im Detail zu planen und zu dokumentieren, was jedem Außenstehenden wie ein Zwang vorgekommen wäre, wenn er etwas davon bemerkt hätte. Weder Robert noch Mimmi wussten, dass sie für die Lage ihrer Sachen einen detaillierten Plan im Kopf hatte, den sie mehrmals am Tag 'abarbeitete', falls das Aufschreiben ohne aufzufallen gerade unmöglich war. Oder dass sie sich in ihrem Notizhefter jede noch so belanglose Absprache notierte, um sie besser nachvollziehbar zu machen, falls sie es vergessen sollte. Sie widmete sich der Aufgabe mit einem mehr als vorbildlichen Fleiß. Denn es stand sehr viel auf dem Spiel. Und sie musste das Ausmaß ihrer Behinderung kennen.

Je mehr sie aufschrieb, desto mehr merkte sie, wie viel sie eigentlich im Gedächtnis behielt. Und es machte ihr Mut, zumindest die Schwangerschaft durchzustehen.

Kleine Schritte zum Erfolg, machte Anna zu ihrem Motto. Um es nicht zu vergessen, schrieb sie es auf der ersten Seite ihres Terminplaners auf - mit einem grünen Stift. *Wenn schlechtere Tage kommen, kann ich es mir anschauen.*

»Tatsache? Eine Frau lief da barfuß hinaus?« Robert Wright legte die Zeitung zur Seite. »Komischer Kauz, dieser Norris, oder?«

»Warum dürfen solche Leute neben 'normalen Menschen' wohnen?«, stellte Anna gefühlt zum zehnten Mal die gleiche Frage. Seit gestern, als Robert im Telefonat mit dem 'Freund des Freundes', der wiederum mit einem Cop in New York befreundet war, Grahams Informationen bezüglich der kriminellen Vergangenheit von Owen Norris bestätigen konnte, fühlte sie sich nicht unbedingt besser.

Zumal sie Robert die Quelle ihres Wissens verschweigen musste. »In der Stadt wird gemunkelt, dass ...«, war zwar keine direkte Lüge, doch aufrichtig war es ebenfalls nicht. Und mit Lügen Robert gegenüber konnte sie schlecht umgehen.

Doch was soll ich tun? Graham ans Messer zu liefern wäre auch falsch. Robert wird nicht verstehen, warum mein Ex-Freund so aufrichtig zu mir war. Er wird bestimmt sauer. Vielleicht wird er sogar vermuten, dass wir ein Verhältnis haben, was ich ihm nicht mal verübeln könnte?, überlegte sie oft in solchen Augenblicken, wenn sie gewillt war, doch noch mit der Wahrheit rauszurücken. Die Angst, die Beziehung noch mehr zu verkomplizieren als sie es seit der Schwangerschaft ohnehin war, schnürte ihr den Mund zu.

»Gute Frage«, unterbrach Robert ihre Gedanken. »Na gut, irgendwo müssen Ex-Knackis aber auch wohnen, nachdem sie ihre Strafen abgesessen haben, oder?«

»Wenn sie für all das gebüßt haben, was sie angerichtet haben. Doch der scheint ja in mehrere Mordfälle verwickelt zu sein, ohne dass man ihm je etwas nachweisen konnte. Hast du doch erzählt?«

»Im Zweifel immer für den Angeklagten«, bestätigte Robert. »Ja, unser Rechtssystem ist schon seltsam, was den Opferschutz betrifft. Aber hey, lass uns über etwas Schöneres sprechen. Was wollen wir heute zusammen machen? Spazierengehen?«

Anna schaute ihren Mann verdutzt an. »Vor oder nach dem Termin beim Rechtsanwalt?«

»Welchen Termin beim Rechtsanwalt, Schatz?«, fragte Robert mindestens genauso entgeistert.

»Na, den, an dem wir doch alles klären wollten, falls einem von uns etwas passiert und so ...« Annas Verblüffung wuchs. Sie widerstand dem Drang, in ihrem Kalender nachzusehen. *Oder spinne ich jetzt wieder?*

»Ach den!«, Robert lachte. »Nein, den haben wir doch am Freitag. Wobei mir noch einige Unterlagen meiner Mutter fehlen. Wir werden also mehrere Termine machen müssen, um alles unter Dach und Fach zu bekommen. Hätten wir wahrscheinlich ohnehin gemusst! Egal, unsere Papiere sind wenigstens komplett. Und die für deinen Vater.«

»Uh ...« Anna war so überrascht, dass sie vergaß, wie verwundert sie über das Datum war. »Du hast dich schon um alles gekümmert?«

»Aber klar doch, Schatz.« Robert nahm ihre Hand in seine und küsste sie zunächst sehr sanft, dann immer wilder und wilder. Anna spürte ein Kribbeln im Bauch. Diese neue Seite an ihrem Mann gefiel ihr sehr. Scheinbar fehlte sie ihm in sexueller Hinsicht doch.

Goldrichtig, ging es ihr durch den Kopf, d*ass ich wieder selbstbewusster geworden bin. Das tut unserer Liebe sehr gut!*

Noch ehe sie ihr Bein unter dem Tisch hochheben konnte, um es zwischen die Beine ihres Mannes zu schieben, war er hinter ihr und zog bereits an ihrem lockigen Haar, sodass sie überrascht aufschrie. Er leckte seitlich an ihrer Kehle, dann biss er sie etwas fester, und als er merkte, dass Anna schreien wollte, hielt er ihr den Mund zu und küsste die Stelle wieder ganz sanft, wie sie es von Robert kannte.

»ICH WILL DICH!«, sagte er keuchend und packte ihre Brust unter dem T-Shirt so überraschend fest, dass Anna für einen kurzen Augenblick die Luft wegblieb. Dann zog er mit der Hand, die soeben ihren Mund gehalten hatte, an dem Stuhl, sodass er sich um 180 Grad drehte. Dabei riss er ihr T-Shirt so auf, dass es ihre entblößte Brust zeigte.

»Auf die Couch!« befahl Robert, dessen Stimme plötzlich so ungewohnt männlich klang. Anna gehorchte, während er die Zeit nutzte, um sich von seiner eigenen Jeans und seinem T-Shirt zu befreien.

Robert packte sie fest am Arm und legte ihre Hand auf sein hartgewordenes Glied. Das war ein Versprechen, sie nicht zu enttäuschen. Dann zog er sie wieder an sich, biss oder knabberte ihr abwechselnd an Gesicht und Hals, ohne dass Anna eine Kontrolle darüber hatte, was als nächstes passierte. Sie hörte ihn lediglich voller Leidenschaft wie ein Tier keuchen. Überall spürte sie seine Hände, plötzlich auch an ihrer Hose.

Doch Robert öffnete sie nicht einfach so, sondern riss sie auseinander, wie er es zuvor mit ihrem T-Shirt getan hatte. Anna stöhnte. Dieses einfache, animalische Verlangen warf ihre Liebe in eine neue Dimension.

»Open your hands
Take a glass
Don't be scared
I'm right here
Even though you don't roll
Trust me girl
You wanna be high for this.«

Der Refrain des Liedes lief in Schleife in ihrem Kopf ab, während sich ihr Mann das nahm, was ihm zustand.

Es war ...

Verwerflich ...

Nicht gut für sie ...

Und sie wollte mehr davon.

Kapitel 29

Peconic Bay, North Fork,
das Anwesen des Ehepaars Wright,
Freitag, 02.06.2017, 19:00 Uhr

Anna fuhr in die Einfahrt ihres gemeinsamen Hauses und stellte den Motor ab. Ihr Gesicht strahlte vor Freude, als sie ihren Mann ansah, der neben ihr auf dem Beifahrersitz saß. Seit etwa zwei Tagen hatte ihre Beziehung einen ungewohnten Tiefgang bekommen, mit dem sie noch nicht so recht umzugehen wusste. Doch diese geheimsten Wünsche waren ein Teil von ihm, und Anna liebte ihren Mann. Also waren es auch ihre geheimsten Wünsche.

»Ich liebe dich«, sagte sie und schaute verträumt in Roberts Richtung.

»Zu Recht!« antwortete er keck. »Es war ein tolles Essen, Mrs. Wright. Ich brauche nun Nachschlag!«

»Jetzt, wo Sie rechtlich über mein Leben bestimmen können, Mr. Wright, sollten Sie auch das bekommen!« Anna grinste verführerisch. »Hey, hey ... Nicht vor dem Nachbarn«, zog sie die Hand ihres Mannes von ihrem Oberschenkel. Robert ließ es sich nur widerwillig gefallen.

Nichts könnte jetzt besser zwischen ihnen laufen. Sie überlegten sogar, einen Hund anzuschaffen, noch ehe das Baby auf der Welt war, damit Anna einen Beschützer hatte, wenn Robert das Studium zum Wintersemester wieder aufnahm.

Es gab nichts, was ihr Leben trüben konnte.

Außer des seltsamen Nachbarn, der das Haus bewohnte, das etwa dreißig Meter von ihrem eigenen entfernt stand. Unwillkürlich schaute sie hinüber. An manchen Abenden jagte es ihr immer noch Angst ein, und sie fragte sich, wie das sein würde, wenn das Baby auf der Welt war. Würde sie es immer schaffen, auf ihr Kind aufzupassen? Diese Frage erfüllte sie nun mit wachsender Sorge.

Doch plötzlich fesselte etwas ihre Aufmerksamkeit. »Schau mal!«, zischte sie ihren Mann an, dessen Hände sich wieder an ihrem Schenkel entlang bewegten.

»Heeeey ... Schau doch«, bekräftigte Anna mit ernster Stimme. Das Lächeln war nun aus ihrem Gesicht gewichen. Der Zauber des Moments war mit einem Mal fort.

»Was ist denn wichtiger als wir jetzt?«, fragte Robert bockig wie ein kleines Kind.

»Er beobachtet uns!«, wisperte Anna ehrfürchtig.

»Wer beobachtet uns?« Robert verdrehte die Augen.

»Na, dieser Owen Norris oder wie dieser Kerl auch heißt ...«, erwiderte Anna. »Die Gardine hat sich bewegt ...«

»Wo hat sie sich bewegt?« Robert täuschte diesmal Interesse vor. Und er sorgte dafür, dass Anna es auch so wahrnahm.

»Schau, oben!«

»Ich sehe nichts.« Robert verlor die Geduld. »Und selbst wenn er uns beobachtet ... Was ist dabei? Soll er doch! Vielleicht sieht er dann, dass es Leute gibt, die 'normal' zum Schuss kommen und keine Nutten brauchen!«

Nun merkte Anna, dass Robert deutlich betrunkener war als sie gedacht hatte, also gab sie eine Diskussion über ihre Beobachtungen auf. Zumal sie ihr selbst immer paranoider erschienen. Anna blieb aufgrund der Schwangerschaft nüchtern, obwohl sie unheimlich gern gefeiert hätte, dass sie endlich die juristischen Angelegenheiten notariell geklärt hatten. Zumindest was Teile ihrer Familie betraf.

Na, dann soll er uns beobachten!, beruhigte sie sich. *Was soll's!*

»Komm, wir gehen ins Haus«, bat sie Robert. Das Gefühl von Unbehagen konnte sie nicht vollständig abschütteln, egal wie sie sich sonst beruhigen konnte. Immerhin wurden sie von einem Ex-Knacki beobachtet, und ihr Mann war stark angetrunken und somit im Ernstfall nicht kampffähig.

»So kommen Leute 'normal' zum Schuss, du Flachwichser!«, lallte Robert schreiend in Richtung des Nachbarhauses, als ihm Anna beim Aussteigen aus dem Wagen half. Die Wortwahl schob sie auf den alkoholisierten Zustand ihres Mannes. Sicher war nur, dass es keinen gemeinsamen Abend mehr geben würde. Robert würde, falls sie es heute noch ins Haus schafften, ins Bett fallen und sofort einschlafen.

Anna betete heimlich, dass sie sich getäuscht hatte, ihren Nachbarn beim Beobachten erwischt zu haben. Oder dass sie ihn zumindest nicht so verärgert hatten, dass er sich zu irgendetwas gezwungen fühlte.

Ein pöbelnder, bewegungsunfähiger Mann in den Arm seiner schwangeren Frau eingehakt, in einer nicht gerade dicht bewohnten Einöde ... Was sie beim Einzug noch als idyllisch empfanden, barg jetzt den Stoff für grausame Horrorgeschichten.

Kapitel 30

Peconic Bay, North Fork,
das Anwesen des Ehepaars Wright,
Mittwoch, 07.06.2017, 15:00 Uhr

Nach einem zaghaften Frühling hielt endlich der gefühlte Sommer Einzug in Annas Garten, der dank ihrer Pflege in einem Meer aus unterschiedlichen Blüten zu versinken schien. Unweit der Stelle, wo Robert den Hund begraben hatte, setzte Anna einen kleinen Apfelbaum in die Erde und erfreute sich daran, wie gut er das Umpflanzen überstanden hatte. Er war ein kleines Andenken an ihren tierischen Freund, das eine Lücke in ihrem Herzen geschlossen zu haben schien.

Die letzten paar Tage verbrachte Anna seltener mit Robert, der Tom wieder bei seinen Verkostungspartys aushalf, um die gemeinsame Kasse mit selbstverdientem Geld aufzubessern. Doch Anna gönnte es ihrem Mann, mit seinem Freund zusammenzuarbeiten, solange er nicht die gesamten Nächte fernblieb. Für gewöhnlich kehrte er kurz nach Mitternacht heim. Das reichte ihr. Sie fühlte wieder eine Harmonie in ihrer Beziehung.

Dafür schien die Leidenschaft zwischen ihnen auf ein für sie angenehmes Maß abzuebben. Als Entschädigung fand sie wieder genug Zeit für andere Sachen wie zum Beispiel den neuen Job oder die Pflege ihres Vaters. Und vor allem für die akribische Fortführung der Dokumentation ihres Alltags. Beinahe zwanghaft.

Je mehr Aufzeichnungen Anna auswertete, umso mehr tauchte in ihr die Erkenntnis auf, dass ihre Gedächtnislücken vermehrt dann auftauchten, wenn Robert zu Hause war.

Logisch, fand sie für sich irgendwann die zufriedenstellende Erklärung, *weil ich mich gedanklich 'gehen lassen' kann. Auch wenn ich oft Tätigkeiten im Haus übernehme - zu wissen, dass jemand da ist, der wortlos hinter mir aufräumt, trainiert nicht mein Gehirn, sondern macht es träge. Zu schade, dass Robert diese simple Logik nicht nachvollziehen und daraus Schlüsse ziehen kann, mir die Chance zu geben, das Denken zu trainieren ...*

Gleichzeitig erkannte sie, dass sie bezüglich der Selbstkritik langsam abstumpfte. Wenn Robert mal wieder den Hausschlüssel im Kühlschrank oder ihr Portemonnaie im Vorratsschrank fand, brachte es sie nicht mehr aus der Fassung. Anna begann einfach, ihre Unzulänglichkeiten vor sich selbst zu leugnen, als wären sie nicht mehr vorhanden. Was nicht existierte, machte ihr auch keine Angst mehr. Zumindest nicht am Tag.

Wenn sie mitten in der Nacht schweißgebadet aufwachte, erfand sie andere Erklärungen, warum sie sich von einer zur anderen Seite wälzte. Manchmal funktionierte es sehr gut. Dann wiederum nicht.

Ihr Leben wurde zunehmend zu einer einzigen Achterbahnfahrt mit extremen Höhen, auf denen sie glaubte, überglücklich zu sein. Und an schlechteren Tagen mit extremen Tiefen, die sie ihrer Träume beraubten. Trotz des neuen Lebens, das unter ihrem Herzen immer spürbarer wurde.

»Hey«, Roberts laute Stimme rief sie augenblicklich in die Realität zurück, »willst du den Topf restlos verbrennen?«

Erst jetzt sah Anna, dass die Flüssigkeit im Topf mittlerweile vollständig verdampft war und sich die Kartoffeln am Topfboden setzten. »Schatz, das Kochen übernehme ich jetzt. Du warst mal wieder woanders, hm?« Ihr Mann klang ein wenig genervt, was Anna diesmal sogar nachvollziehen konnte. »Und ich wollte am Samstag meine Mutter besuchen. Doch dich KANN ich nicht allein lassen. Nicht mal für eine Nacht, Schatz.«

Allein? Zu Hause? Über Nacht? Anna ließ den Esslöffel vor Schreck fallen. *Lass mich bitte nicht allein*, flehte sie innerlich. *Ich schaffe es nicht allein.* Stattdessen sagte sie aber: »Warum nicht? Es ist doch nur eine Nacht. Und ich könnte Mimmi fragen, ob sie Lust auf einen Mädchenabend hat ...« Das war ihr 'trotziges Ich'. *Okay, mit Mimmi lässt sich das durchstehen!* Die Idee war tatsächlich brillant.

»Ich muss nun endlich die Unterlagen für den Anwalt zusammensuchen, damit wenigstens eine Sache abgeschlossen ist«, erwiderte Robert, während er mit der Gabel essbare Reste von den angebrannten Kartoffeln vom Boden trennte und nebenbei die brutzelnden Steaks im Auge behielt.»Am Sonntag möchte ich mich mit ein paar Kommilitonen treffen ... Was meinst du? Das ließe sich aber verschieben, wenn du mich zu Hause brauchst ...«

»Alles cool, geh ruhig«, versicherte Anna erneut. »Mimmi wird sich sicherlich auf ein ruhiges Wochenende ohne Kids freuen. Und unerledigt sollen die Sachen beim Rechtsanwalt auch nicht bleiben ...«

»Bist du sicher, Schatz?« Robert lächelte sie liebevoll an.

»Aber sowas von sicher!« Anna verdrehte gespielt ihre Augen und wunderte sich, wie stark mittlerweile der Unterschied zwischen ihrem Verhalten und ihrem inneren Gefühlsleben war, ohne dass sie dieses Auseinanderklaffen überhaupt bemerkt hätte. »Ich telefoniere nach dem Essen mit Mimmi und kläre das, okay?«

»Nicht okay!«, antwortete Robert trotzig, und seine Augen leuchteten plötzlich wild. »Nach dem Essen will ich den Nachtisch, der mir noch zusteht.« Mit lautem Scheppern schleuderte er den Topf zur Seite, dem er plötzlich kein Interesse mehr schenkte. Dann versenkte er die Hand in den Haaren seiner Frau und zog sie so unsanft zu sich heran, dass sie aufschrie.

»Scheiß drauf!«, sagte er, und sein Gesicht nahm einen fordernden Ausdruck an, der ihr zunehmend vertrauter wurde. »Ich nehme mir meinen Nachtisch jetzt!« Mit der freien Hand hielt er Annas Haare so zusammen, dass er sie fest im Griff hatte. Mit der anderen Hand schob er das Besteck vom Küchentisch auf den Boden. Er hob Anna in die gewünschte Position: auf dem Küchentisch, breitbeinig und ihn zum wilden Sex einladend.

»DU GEHÖRST MIR!«, schrie er keuchend, und seine starken Hände wanderten grob an ihrem Körper entlang. Er zerrte an ihren Sachen.

Überall.

Sie wehrte sich nicht.

Gleich danach schlug der Küchentisch in regelmäßigem Rhythmus gegen den harten Fliesenboden in ihrer gemeinsamen Küche.

Anna spürte, wie sich ihre Augen mit Tränen füllten.

Kapitel 31

Auf der Terrasse sitzend sah Anna, wie sich die Sonne wie ein großer, brennender Feuerball auf der schimmernden Oberfläche des Sees spiegelte. Neben ihr, auf einer Liege, schlief Robert.

Ruhig wie ein Baby, dachte Anna erstaunt und legte sich ein Cool-Pad auf die Bisswunden, von denen ihre Brüste diesmal übersät waren. Die Brutalität, mit der ihr Mann heute beim Sex vorgegangen war, hatte nichts mehr mit einem Rollenspiel zwischen Liebenden zu tun. Was ihr zunächst noch als exotisch und wild erschien, widerte sie heute an. Sie sehnte sich nach einer liebevollen Umarmung, doch genau das gab es nicht mehr zwischen ihnen. Als wäre der Zug bereits abgefahren.

Dafür bekam sie zum ersten Mal so richtig sein animalisches Verlangen zu spüren, das sich immer mehr in die falsche Richtung zu steigern schien. *Oder bin ich mal wieder zu empfindlich?* Darüber würde sie irgendwann mit Robert sprechen müssen ... So ging es wieder nicht! Zumindest dann mit ihm sprechen, wenn er wieder da war. Jetzt war nicht der richtige Zeitpunkt dazu. *Es wird nie den richtigen Zeitpunkt geben*, sagte ihr Verstand. Doch das blendete sie schnell aus. Ihren Vorsorgetermin beim Frauenarzt würde sie verschieben müssen, bis die blauen Flecke verschwunden waren. *Wie soll ich die sonst erklären?*, überlegte sie. *Würde mir keiner glauben, dass das beim Sex passiert ist. Alle würden denken, dass mich mein Mann schlägt. Verständlicherweise. Hoffentlich geht es dem Baby gut!*

»Na, meine Königin«, hörte sie Robert verträumt sagen. Er lächelte sie an. »Es war mal wieder so schön mit dir. Ich liebe dich! Du bist die Erste, mit der ich endlich so richtig ficken kann! So geil.«

Anna überlegte mit Entsetzen, wann ihr Mann damit begonnen hatte, bei ihr die Fäkalsprache zu benutzen. *Seit wann machen wir keine Liebe mehr? Sondern ficken 'so geil'? Gab es den Moment, an dem ein Übergang stattfand? 'Nur bis hier und nicht weiter'?*

»Ähm, diesmal war es ein wenig zu wild«, sagte Anna so vorsichtig, wie sie nur konnte.

Robert richtete sich auf. Sein Gesicht wirkte bestürzt, als er das Cool-Pad sah. »Zeig mal!«, bat er. Anna nahm die blauen Täschchen herunter, ohne den Blick von ihrem Mann zu wenden.

»Oh nein!« Robert war sichtlich betroffen. »Was habe ich da angerichtet? Tut das weh?«

»Es geht schon«, log Anna.

»Nein!« Robert ließ nicht locker. »Du rührst dich nicht vom Fleck. Hast du mich verstanden? Ich bin so ein Idiot!«

Anna dachte nicht daran, aufzustehen. Auch ihr Hintern war mit leichten Blessuren übersät, die den Wechsel der Liegeposition unangenehm machten. Robert verschwand im Haus und tauchte nach etwa zehn Minuten wieder auf. Mit einer antiseptischen Salbe bewaffnet, kniete er sich vor seine Frau. Bemitleidenswert traurig war er.

»Es tut mir so unendlich leid.« Robert küsste Anna sanft auf die unversehrte Haut und nahm jeweils eine großzügige Menge der Salbe, um ihre Wunden zu versorgen.

»Ist es besser, Honey?«, fragte er leise. Nun tat er Anna wieder leid. Sie fragte sich, ob sie nicht übertrieb. *Wollte ich es nicht selbst so?* Besser, sie zauberte ein schwaches Lächeln hervor. »Wir müssen vorsichtiger werden, weißt du? Ich trage doch dein Kind aus«, sprach sie zu Robert wie zu einem Kleinkind, welches gerade etwas getan hatte, von dessen Konsequenzen es keine Ahnung hatte.

»Ich liebe dich, mein Schatz.« Robert küsste sie fast väterlich auf die Stirn.

»Ich dich auch.« Ganz vorsichtig nahm sie seinen Kopf zwischen ihre Hände, zog ihn behutsam zu sich, um ihn zu küssen. So leicht wie früher, als ihre Liebe weniger wild war. Es fühlte sich gut an.

*****

Die Sonne war mittlerweile untergegangen, als Anna das Telefon nahm, um Mimmis Nummer zu wählen.

Es war ihr zu schade, den zärtlichen Augenblick, der zwischen ihr und Robert zu spüren war, abrupt zu unterbrechen. Er war so liebevoll zu ihr, dass Anna beinahe vergaß, was zwischen ihnen passiert war. Und weshalb sie noch immer Schmerzen hatte. Nun war wieder ihr 'richtiger' Robert vor ihr, der, den sie vor acht Monaten kennengelernt und vom Fleck weg geheiratet hatte. Ohne nachzudenken. Weil sie es für richtig hielt. Ein zuverlässiger, liebevoller Mann, der keinerlei Ähnlichkeit mit der wütenden Sexbestie vom heutigen Nachmittag hatte.

Es war ein Missverständnis. Es würde nie wieder vorkommen.

Das Freizeichen war plötzlich im Telefon hörbar. »Hi, Mimmi.« Annas Stimme klang butterweich, als sie sie Stimme ihrer Freundin vernahm.

»Hi, Schatz.« Mimmi klang zerstreut. »Geht es dir nicht gut?« Sie kannte ihre Freundin wohl.

»Aber klar doch.« Anna bemühte sich, so leichtfertig wie möglich zu klingen. Wenn jemand ihre tatsächliche Stimmung an ihrer Stimme erkennen konnte, dann war es Mimmi. Nur offensichtlich nicht jetzt. »Störe ich gerade?«

»Du?« Mimmi lachte. »Du störst niemals.« Pause. »Ich packe gerade Klamotten zusammen. Am Wochenende wurden wir von meiner Schwägerin zu einem Trip nach Boston eingeladen. Sagen wir es so: Wir werden daraus ein verlängertes Wochenende machen. Am Donnerstag Hinflug und am Montag zurück. Ich freue mich schon drauf. Was habt ihr vor?«

»Alles cool.« Anna bemühte sich, ihre Enttäuschung zu verbergen, dass sie die Nacht nun allein zu Hause bleiben würde. Das wäre Mimmi gegenüber nicht fair! Annas Freundin hatte schon genug getan. Doch Anna wollte auch Robert die Fahrt nicht vermiesen. Und sie brauchte dringend Abstand. Zumal er ausgeglichener war, wenn er sicher sein konnte, dass es seiner Mutter gut ging. Anna verstand diese Sorgen. Immerhin besuchte sie ihren Vater auch so oft sie es nur konnte. Diesmal stand Robert am Sonntag sogar noch ein Treffen mit Gleichgesinnten bevor. Es war schon schwer genug, ihn zum Weiterstudieren zu überreden. Ein Treffen in der studienfreien Zeit würde ihm sicherlich einen Motivationsschub für den Herbst geben. *Ich werde es schon irgendwie schaffen. Wie alles andere auch!*

Es war ein Glücksfall für ihren Plan, dass Robert sie kurz allein auf der Terrasse telefonieren ließ.

»Wir werden wohl einfach nur chillen. Auf der Couch«, antwortete Anna leise. »Ich wollte nur mal deine Stimme hören. Lange nicht mehr gesprochen ...«

»Verdammt, du hast recht!« Mimmi war irritiert über die plötzliche Änderung des Tonfalls. Doch sie fragte nicht weiter nach. »Eine Woche nicht gesprochen, oder? Wenn ich wieder da bin, müssen wir uns unbedingt wieder treffen! Irgendetwas gefällt mir bei dir nicht. Nur weiß ich nicht, was es ist.«

»Alles in Ordnung!«, versicherte Anna. »Ich freue mich schon auf deine Berichterstattung.« Mit diesen Worten und einer halbherzig ausgesprochenen Floskel beendete sie das Gespräch, kurz bevor Robert wieder auf der Terrasse erschien.

Er grinste. »Es beruhigt mich, dass sie hier übernachtet. Sonst hätte ich mir Sorgen um meine kleine Prinzessin gemacht.« Er schien das Gespräch vollkommen falsch gedeutet zu haben. *Umso besser.* Anna konnte seine Erleichterung wirklich spüren. Sie fragte sich, was der wahre Grund dafür war. *Weil er wirklich Angst um mich hat? Oder weil er fürchtet, dass ich etwas anstellen könnte?*

»Brauchst du gar nicht!«, sagte sie, seinen Denkfehler bekräftigend, und stellte fest, dass sie gerade nicht mal gelogen hatte. Robert hatte sich selbst angelogen.

Nicht Anna ihn.

Kapitel 32

**Peconic Bay, North Fork,
das Anwesen des Ehepaars Wright,
Samstag, 10.06.2017, 08:00 Uhr**

Der Morgen begann passend zur Stimmung: regnerisch. Die auf der Fensterbank aus Blech aufkommenden Tropfen weckten Anna aus ihrem Schlaf, ohne dass sie sich diesmal den Inhalt ihres Traumes merken konnte.

Robert lag so eng um sie geschlungen. An einem anderen Tag hätte sie das sogar romantisch gefunden, ihren Mann so nah an sich zu spüren. Doch heute drückte es die Stellen, die blaue Flecken aufwiesen Es tat weh! Ganz vorsichtig schob sie Robert daher von sich weg, da sie ihn nicht aufwecken wollte. Er sollte es keinesfalls persönlich nehmen. *Denn DAS ist es ganz sicher nicht*, redete sie sich ein. *Wir werden gemeinsam alt werden!* Das Ergebnis des gemeinsamen Nachmittags am Mittwoch, für den sich ihr Ehemann seitdem zutiefst schämte, hatte sie beide irgendwie verändert. Nur in welche Richtung, das wussten beide nicht.

»Ich habe keine Ahnung, was über mich gekommen ist ...«, hörte Anna seine ständigen Beteuerungen im Kopf wie ein Echo. Zu mehr als einer Umarmung war Anna dennoch seit Mittwoch nicht bereit. »Ich könnte dir doch niemals wehtun, glaubst du mir das? Ich liebe dich so sehr. Und unser Baby ... Hoffentlich ist dem Baby nichts passiert!«

Anna fand keine Worte. Sie nickte verständnisvoll, obwohl sie es nicht mehr verstand. Sie wollte alles leichter machen. Doch wie?

Alles ist mittlerweile außer Kontrolle geraten, dachte sie und spürte dabei eine innere Leere in sich. *Aber auch ich hätte ihn stoppen können. Warum habe ich es nicht getan? Finde ich sein neues, männlicheres 'Ich' wirklich so erschreckend? Brauchen wir nicht irgendwie beide diesen Kick im Bett? Vielleicht kann ich einfach vor mir selbst nicht zugeben, dass ich es hart, aber dennoch gut fand? Weil es verwerflich ist, es zu mögen? Zumindest, wie es mir beigebracht wurde. Bin ich ein braves Mädchen? Oder habe ich Angst, uns beide zu verlieren, wenn ich seine Vorlieben nicht teile?*

Ihre Gedanken kreisten, blähten sich zu unüberwindlichen Problemen auf, um dann im nächsten Augenblick wie Seifenblasen zu zerplatzen. Aber auf jeden Fall vertrieben sie erfolgreich ihre Müdigkeit, die trotz eines recht erholsamen Schlafes immer noch bestand.

Als Anna zudem erkannte, dass Roberts Hüfte einen unangenehmen Druck auf eines ihrer Hämatome im Lendenbereich ausübte, beschloss sie, den Tag mit einem Kaffee zu beginnen. Sie verspürte zudem die Auswirkungen der Schwangerschaft: das unangenehme Ziehen im Unterleib und das Anschwellen ihrer Brüste. Um ihren wetterbedingt schwachen Blutdruck in Schwung zu bringen, beschloss sie, vor dem ersten Kaffee eine ausgiebige Dusche zu nehmen.

Noch bevor sie unter die Dusche schlüpfen konnte, betrat Robert das großzügig geschnittene Badezimmer, das sie in einem zarten Grau hatten komplett fliesen lassen.

»Hey«, sagte er verträumt. »Darf ich auch?«

Anna schenkte ihm ein Lächeln statt der ehrlichen Antwort, die er sicherlich nicht hören wollte.

»Du wirst es nicht bereuen«, sagte er verführerisch, zog seinen Schlafanzug aus und stellte sich in der geräumigen Dusche neben seine nackte Frau. Mit sanften Berührungen massierte er ihren Nacken, kreiste entlang der Wirbelsäule. Er passte darauf auf, ihre schmerzenden Stellen auszulassen. Dann nahm er ihr wohlriechendes Duschgel in die Hand und verstrich einen haselnussgroßen Klecks der Creme über ihren Körper. Das Wasser der Regendusche zeichnete seine Bewegung nach.

»Du bist so wunderschön«, wisperte er, während seine Hand über ihren Bauch streifte. »Und du hast einen Teil von mir in dir. Ich liebe dich.« Sinnlich strich er Anna über ihre feucht gewordenen Lippen und ertränkte all ihre Sorgen in einem einzigen Kuss.

Robert war wieder der Mann, den sie schon vor acht Monaten wollte. Jetzt noch mehr. Alles andere war nur ein großes Missverständnis, das nie wieder so passieren würde. Das spürte sie tief in sich. Oder sie wollte es spüren. »Ich bin morgen wieder bei dir«, versprach er. »Dann gehen wir essen. Und es gibt mehr davon.« Robert streichelte Annas Arm. »Was sagst du?«

»Ich freue mich schon drauf«, sagte seine Frau strahlend und küsste ihren Mann beim Verlassen der gemeinsamen Dusche. Diesen sinnlichen Augenblick wollte sie als solchen in Erinnerung behalten.

Als Robert dreißig Minuten später freudestrahlend in der Küche erschien, war das Frühstück bereits fertig. Der Duft von Rührei mit Speck und frisch gebrühtem Kaffee erfüllte den gesamten Raum und potenzierte die aufsteigende gute Laune bei beiden. Nur die Tatsache, dass Robert bald nach New York aufbrechen würde, stand wie eine Mauer zwischen ihnen. Zumindest, was Annas Ängste vor dem Alleinsein in diesem Haus betraf. Aber sie würde Zeit haben, Abstand zu ihrer Beziehung zu bekommen. Immerhin etwas.

»Die Zärtlichkeit hat mir sehr gefehlt«, sagte er liebevoll.

Anna lächelte. »Mir ebenfalls. Sollten wir viel öfter tun. Wann ist morgen das Treffen an der Uni?«

»Morgen?« Robert schien irritiert. »Warum morgen? Das ist heute. Habe ich dir doch erzählt ...«

»Ehrlich?« Nun war Anna ebenfalls verwirrt. Dieses Datum war ihr nicht unwichtig, daher hatte sie es sich genau aufgeschrieben. *Vielleicht bringe ich wieder etwas durcheinander? Es passiert wieder häufiger* ... »Ach, stimmt«, bagatellisierte sie, um sich nicht die Blöße zu geben, zu zeigen, wie sehr es ihr zusetzte, wenn Robert sie kritisierte. Selbstkritik war schon hart genug. »Wahrscheinlich habe ich es mir wieder falsch gemerkt. Dann kannst du morgen früher nach Hause?«

»Nicht schlimm, Schätzchen«, lachte Robert auf. »Du hast doch mich für deine Termine.« Er näherte sich seiner Frau, die unentschlossen zu sein schien, und umarmte sie. »Genau, zum Mittag werde ich wieder bei meiner kleinen Familie sein«, flüsterte er Anna ins Ohr. »Um meine wunderschöne Frau, die ich so liebe, auszuführen.« Er verweilte noch einige Sekunden in der liebevollen Umklammerung, bevor sie sich von ihm löste. »Ich habe schon einen Termin beim Anwalt gemacht, damit du diese Patientenverfügung für meine Mutter bekommst, sollte mir etwas passieren. Nächsten Mittwoch?«

»Das will ich mir gar nicht erst ausmalen«, sagte Anna mit einem besorgten Unterton in ihrer Stimme.

»Wann kommt denn Mimmi?«

»Ähm ...« Anna fühlte sich wie beim Lügen erwischt. »Später. Sie musste noch etwas Wichtiges erledigen«, erwiderte Anna unsicher.

»Sehr gut.« Robert war wieder beruhigt. »Ich will dich ungern mutterseelenallein lassen.« Er grinste. »Schließlich seid ihr das Wertvollste, was ich je hatte, ihr beiden.«

»Keine Panik, für uns wird doch bestens gesorgt«, beteuerte Anna und fühlte sich so mies wie nie zuvor.

Das miese Gefühl besserte sich nicht mal im Laufe des Tages, als sie bei ihrem Vater zu Besuch war. Mittlerweile war Robert längst auf dem Weg nach New York.

Das regnerische Wetter schien auf John Eliot dagegen eine heilende Wirkung zu haben. Zumindest erinnerte er sich an seine Tochter, auch wenn er sie wieder mit seiner verstorbenen Susanne verwechselte. Doch Anna war alles recht, sofern es ihn nicht wieder in einen katatonischen Zustand warf.

Beim Verlassen des Pflegeheims schaute sie sich diesmal mehrfach um, als würde sie erwarten, dass Graham wieder auftauchen könnte. Sogar der Parkplatz war leerer und damit gruseliger als bei ihrer letzten Begegnung. Das Wetter schien die Menschen abzuschrecken. Anna beschloss, noch kleine Einkäufe zu erledigen und bei der Apotheke ein Päckchen Vitamine für Schwangere nachzukaufen. *Dem Baby wird es garantiert nicht schaden,* dachte sie und fragte sich, ob sie nicht nur hinauszögern wollte, in ihrem leeren Haus zu erscheinen.

Vielleicht war das tatsächlich der Grund ...

Gedankenverloren betrat Anna einige Zeit später die winzige Apotheke am Rande von Riverhead, in der sie gewöhnlich auch Medikamente für ihren Vater besorgte, und stellte sich an die Kasse. Sie war allein, was aber nicht ungewöhnlich war. Heute nahm sie sich mehr Zeit als sonst für alles, daher klingelte sie nicht, um die Apothekerin darauf aufmerksam zu machen, dass bereits Kundschaft wartete.

Stattdessen sah sie sich zwischen den Regalen neugierig um, in der Hoffnung, genau das richtige Präparat selbst zu finden. Die Tür öffnete sich erneut, was sie nur nebenbei wahrnahm. Ganz offensichtlich wurde es auch von der Apothekerin vernommen, die plötzlich aus dem Nebenraum erschien.

»Ich hätte gern irgendetwas, was man am Anfang der Schwangerschaft nehmen kann. Etwas, das gut für das Baby ist. Vitamine oder so«, sagte Anna schüchtern. Noch immer war ihr die Vorstellung ungewohnt, ein Kind unter dem Herzen zu tragen, auch wenn sie bereits genug Zeit hatte, sich mit diesem Gedanken anzufreunden. Und auch der Mutterpass, den sie im Krankenhaus nach ihrem Zusammenbruch nach Marshalls Tod erhalten hatte, trug nicht wesentlich dazu bei, sie an ihren freudigen Zustand zu erinnern.

»ANNA?«, hörte sie plötzlich hinter dem Rücken eine bekannte Stimme. »Anna Eliot? Ähm ...« Die Frau versuchte sich an den Nachnamen zu erinnern, was ihr nicht auf Anhieb gelang. Auf Long Island kannten sich alle von der Schule her. Daher fiel ihr offenbar der Mädchenname ein.

»Wright«, erinnerte Anna die Frau und drehte sich zu ihr um. Es war Nancy, die nervige Frau von Tom, dem befreundeten Winzer, bei dem Robert in letzter Zeit viel gearbeitet hatte. Nancys schrille Stimme erzeugte Gänsehaut bei Anna. In der Grundschule war sie zwei Klassen über ihr gewesen. Und das war auch gut so!

»Du bist schwanger? Ich glaube es nicht!« Sie schaute Anna mit großen Augen an. »Kein Wunder, dass dein gutaussehender Robert ...«, bei 'gutaussehend' schnalzte sie mit der Zunge so doppeldeutig, dass Anna einen Würgereiz verspürte,»... sich kaum mehr bei uns sehen lässt. Jetzt, wo er Papa wird ...«

Du Schlange, dachte Anna ein wenig verärgert. Offensichtlich war Robert zu nett zu ihr gewesen. Mehr als sie es sich je verdient hätte. *Ausgerechnet zu Nancy* ... Dennoch blieb sie an einem Wort hängen: 'KAUM'.

»War Robert nicht in letzter Zeit mit deinem Mann auf Veranstaltungen? Zumindest war mir so ...«, fragte Anna erstaunt.

»Also«, Nancy wirkte ebenfalls verdutzt, »bei uns war er nicht. Tom musste sich sogar jemand anderes suchen, weil Robert nicht so oft aushelfen konnte, seit du im Krankenhaus ...«

»Kaffeekränzchen können Sie auch drüben abhalten«, hörten sie einen Mann sagen. Es war ihrer Aufmerksamkeit entgangen, dass ein junger, stark verschnupfter Mann ebenfalls in die Apotheke gekommen war und sich hinter Nancy angestellt hatte. Nun schien seine Geduld erschöpft.

»Entschuldigung«, erwiderte Anna mit gedämpfter Stimme. *Ein Kaffeekränzchen mit Nancy? Was für eine schaurige Vorstellung*, dachte sie und drehte sich von ihr weg, um zu verhindern, diesen Vorschlag vielleicht auch noch von ihr zu hören. Aber auch die Apothekerin wartete bereits geduldig mit den angefragten Präparaten, die vor ihr auf dem Verkaufstisch ausgebreitet waren. Man sah ihr an, dass sie sich wünschte, es würde wieder weitergehen, auch wenn sie mit keinem einzigen Wort auf sich aufmerksam gemacht hatte.

»Welche davon würden Sie mir denn empfehlen?«, fragte Anna eilig und sah, wie der Blick der Apothekerin zu Annas linker Hand wanderte. *Ob sie meine Hämatome bemerkt?*, fragte sie sich, obwohl sie wusste, dass es unmöglich war. Ihre Jacke war undurchsichtig.

»Die nehme ich!«, sagte sie, ohne die Erklärung dazu abzuwarten. *Ich muss hier raus! Sofort!*

Während die Apothekerin nach einem Plastiktütchen suchte, nahm Anna die Kreditkarte aus ihrem Portemonnaie, um bereit zu sein, schnellstens zu bezahlen und noch eiliger zu verschwinden. Beim Herausgehen rief sie lediglich ein »Bye, Nancy«.

Als sie ihr parkendes Auto erreicht hatte, setzte sie sich hinein und drückte die Zentralverriegelung runter. Das war etwas, das sie aus der letzten Begegnung mit Graham gelernt hatte. Anna atmete tief ein. *Was bedeutete das alles?*, fragte sie sich. *Hat Robert mich angelogen? Aber warum?* Es ließ sie nicht los. Sie nahm ihr Handy in die Hand und tippte auf sein Bild, in der panischen Erwartung, vielleicht sogar eine weibliche Stimme zu hören. Doch nichts dergleichen passierte.

»Hallo, Schatz«, meldete sich die samtige Stimme ihres Mannes, dessen Handy offenbar ihre Nummer angezeigt hatte.

»Hi ...« Anna war sauer. Sie entschloss sich, ihn direkt mit dem eben Gesagten zu konfrontieren. »Ich habe gerade Nancy getroffen. Sie ließ dich grüßen und sagte, dass sie dich lange nicht mehr gesehen hätte.«

Stille auf der anderen Seite.

»Was bedeutet das, Robert?« Annas Stimme klang hitziger, als sie es beabsichtigt hatte. In ihren Gedanken erschienen Szenen, die ihr Angst um ihre Beziehung machten. *Hatte er etwa eine Affäre?*

Doch Roberts Stimme klang beherrscht, als er endlich sprach. »Verdammt!«, fluchte er. »Tom bat mich, es ihr nicht zu sagen ...«

»WAS NICHT ZU SAGEN?« Die Ruhe in der Stimme ihres Mannes weckte noch mehr Unsicherheit in ihr. *Wie kann er so beherrscht sein, wenn es in mir brodelt?*, fragte sie sich.

»Nun beruhige dich doch endlich«, lachte Robert auf. »Ich arbeite immer noch für Tom, nur ohne dass Nancy das weiß. Eines Tages kam sie zu einer Veranstaltung, die wir gemeinsam vorbereitet hatten. Sie wirkte leicht betrunken und machte sich an mich ran. Tom machte ihr daraufhin eine Szene und verbot ihr, auf seinen Veranstaltungen aufzutauchen. Immerhin leben sie davon, daher ließ sie sich darauf ein, sofern er mich entlassen würde. Da Tom aber mittlerweile mein bester Kumpel geworden ist, bat er mich, es nicht öffentlich zu machen, dass ich weiterhin bei ihm aushelfe. Und meistens bin ich beim Abbau beschäftigt, wenn sich Nancy um ihren Sohn kümmert. Das ist das ganze Geheimnis, mein Hase.«

»Warum hast du mir das nie erzählt?« Anna klang immer noch nicht besänftigt.

»Irgendwie habe ich es immer wieder vergessen«, erwiderte Robert. »Und für so wichtig hielt ich die Zicke nicht. Ich kann die eh nicht leiden. Was Tom nur in ihr sieht? Kann ich wirklich nicht verstehen.«

»Ich auch nicht. Sie ist total nervig«, pflichtete ihm Anna bei. »Und was macht mein Schatz gerade so?«

»Er bereitet sich darauf vor ...«, Robert lachte, »... mit seiner Mutter die Unterlagen durchzugehen. Morgen werde ich dann gleich nach dem Treffen der Kommilitonen nach Hause fahren. Wie versprochen bin ich zum Abendbrot da.«

»Was für ein Treffen?« Anna verstand die Welt nicht mehr.

»Mit meinen Kommilitonen, Schatz.« Roberts Stimme klang zuckersüß. »Darüber sprechen wir doch seit Tagen. Hast du es etwa vergessen?«

»Es war doch heute, oder nicht?« Anna war tatsächlich unsicher. Konnte sie sich so täuschen?

»Nein, Schatz. Morgen!« Roberts Stimme klang verständnisvoll. »Es ist aber nicht schlimm, wenn du dich nicht erinnerst. Hauptsache, du weißt, dass wir zusammen Abendbrot essen wollten und dass ich dich heute Abend noch anrufen wollte, um dir eine schöne Nacht zu wünschen. Oder hast du das auch schon vergessen?«

»Nein, nein«, versicherte Anna. »Das habe ich natürlich nicht vergessen.« *Es war doch zum Mittagsessen ...,* überlegte sie, und Tränen stiegen ihr in die Augen. »Und heute Abend rufst du an. Klar doch!«

»Gutes Mädchen. Ist Mimmi bei dir?«, hörte sie noch, bevor sie den Hörer aufgelegt hatte. Sie rührte sich nicht. Konnte es tatsächlich sein, dass sie sich das Datum falsch gemerkt hatte? Hatte sie etwa geträumt? *ES WAR DOCH AM SAMSTAG!*, sagte ihr der Verstand. Nur sie traute ihrem Verstand schon lange nicht mehr. Es war zwar nur eine Kleinigkeit, doch ...

Plötzlich kam ihr eine Idee in den Kopf. In ihrem Timer hatte sie doch alles aufgeschrieben. Sie stürzte sich auf ihre Tasche und fand ihren Kalender sofort. Der Eintragung war tatsächlich unter 'Sonntag' zu finden. Hätte Robert ihr eine andere Information gegeben, hätte sie es nachgetragen. Folglich musste sie geträumt haben, dass sie darüber gesprochen hatten. Oder ihr Verstand spielte tatsächlich wieder verrückt. Anna war sich nicht sicher, was sie überhaupt glauben sollte.

Ach, was soll's, sagte sie sich. *Dann ist es so. Nicht der Rede wert!*, redete sie sich ein.

Anna warf ihr Handy auf den Nebensitz, um beide Hände frei zu bekommen, und startete endlich den Wagen.

Kapitel 33

Den restlichen Samstag verbrachte Anna teils auf der Couch, teils am Küchentisch mit ihrem Kopf über den Arbeitsunterlagen für die neue Schule. Ob schwanger oder nicht; zumindest wollte sie den Job nach dem Sommer antreten. Doch auch in sitzender Position machte sich die Erschöpfung der letzten Wochen breit. So wachte Anna kurz nach neun auf. Ihr Kopf lag durch die Arme auf dem Tisch gepolstert. Darunter befand sich ein Stapel beschrifteter Aufzeichnungen, die sie sich zur Erstellung eigener Konzepte für das Schuljahr unbedingt anschauen wollte. Der halbe Oberkörper lag im Prinzip auf dem Esstisch; die Beine hingen dagegen schlaff angewinkelt herunter. Sie hatten sich ganz offensichtlich beim Schlafen der harten Kante des Stuhls angepasst, was zwangsweise zu kribbelnden Beinen beim Aufstehen führte. Anna bewegte deshalb nur langsam ihre Zehen, beugte sich hinunter und rieb sich vorsichtig die Waden.

Diese Schwangerschaft holt aus mir das schlimmste Faultier raus, dachte sie lächelnd. *Aber hey, die Nacht ist wenigstens schon mal angebrochen. Den Rest werde ich auch noch überstehen.* Für gewöhnlich war es die Zeit, dass sie von Robert angerufen wurde. Erst recht, wenn er es versprochen hatte. Auf dem Weg zur Küche sah Anna, dass das Display vom Festnetztelefon nicht blinkte. Das bedeutete: kein entgangener Anruf. Es war insgesamt schwarz, stellte Anna bei näherem Hinsehen fest.

Shit, kein Wunder. Wie lange ist das Ding schon nicht mehr geladen? Seit Mittwoch, als ich mit Mimmi telefoniert habe? Anna setzte den Hörer auf die Ladestation und verfluchte sich selbst dafür, dass sie ein zweites Telefon im Schlafzimmer wegen der ständigen Strahlung verboten hatte. *Nun habe ich einen Apparat mit wenig Saft. Das habe ich davon. Wirklich sehr clever!*

Bei solchen Kleinigkeiten des Alltags merkte sie, wie sehr ihr Robert fehlte. Es musste sich einfach etwas ändern, sobald das Baby auf der Welt war. Also zumindest für die erste Zeit.

Allein werde ich es nicht packen! Ein Baby, mein Vater, bald vielleicht auch noch Schwiegermutter, Haus, Garten ... Das ist eindeutig zu viel für eine Person wie mich, ergänzte sie in ihrer Fantasie. *Aber wie sollen wir das mit dem Studium vereinbaren? Pendeln wir beide? Suchen wir uns dort eine kleine Wohnung, um dem täglichen Pendeln von fast drei Stunden zu entgehen?*

Um dieser unangenehmen Grübelei zu entkommen, erinnerte sie sich erneut an Roberts Versprechen, dass er sie anrufen würde. *Um sicherzugehen, könnte ich doch das Handy nehmen. Damit Robert zu der Mobilnummer wechseln kann,* beschloss sie und ging zum Flur, wo sie es in ihrer Handtasche erwartete.

Das Telefon war auf den ersten Blick nicht da.

Anna riss die Tasche soweit sie konnte auf, um genauer hineinzusehen. Nichts. Dann drehte sie alles um und schüttelte den Inhalt so lange, bis alle Sachen rausgefallen waren. Es war eindeutig mehr als das, was sie vorzufinden erwartet hätte, doch das Handy war nicht dabei.

»Shit«, fluchte sie laut. *Wann hatte ich es das letzte Mal in der Hand?,* überlegte sie hektisch und rannte dabei zur Ladestation ... *Vielleicht ist das stationäre Telefon wieder bedienbar?*

Definitiv nicht. Es hatte lediglich einen einzigen Balken. Von sechs.

Nach der Apotheke habe ich doch telefoniert, fiel es ihr plötzlich ein. Wie konnte sie das bloß verdrängt haben? Wegen Nancy? *Ich habe mit Robert telefoniert. ES MUSS NOCH IM AUTO LIEGEN!* Diese Erkenntnis traf sie wie ein Schlag, nachdem ihr Blick automatisch nach draußen gewandert war. Es wurde langsam dunkel.

»Verdammt!«, fluchte sie erneut. »Scheiße! Scheiße! Scheiße!«

Bis zum in der Einfahrt parkenden Auto waren es nur wenige Meter. Leider Richtung des Hauses ihres unberechenbaren Nachbarn. Und Anna war diesmal mutterseelenallein ...

Aber ohne das Handy war sie mindestens genauso aufgeschmissen, wenn ihr etwas passieren sollte ... *Was soll der auch machen? Mich vergewaltigen oder was? Auf diesen paar Metern zum Wagen?,* sammelte sie ihren Mut zusammen. *Nein, ich werde es schaffen! Das wäre doch gelacht!*

Noch bevor sie an die Tür des eigenen Hauses getreten war, erinnerte sie sich an das Pfefferspray von Graham und war ihm plötzlich sehr dankbar. Anna brauchte auch keine zwei Versuche, den Schuh zu finden, in dem sie es versteckt hatte. Das Spray war immer noch da. Und zwar genauso, wie sie es hineingelegt hatte. In der kleinen Tasche und ganz tief hineingestopft, dass man den Schuh erst in die Hand hätte nehmen müssen, um zu erkennen, dass er nicht leer war.

Doch wohin mit dem kleinen Täschchen?, überlegte sie. Es sollte so gut versteckt sein, dass es kein Mensch ertasten würde. *Um den Gürtel? Klassiker. Zu auffällig ... Unterm T-Shirt? Ebenfalls. Und wie fixieren? ... Außer ... Man könnte es wie einer dieser Bond-Agenten an den Knöchel unter der Jeans spannen ... Ein Hinfallen ist schnell vorgetäuscht, und dann ... zack ... Keiner rechnet damit, wenn die Hose weit genug an der Wade ist.*

Die alten Agenten-Filme, die sie als kleines Mädchen mit ihrem Vater gesehen hatte, beflügelten ihre Fantasie, während sie nach einem passenden Gürtel suchte, um das Täschchen eng an ihrem Fuß zu befestigen. Sie fand mehrere Bänder, die wahrscheinlich Robert gehörten. Für diesen Zweck bestens geeignet, schnallte sie sich einen davon um. Es passte ihr wie dafür gemacht. Woher Robert solche Bänder hatte, würde sie ihn nochmal fragen müssen. Und vor allem, welchem Zweck sie dienten, wenn er so viele davon hatte. *Gehen seine Vorstellungen über Sex in eine tiefere Richtung, die er mir eines Tages zeigen wird?* Bei dieser Vorstellung wurde ihr mulmig. DAS war eindeutig nicht ihr 'Ding'. Gefesselt beim Sex? Diese Fantasie erzeugte mehr Unbehagen als Erregung in ihr.

Nun fühlte sich Anna gewappnet, selbst dem Irren entgegenzutreten. Den dicken Schlüsselbund, an dem alle Schlüssel - also auch jene vom Auto - hingen, stopfte sie in die seitliche Hosentasche. Dann beugte sie sich hinunter, um das Täschchen am Knöchel zu fixieren.

Es wäre alles umso einfacher, dachte sie, *wenn der treue Marshall jetzt bei mir wäre.* »Na, alter Junge, ich hoffe, du passt auf mich vom

Hundehimmel aus«, sagte sie leise mit einem Blick zur Decke, während sie sich wieder aufrichtete. Um sich etwas Mut zu machen, atmete sie zum letzten Mal tief ein, bevor sie die Eingangstür öffnete und ...

Nichts passierte.

Der Mond beleuchtete die Straße. *Vollmond,* ging es Anna durch den Kopf, und diese unerwartete Helligkeit machte sie mutiger. Nachtvögel, zirpende Grillen ... Die Fülle der Geräusche faszinierte sie. *Wann war ich das letzte Mal im Garten in der Nacht?*, überlegte sie und erinnerte sich an ihre Kindheit. *Vielleicht mit sechs Jahren, als wir mit Papa die Zelte aufgebaut haben ... Und Mama brachte uns einen warmen Kakao.* Bei dieser Erinnerung wurde ihr warm ums Herz. Das unzerstörbare Gefühl der Sicherheit hatte sie einst mit dem Tod ihrer Mutter begraben. Und nun wuchs sie zu einer Mutter heran, die eines Tages einen warmen Kakao für ihr mutiges Kind bereithalten würde. Die einem Kind selbst Sicherheit und Geborgenheit bieten würde. Anna durfte sich ihre Verantwortung nicht von irgendeiner Krankheit nehmen lassen! Wenn sie wieder zu Hause war, musste sie diesen dämlichen Eintrag entfernen, den sie in ihrer größten Verzweiflung hineingeschrieben hatte. So ein Blödsinn! *'Wenn sich bis heute nichts geändert hat, werde ich es beenden. So will ich nicht mehr leben.'* Never ever!

Die Tür zum Haus fiel mit einem Knall zu.

Was ist, wenn er das gehört hat?, überlegte sie. *Oder wenn er mich wieder beobachtet?* Anna blieb kurz stehen. Doch im Haus nebenan rührte sich gar nichts. *Vielleicht ist er nicht mal da,* überlegte sie, nachdem sie sich versichert hatte, dass sich wirklich gar nichts in der Umgebung verändert hatte.

Ihre vorherigen Bedenken wanderten angesichts der neuen Zukunft mit einer 'richtigen Familie', die sie sich nun glücklich vorstellte, ganz weit weg in den Hinterkopf. Ohne den Schritt beschleunigt zu haben, ging sie zum Auto und beugte sich vor, als der herzzerreißende Schrei einer Frau die verträumte Idylle in ihrer Fantasie zerspringen ließ. Fast dachte sie, sich verhört zu haben, als ein weiterer Schrei folgte.

Dann war wieder alles still. Nur die Grillen zirpten, als wollten sie ihr damit zu verstehen geben, dass sie sich mal wieder geirrt hatte. Zumindest musste es so sein!

Das Handy im Auto sah sie sofort; es lag auf dem Beifahrersitz. Auch die Zentralverrieglung gab bereits in dem Augenblick nach, als sie sich dem Auto genähert hatte. Lautlos. Sie musste nur noch die Autotür aufmachen, nach dem Telefon greifen, ins Haus rennen und 911 wählen ...

Aber was, wenn sie sich geirrt hatte?

Anna rief nicht an. Beunruhigt schaute sie sich um. Dann ging sie etwas mutiger in die Richtung, aus der der Schrei gekommen sein musste. In Richtung des Hauses von Owen Norris ...

Was ist, wenn er gerade eine Frau vergewaltigt? Ihr Herz begann noch stärker zu schlagen. Sie hatte das Gefühl, es zu hören. Nein, das konnte sie nicht so stehenlassen. *Was ist, wenn er sie tötet, wie er es einst mit Marshall getan hat? Werde ich es vor mir selbst irgendwann verantworten können? Und was, wenn das nur eine Art Spaß ist? Dann lacht mich vielleicht jeder aus. Dann gelte ich als verrückt. Aber wenn es etwas Gefährliches ist, brauche ich dringend Beweise.*

Wie von außen gesteuert richtete sie ihre Schritte in Richtung des Hauses, das sie bisher erfolgreich gemieden hatte. Das Pfefferspray, das sie an ihrem Fuß spürte, gab ihr die notwendige Selbstsicherheit. Sie wusste aber auch, dass das Zuschlagen der Wagentür vielleicht nicht ungehört geblieben war. Falls da ein Verbrechen passierte, war sie eine Zeugin. Eine unbequeme Zeugin.

Leise schlich sie zum Garten ihres Nachbarn, dankbar für den wilden Bewuchs, der ihr die Möglichkeit bot, sich zu verstecken. Wie lange sie sich so heranschlich, darüber war sie sich nicht sicher. Die Zeit kam ihr wie eine Ewigkeit vor. Und langsam setzte die Vernunft ein, die sie von ihrem Vorhaben, diesen unberechenbaren Mann zu belauschen, abzubringen versuchte. Doch es war bereits zu spät. Anna befand sich mitten im Garten und schaute hinter einem Busch durch riesige Panoramafenster direkt ins Wohnzimmer.

Während sie versuchte, ihren Herzschlag auf die Reihe zu bekommen, überlegte sie, wie blöd und vor allem gefährlich diese Aktion eigentlich war. Doch es half nichts. Nun war sie darauf angewiesen, das Haus zu beobachten, um sich im geeigneten Moment schnellstmöglich wieder zu entfernen. Als wäre nichts passiert. Als wäre sie niemals da gewesen.

Das Wohnzimmer lag zunächst im Dunkeln. Das einzige Licht, das sie sah, kam vermutlich aus dem Flur, wenn man davon ausging, dass beide Häuser ähnlich gebaut waren. Eigentlich hätte Anna diesen Moment gut nutzen können, jedoch hielt sie irgendetwas davon ab. Ein gedämpfter Frauenschrei. Diesmal drang das Geräusch aus dem Haus.

Also hatte sich Anna doch nicht getäuscht!

Kurze Zeit später sah sie zwei Silhouetten, die direkt nacheinander den Raum betraten. Ihre Gangart war so seltsam, als würden sie einen Teppich hineintragen. Nein, es war eine Person, die sich offenbar mit Händen und Füßen wehrte. Das Licht wurde angemacht, und nun konnte Anna alles deutlich sehen, als stände sie daneben. Die Männer trugen tatsächlich eine Person hinein und ließen sie auf dem Boden liegen, wobei einer von ihnen ihre Arme hielt und der andere ihre Beine. Ein dritter Mann betrat den Raum. Es gab keinen Zweifel. Es war ihr Nachbar - Owen Norris.

Er ging zu einem Seitenschrank, verweilte dort eine kurze Zeit und ging dann mit einem Gegenstand zu der liegenden Person, die fürchterlich schrie.

Die hohe Stimme verriet sie. Es war eine Frau! Und sie hatte Todesangst. Dann beugte er sich über sie. Nun sah Anna die Spritze in seiner Hand. Owen Norris verweilte eine Weile in dieser Position, stand dann auf und setzte sich seelenruhig auf die Couch.

Wie lange sich nichts an der Situation änderte, vermochte Anna nicht zu sagen. Sie hatte ihr Zeitgefühl verloren. Plötzlich standen auch die Männer auf und ließen die auf dem Boden kriechende Frau liegen. Sie bewegte sich wie im Zeitlupentempo. Alle drei Männer gingen aus dem Raum.

Scheiße. Jedes Mal, wenn solche Szenen im Kino in einem billigen Horrorfilm kamen, haben wir uns geärgert, wie dumm die meisten Frauen doch waren. Nun stehe ich selbst in der gleichen Situation und weiß nicht, was ich tun soll, fluchte sie innerlich. Draußen konnte sie leise Stimmen vernehmen. Es waren bestimmt die Männer. Was genau vor dem Haus passierte, wusste sie nicht. Es war zu weit weg. *Hat er sie vergiftet?*, dachte sie erschrocken. Da sie nicht im gleichen Moment zurücklaufen konnte, ohne gesehen zu werden, entschied sie sich, nachzusehen, was mit der Frau passiert war. Immerhin standen die Männer noch vor dem Haus. Ganz vorsichtig näherte sie sich der Fassade. Und weil sie das Licht nicht ausgemacht hatten, fühlte sich Anna einigermaßen sicher, dass man sie draußen nicht bemerken würde, wenn sie einen vorsichtigen Blick ins Haus warf. Die Scheiben spiegelten bestimmt.

Das Zimmer war kaum eingerichtet - außer einer hinteren Ecke, in der eine rotbeschlagene Couch stand. Direkt gegenüber konnte sie einen großen Fernseher sehen, über dem an der Decke Kameras hingen. Sie waren direkt auf die Couch gerichtet. Die Frau lag bäuchlings davor auf dem hölzernen Boden. Ihre Beine waren gespreizt und ausgestreckt; das Gesicht lag auf den Händen, sodass sie die Person nicht erkennen konnte. *Was hatte er von dem Seitenschrank geholt?*, fragte sich Anna, und ihr Blick wanderte dorthin. Doch sie konnte nichts darauf erkennen. Im gleichen Augenblick kam ihr Nachbar wieder in den Raum, und sie hörte in der Entfernung einen Wagen wegfahren.

Owen Norris war allein.

Während Anna versuchte, ihren Atem anzuhalten und vorsichtig in Deckung zu gehen, sah sie wieder eine Bewegung auf dem Boden im Inneren der Wohnung. Sie sah, wie Owen Norris diese Bewegung ebenfalls registrierte und seine Sachen nacheinander auszog. Dann schaltete er die Beleuchtung und entsprechende Kameras nacheinander an. Splitterfasernackt ging er zu der liegenden Frau hinüber und zog ihr ebenfalls die Sachen hinunter, wobei sie sogar nachhalf.

Jetzt, oder nie, dachte Anna, zum Sprung bereit. Doch ihre Beine waren wie gelähmt vor Angst. Sie zitterte am ganzen Körper. In diesem Augenblick half Owen Norris der Frau, sich aufzurichten, und drapierte sie breitbeinig auf der Couch, wobei er die Beine mit irgendetwas fixierte. Die Frau schien kaum Widerstand zu leisten. Dann ging er zum Seitenschrank zurück und holte wieder etwas heraus ... Doch erst, als Owen seinen Kopf scheinbar auf dem kleinen Schränkchen ablegte, verstand sie endlich, was sie sah. Kokain. Er zog tatsächlich eine Line.

Anna erschauerte. *Jetzt weiß ich, warum du Scheißkerl Marshall umgebracht hast! Du wolltest nicht, dass einer von uns hinter dein Geheimnis kommt, wenn der Hund in deinem Garten buddelt und wir ihm nachgehen. Du betäubst diese Frau und drehst dreckige Filme. Und du nimmst Drogen. Genug, um dich für längere Zeit vielleicht sogar wegen Prostitution wegzusperren! Denn Die Frau war sicher nicht freiwillig da!*

Ihr Herz raste mittlerweile so sehr, dass sie Angst hatte, man könnte es hören. Ganz leise bewegte sie sich rückwärts, wobei ihr Plan vorsah, in sicherer Entfernung um ihr Leben zu rennen. Mit etwas Glück hatte sie einen guten Vorsprung, die Tür aufzuschließen. Was sie jedoch bei diesem Plan nicht bedacht hatte, war, was passierte, wenn es nicht funktionieren würde. Sie hatte keinen Plan B.

Noch ehe sie den dritten Mini-Schritt vom Haus in Richtung ihres eigenen machen konnte, rutschte sie an einem Stein ab, den sie zuvor nicht gesehen hatte, und fiel hin. Jetzt lag sie sichtbar mitten im Garten, kaum zwei Meter von einem Busch entfernt, der sie hätte beschützen können. *Nichts als tot stellen!,* diktierte ihr Gehirn und übernahm die Kontrolle über ihren Körper. Anna sah, wie Owen Norris die Störung offenbar gehört und daraufhin das Licht ausgeschaltet hatte. Nun war sie für ihn vollkommen sichtbar. Als sie sah, dass ihr Nachbar zum Fenster lief, um es aufzuschließen, nahm sie alle Kraft zusammen, um aufzustehen.

Plötzlich hörte sie die verhasste Stimme, während sie um ihr Leben rannte. »ANNA? Hallo Anna. Willst du uns Gesellschaft leisten? Ich wette, du bist besser als die kleine Bitch. Ich hole dich gleich!«

Auto!, dachte sie, als sie sich einbildete, die Schritte des nackten Owen Norris auf dem Gras zu hören. *Im Haus bin ich nicht mehr sicher!* Sie war nah genug am Auto, dass die Zentralverriegelung das Signal von ihrem Schlüsselbund empfangen konnte. Ohne nachzudenken rannte sie um den Wagen herum, riss die Tür auf, schmiss sich förmlich hinein und startete panisch den Motor. Die Reifen des Wagens quietschten auf, dennoch setzten sie sich gewohnt zuverlässig in Bewegung. Dass Anna über den eigenen, gepflegten Rasen und dann den des Nachbars fuhr, war es ihr egal. »ANNA!«, hörte sie ihn rufen. Oder war das nur ihre Fantasie?

Weg hier!, war der einzige Gedanke, der zählte. Und der Überschuss an Kortisol, dem Stresshormon im Gehirn, diktierte ihr das Ziel. *Weit, weit weg!*

Etwa 30 Kilometer weiter beruhigte sich ihr Herzschlag allmählich. *Ich werde keine Minute länger in diesem Haus wohnen!*, beschloss sie. *Nur wohin jetzt?* Es war mittlerweile kurz nach zehn. Mimmi war verreist, und sie hatte niemanden, den sie um diese Zeit mit ihrer plötzlichen Anwesenheit erschrecken wollte.

Robert!, fiel es ihr ein. *Er wollte eh heute Nacht bei seiner Mutter bleiben. Ich brauche ihn jetzt mehr als je zuvor.* Sie wählte seine Nummer. Aber er ging nicht ran. *Verdammt, ich brauche dich gerade!* Sie wählte erneut. Wieder nichts. Die Mailbox meldete sich.

»Schatz, ich fahre zu dir! Du wirst mich keine Sekunde mehr in diesem Haus erleben«, schrie sie hysterisch. »Bis gleich.«

Dann wählte sie eine weitere Nummer.

»911, Notruf«, meldete sich eine männliche Stimme. »Von wo rufen Sie an?«

» Peconic Bay, North Fork«, rief Anna hysterisch in den Hörer.

»Ganz ruhig. Die Adresse?«, übernahm der Mann wieder.

Anna versuchte nicht zu hyperventilieren als ihr die eben erlebten Bilder durch den Kopf schossen.

»Wen habe ich denn am Apparat?«, versuchte es der Mann erneut.

»Das spielt keine Rolle«, brüllte Anna. »Dort sind Drogen ... Und Kameras ... Er wird sie vergewaltigen ... Oder umbringen ... Bitte helfen sie ihr ... Jetzt ... Sofort ... Ich kann nicht mehr hin ... Er würde mich umbringen ... Bitte.« Die Verbindung brach ab.

Scheiße, Funkloch. Anna schlug mit der Faust auf das Lenkrad ihres Autos. Im Rückspiegel sah sie ein gelbes Taxi hinter ihr fahren.

Owen Norris hatte doch ein Taxi.

Vielleicht war das nur ein Zufall?

Doch was, wenn nicht? Sie drückte aufs Gas.

Kapitel 34

New York,
23:00 Uhr

Etwa eine Stunde später bog der rote Corolla in die Hester Street ein, und Anna betete, dass sie sich die Adresse ihrer Schwiegermutter richtig gemerkt hatte. Trotz der späten Uhrzeit war die Straße immer noch sehr belebt. Da sie Robert telefonisch noch nicht erreicht hatte, hoffte sie, aus dem Gedächtnis das richtige Haus zu finden.

Und zum ersten Mal ließ es sie trotz dieser Extremsituation nicht im Stich. Das Hochhaus, dass Gabrielle bewohnte, erkannte sie nämlich sofort. Und auch das davor parkende Auto ihres Mannes. Nun war ihr Puls wieder ruhiger, weil sie wusste, dass Robert da war und sie verstehen würde.

»Wollen Sie hinein?«, fragte plötzlich ein Mann, der soeben angekommen war. Ganz offensichtlich sah er Anna vor dem Haus stehen, als sie gerade nach Gabrielles Klingel suchte. Trotz ihrer Zerstreutheit vermittelte sie anscheinend einen vertrauenerweckenden Eindruck.

»Oh, vielen Dank.« Für Anna konnte es nicht schnell genug zum dritten Stock gehen, also nahm sie die Treppe, anstatt auf den Fahrstuhl zu warten. Sie versuchte, zwei Stufen auf einmal zu nehmen.

Rechts war es doch?! Die Wohnungstür fand sie sofort. Sie drückte auf die Klingel. Einmal. Ein zweites Mal.

»Ja?« hörte sie eine weibliche Stimme vorsichtig fragen.

»Ich bin's, Anna ...«

»Wer?«, krächzte die Frau erneut. Nun erinnerte sich Anna an Roberts Erzählungen, wie schlecht der Zustand ihrer Schwiegermutter war.

»Erinnerst du dich?«, fragte sie behutsam, wie sie es von ihrem Vater kannte. *Nicht zu viele Informationen auf einmal!* »Robert brachte dich letztens zur Reha... ähm, zum Urlaub weg. Da hast du mich doch kennengelernt. Ich bin's, Anna.«

Sie hörte, wie der Schlüssel umgedreht wurde und ihre Schwiegermutter in der Tür erschien. Sie hatte zwar zerzauste Haare und einen leicht dreckigen Pyjama an, doch im Großen und Ganzen sah sie gut aus.

»Hi«, begrüßte Anna sie.

»Ach, Schätzchen! Natürlich erkenne ich dich jetzt.« Gabrielle lächelte. »Du kannst einen erschrecken. Ist Andrew nicht da?« Ganz offensichtlich verwechselte sie ihren Sohn mit irgendjemandem.

»Er ist doch bei dir, dachte ich?« Anna wurde unsicher.

»Zuerst kommst du herein!«, befahl Gabrielle. »Nicht jeder im Haus muss wissen, was bei mir so los ist. Komm ...« Als sie die Tür geschlossen hatte, schien sie ernsthaft besorgt: »Du siehst aus, als hättest du einen Geist gesehen. Was führt dich zu mir, mein Kind? Ist Andrew nicht zu Hause?«

Anna war gewohnt, dass ihr Vater sie ebenfalls krankheitsbedingt mit ihrer eigenen Mutter verwechselte, doch sie konnte sich plötzlich nicht erinnern, wie Roberts verstorbener Vater hieß. *Hieß er tatsächlich Andrew?* Sie war sich nicht sicher, doch hätte sie sich an einen 'Andrew' nicht erinnert?

»Welchen Andrew meinst du?«, fragte sie daher verdutzt.

»Andrew Bradley, deinen Ehemann und meinen Nachbarn, Schätzchen.« Gabrielle lachte. »Den, durch den ich dich kennengelernt habe. Andrew erzählte mir bereits, dass du manchmal verwirrt bist, seit dein Vater vor einem Jahr verstorben ist.«

Anna wurde übel. »Mein Vater ist doch überhaupt nicht gestorben«, erwiderte sie entsetzt. *Wie verwirrt ist diese Frau eigentlich?*

»Als wir uns vor paar Wochen sahen, erzählte Andrew, dass du das vor dir selbst verleugnen würdest. Es ist okay, Schätzchen. Als meine Eltern starben ...«, begann Gabrielle.

»Mein Vater ist wirklich nicht tot!«, wiederholte Anna betont langsam. Die alte Frau schaute recht seltsam. Als hätte sie Angst vor ihrer Schwiegertochter bekommen, die sie plötzlich nicht als solche sah. Auch diesen Zustand kannte Anna von ihrem Vater zur Genüge.

»Gabrielle, du bist die Mutter meines Mannes, Robert Wright«, begann sie ganz langsam aus Rücksicht auf Gabrielles paranoide Wahnvorstellungen, »... mit dem ich nun DRINGEND sprechen muss. Wo ist er?«

»Aber ich habe doch gar keine Kinder.« Gabrielle blickte sie erschrocken an. »Wenn du Andrew meinst, dann habe ich keine Ahnung, wo der Junge steckt«, betonte sie stur. »Wir wohnen nicht zusammen. Manchmal kommt Andrew mich besuchen und hilft mir ein wenig im Haushalt. Wie damals, als ich verreisen wollte. Doch wo er seine Abende verbringt, kann ich dir beim besten Willen nicht sagen. Da musst du oben bei ihm nachsehen, wenn du das wissen möchtest.«

»Aber ...« Anna versuchte es anders. »Dein Mann war doch Polizist? Er ist bei einem Einsatz gestorben, oder?«

»Klar war er Polizist«, bestätigte die alte Frau. Immerhin. »Aber mein Ex-Mann lebt noch mit seiner zweiten Frau zusammen in Kalifornien. Er ist mittlerweile pensioniert.«

»Okay«, gab Anna nach. Es hatte ganz offensichtlich keinen Sinn, sich mit der verwirrten Frau zu unterhalten. »Wo finde ich diesen Andrew?«

»Andrew Bradley«, erwiderte Gabrielle etwas beruhigter, »... wohnt im fünften Stock. Allerdings habe ich keinen Schlüssel zu seiner Wohnung, um dich hineinzulassen. Er hat mir den nie gegeben. Es tut mir leid. Wenn er nicht zu Hause ist, könntest du heute bei mir übernachten«, sagte sie so unsicher, dass Anna Zweifel daran bekam, dass das Angebot wirklich ernst gemeint war.

»Vielen Dank«, sagte sie dennoch. »Ich werde mal kurz Rob... ähm... Andrew besuchen. Es tut mir schrecklich leid wegen der späten Störung.«

Gabrielle schien insgesamt noch verwirrter zu sein, als es Robert beschrieben hatte. Und offensichtlich war er auch nicht bei seiner Mutter in der Wohnung. Ihre angeregten Stimmen hätten ihn von den Toten auferweckt, wenn er sich dort befunden hätte. Nun würde sie auf ihren Mann im Auto warten müssen, denn nach Hause wollte sie auf keinen Fall mehr zurück. Und sonst wusste sie nicht, wohin sie gehen sollte. Hinzu kam, dass sie erschöpft war. *Und einen Fremden, diesen Andrew Bradley, um diese Zeit zu wecken?* Nein, darauf hatte sie keine Lust.

»Es ist alles okay, Liebes«, entgegnete Gabriella. »Andrews Freunde sind auch meine Freunde.« Es klang keinesfalls aufrichtig. Die alte Frau hatte mittlerweile Angst vor ihr.

»Nochmal, es tut mir leid wegen der späten Störung. Ich fahre am besten wieder heim und kläre alles morgen mit ihm.« Mit diesen Worten ging Anna aus der Wohnung. Direkt zu ihrem Auto.

Verrückt, dachte sie kopfschüttelnd. Es war wirklich ernster, als sie dachte.

Noch ehe sie das Auto aufgeschlossen hatte, hörte sie das Handy läuten. *Robert,* sah sie am Display blinken. Anna war heilfroh, die Stimme ihres Mannes endlich zu hören.

»Wo bist du?«, fragte er knapp.

»Gerade war ich bei deiner Mutter«, erwiderte Anna. »Nun warte ich vor dem Haus. In meinem Auto. Sie war gerade ziemlich durcheinander. Hat dich mit einem Andrew verwechselt ... Seltsam.«

»Warte«, befahl Robert. »Ich hole dich ab. Bleib bitte im Auto.« Er legte auf.

Einige Minuten später sah ihn Anna aus dem Haus seiner Mutter kommen. *Dann war er doch in der Wohnung?,* lief es ihr durch den Kopf. Anna stieg aus, um ihren Mann zu umarmen. Tränen der

Erschöpfung und endlich gelöster Gefühle der Angst liefen ihr übers Gesicht. Robert drückte seine Frau liebevoll an sich. Seine Mimik verriet, dass er Anna mitten in der Nacht in New York keinesfalls erwartet hatte. Das verstand sie auch.

»Was ist denn passiert?«, fragte Robert besorgt.

»Ich gehe ... nicht mehr ... hin«, stotterte Anna.

»Okay.« Robert stellte fest, dass er nicht mehr aus seiner verängstigten Frau herausbekommen würde. »Lass uns bitte ins Haus gehen. Dann erzählst du mir die ganze Geschichte.«

Anna nickte und nahm wortlos seine Hand in ihre. Sie war jetzt sicher. Als sie im Fahrstuhl angekommen waren, drückte er auf den Knopf mit der Ziffer 5.

Anna schaute erstaunt. »Wohnt deine Mutter nicht in der dritten Etage?«

Robert zögerte kurz. »Ja«, entgegnete er. »Ich habe hier im Haus eine Wohnung unter einem falschen Namen für uns gemietet. Den Rest erzähle ich dir drinnen, okay?«

»Einverstanden«, gab Anna sich geschlagen. Was stimmte nun in ihrem Leben? Hatte Gabrielle doch recht gehabt? In ihrem Kopf war eine große Leere. Denn diese Information gab ihr den Rest. Es waren eindeutig zu viele Geschehnisse für einen einzigen Tag gewesen.

»Und was ist mit Mimmi? Warum ist sie nicht bei dir?«, fragte Robert besorgt, während sich der Fahrstuhl in Bewegung setzte. Ihren Mann, ihren einzigen Felsen zu sehen, löste bei Anna zumindest zu einem kleinen Teil die Angststarre. In knappen Worten beschrieb sie, was vorgefallen war und warum Mimmi nicht bei ihr war. Sie schuldete ihrem Mann die Wahrheit.

»Das heißt«, fasste Robert zusammen, »... dass nur meine Mutter weiß, dass du zu mir gekommen bist?«

Auch wenn Anna die Frage seltsam vorkam, bestätigte sie mit einem resignierten Nicken. Irgendwie erwartete sie mehr Anteilnahme an dem, was ihr zugestoßen war.

»Okay, lass uns leise in die Wohnung gehen«, bat er Anna, als sich der Fahrstuhl im fünften Stock öffnete. »Hier haben selbst die Wände Ohren.«

Andrew Bradley?, las Anna vom Klingelschild ab. *Also hat Gabrielle die Wahrheit erzählt? Aber welchen Teil hat sie dann erfunden?*

»Andrew Bradley?«, schaute sie Robert fragend an.

»Nicht hier«, zischte er und bugsierte seine Frau in die Wohnung. »Ich glaube«, sagte er, nachdem er die Eingangstür geschlossen hatte, »ich muss dir einiges erklären. Aber zuerst setzt du dich hin und trinkst etwas, okay? Du musst an das Baby denken ...«

Schon im Eingang bemerkte Anna eine seltsame Münzsammlung. Die Münzen hingen an den Wänden in kleinen durchsichtigen Taschen. Dutzende davon. Seltsame Münzen.

»Was ... ist das?« Sie fühlte sich uralt. Wie oft hatte sie heute schon diese Frage wiederholt? Tausend mal?

»Mein Job«, erläuterte Robert lächelnd. »Ich bin Ermittler, und wir sind auf der Suche nach diesem Psychopathen, der Frauen bestialisch ermordet. Ich durfte dir nur nichts darüber sagen, weil es eben eine verdeckte Ermittlung ist. Daher auch überall diese Münzen; der Typ lässt sie bei seinen Opfern liegen. Aber ich habe ein schlaues Mädchen. Sie hat mich ertappt.« Er strich seiner Frau übers Haar. »Vielleicht solltest du auch eine FBI-Beamtin werden? Für die Ausbildung nehmen sie alle. Also auch Lehrer, damit man möglichst unterschiedliche Fähigkeiten zusammenführt.«

Robert zeigte Anna den Weg zum Wohnzimmer. »Geh hinein, ich bin gleich bei dir und kläre dich über alles auf, okay? Ich hole uns nur noch etwas zum Trinken.« Robert küsste Anna auf die Stirn und hielt inne. »Erschreck dich bitte nicht. Wir verdeckte Ermittler teilen uns die Wohnung und haben leider keine Putzfrau. Sonst würde alles auffliegen.«

Anna lächelte müde. Das war ihr eindeutig zu viel. Und es enttäuschte sie sehr, dass ihr Robert nicht vertraute. Andererseits wollte sie erfahren, was in ihrem Leben vor sich ging. Sie fühlte sich längst wie in einem Hochgeschwindigkeitszug, bei dem sie nur zugucken konnte, was draußen vor sich ging. Sie brauchte Klarheit. Aber zu wissen, dass ihr Mann einer von den Guten war, beruhigte sie sehr. Jetzt wusste sie auch, dass er die notwendigen Schritte zur Verhaftung Owen Norris' unternehmen würde, falls das nicht schon längst passiert war. Alles war wieder unter Kontrolle.

Dass Robert mit der Vorwarnung über die Unordnung nicht gerade übertrieben hatte, sah Anna sofort. Sie fragte sich, wie er es aushielt, zwischen den Pizzakartons und dem ganzen Dreck zu hausen. Das Zimmer war extrem nüchtern ausgestattet, wenn man von den Münzen an der Wand absah. Keine Bilder. Eine einzige Couch, ein Fernseher, ein Couchtisch. Unmengen von Umzugskartons, deren Inhalt ihr verborgen war. Sie fühlte sich unwohl.

Wie kann er es hier nur einen einzigen Tag aushalten?, überlegte Anna. *Wo unser Zuhause doch so anders ist. Das würde ich gerne verstehen.*

Sie nahm Platz auf der Couch und sah sich um. Auf dem Tisch fand sie jede Menge Zettel, die wie Rechnungen aussahen, Stifte, Besteck, Einwegbecher und sonstiges Zeug. Doch ihre Aufmerksamkeit fesselte etwas, das ihr sehr bekannt vorkam.

Reisetickets. In dem Umschlag einer bekannten Fluglinie.

Sie nahm den Umschlag in die Hand, in der Hoffnung, etwas zu entdecken, was einen romantischen Urlaub zu zweit versprach. Es handelte sich jedoch nur um ein Ticket für eine Person. Adressiert auf Robert Wright. Nach Deutschland. Besser gesagt - nach Berlin.

Im gleichen Augenblick kam Robert mit zwei Cola-Gläsern in der Hand herein. An dem Blick seiner Frau und dem, was sie in ihrer Hand hielt, wusste er, dass nun einiges zu klären war.

»Nur ein Ticket?« Anna machte ihrer Entrüstung Luft.

»Wir nehmen an, dass sich der Typ nach Europa absetzen möchte ...«, erläuterte Robert währenddessen. »Irgendjemand von uns wird hinfliegen müssen. Nicht zwingend ich, aber die Ermittlungen müssen fortgesetzt ...«

»Okay«, sagte Anna resigniert. »Nun will ich alles von vorn wissen. Bitte, tu mir den Gefallen! Keine Geheimnisse mehr!«, bat sie flehend.

»In Ordnung«, versprach Robert. »Aber zuerst trinkst du schön das Glas leer. Ich habe sonst nichts im Kühlschrank, und bei so viel Energie und Flüssigkeit, wie du verloren hast, ist das bestimmt nicht gut für dich und das Baby. Also ... Ab damit!«

»Cola?« Anna schaute skeptisch.

»Ja, besser als nichts! Sei ein braves Mädchen! Da ist doch Zucker drin. Und Zucker brauchst du jetzt auch.«

Einige Minuten, nachdem Anna das gesamte Glas auf Ex ausgetrunken hatte, setzte er sich ihr gegenüber und begann mit seiner Erzählung.

»Du hast recht«, bestätigte er. »Gabrielle ist nur eine Nachbarin, der ich ab und zu aushelfe und die mir ein Alibi gibt, ohne es zu wissen. Sie ist tatsächlich nicht meine Mutter. Mit meinen Eltern habe ich keinen Kontakt mehr. Und ich glaube auch kaum, dass sie interessieren würde, was ich tue. Ich bin schon immer 'der Nagel zu ihrem Sarg' gewesen. Ein Sonderling. Erst recht, als ich das Studium abgebrochen habe, um ...« Robert unterbrach plötzlich. »Ist alles okay bei dir?«

»Nein«, antwortete Anna und gähnte. »Ich fühle mich plötzlich so furchtbar müde ... 'Ist vermutlich das Ergebnis des heutigen Tages. Erzähl mal weiter.«

»Oh, dann wirkt das Zeug, das ich dir in die Cola gekippt habe, besser als ich gedacht hätte.« Robert grinste diabolisch. »Die ganze Wahrheit, habe ich versprochen. Nun, da wir noch etwas Zeit haben, bis du vollständig eingeschlafen bist, werde ich dir doch die Wahrheit - wie gewünscht - erzählen. Obwohl es mir widerstrebt. Aber nur so kannst du meine ganze Genialität begreifen, Schnuckelchen.«

Anna fühlte, wie ihre Glieder schlaff wurden, obwohl ihr Verstand auf Hochtouren lief. *Wovon spricht er, zum Teufel?*

»So, wie ich es sehe«, fuhr Robert unbeirrt fort, »hast du die Bekanntschaft mit meinem Cousin gemacht, dem geschätzten Owen Norris, dem ich von unserem gemeinsamen Geld das Haus neben uns gekauft habe. Auf meinen Namen, versteht sich. Oder besser gesagt auf den Namen Robert Wrights, einem seltsamen Obdachlosen, den kein Mensch finden wird. Er hatte weder Familie noch Bekannte. Ein einsamer, naiver Typ, wenn du mich fragst, der mir für eine Flasche Hochprozentigen vor etwa zwei Jahren sein Leben schenkte. Selbst wenn die Polizei seine Leiche in den unzähligen Wäldern von West Virginia finden sollte, werden sie ihn 'John Doe' taufen. Das ist dein wahrer Ehemann, liebe Anna. Ich heiße tatsächlich Andrew Bradley.«

Der Mann, der ihr plötzlich so fremd vorkam, lachte. »Übrigens, das Zeug, das ich dir gegeben habe, wird dich ein wenig lähmen, bis ich meinen Plan ausführen kann, Schätzchen. Dafür bekommst du aber das, was du wolltest: DIE WAHRHEIT.« Er schaute amüsiert zu, wie Anna auf der Couch zur Seite kippte.

»Denn die Wahrheit ist, dass ich es mit dir nicht mehr aushalten kann, Täubchen.« Andrew Bradley lachte. »Als ich vor etwa einem Jahr nach North Fork kam, war ich auf der Suche nach einer Bleibe für meinen Cousin und mich. Wir wollten einfach untertauchen. Ich brauchte ein Alibi, falls die Cops eines Tages nach Andrew Bradley suchen sollten. Und Owen klebte an mir wie Scheiße am Schuh. Doch mit einem Ex-Knacki unterzutauchen, war, wie sich im Wald mit einer roten Fahne zu tarnen. Egal, wie man es sieht: Meine geschätzte Gattin hat ihn enttarnt. Ich gratuliere dir. Owen, oder besser gesagt, wie er wirklich heißt: Cameron Young, hatte die Aufgabe, meine gnädige Gattin zu überwachen und ihr gelegentlich etwas Angst einzujagen, damit man sie eines Tages als verrückt hätte einweisen können. Natürlich erst, wenn sie mir die ganze Vollmacht über ihr Leben gegeben hätte. Nun, mit der letzten Nummer hat er es ein wenig übertrieben, der verfickte Kokser! Der wird sich wundern, wenn man ihn demnächst nicht nur als den 'Ladykiller' enttarnen wird. Ich garantiere dir, dass man in seinem Taxi, das ich mir gelegentlich für meine eigenen Eskapaden ausgeliehen habe, genug Material finden wird, um ihn zu verhaften.

193

Hinzu kommt noch ein kleiner Hinweis auf die Leiche der Nachbarin, Anna Wright, die in einem Leinensack halb verscharrt auf dem Strand Gilgo Beach liegen wird. Genug Hinweise, um ihn für ein paar Jahre aus dem Verkehr zu ziehen, während ich mich in Europa mit meinen nächsten Ladys vergnüge. Wie ich meinen verfickten Cousin kenne, wird er selbst im Suff nach deiner Aktion die Drogen so toll beseitigt haben, dass die Bullen sie nicht finden werden. Sie können ihn maximal wegen der Nutte belangen, die vollgedröhnt auf seiner Couch liegt. Sie werden ihn heute noch laufen lassen. Und er wird sich an seiner Nachbarin rächen - zumindest so lasse ich es aussehen. Sollen die Bullen selbst knobeln, ob er der berüchtigte 'Long Island-Serienkiller' oder der New Yorker 'Ladykiller' ist. Genug forensisches Material für eine letzte Idee wird man bei ihm finden. Genialer Plan, oder?«

Andrew Bradley sah zu, wie Anna gegen das Zufallen ihrer Augenlieder ankämpfte.

»Übrigens, Schatz«, sagte er mit sadistischer Befriedigung, »ich danke dir jetzt schon für die Kohle. Dein trauernder Ehemann wird schon eine Verwendung dafür haben, keine Angst. Und das ist sogar einfacher, als dich komplett in den Wahnsinn zu treiben. Obwohl ...« Andrew schaute Anna nun direkt in die Augen. »Einen gewissen Spaß machte es schon, dich glauben zu lassen, dass du Sachen vergisst. Gegenstände zu verstecken oder immer wieder Gegenteiliges zu behaupten, als das, was wir abgesprochen hatten, und zu sehen, wie entsetzt du gucktest. Armes Würstchen. Du hast immer so verloren ausgesehen, wie der dämliche Köter, als ich, sein geliebtes Herrchen, die letzte Luft aus ihm herausgepresst habe. Auch der hatte diesen treudoofen Blick drauf. Ist es wirklich so, dass die Mistviecher ihren Besitzern ähneln? Naja, nichts für ungut ...«

Annas Augen füllten sich mit Tränen. Sie war kurz davor, ihr Bewusstsein zu verlieren, doch genau diese Worte nahmen ihr die letzten Kräfte, gegen die aufkommende Müdigkeit anzukämpfen. Er hatte ihr etwas ins Getränk gekippt, das zusätzlich ihre Muskulatur zum Erschlaffen brachte. Es war kein reines Schlafmittel.

Sie würde dadurch vielleicht das Baby verlieren.

»Nichts für ungut, aber ich hasse Köter! Und mit diesem Biest hättest du niemals diese Papiere unterschrieben, die mich, den armen trauenden Witwer, reich machen werden. Du hättest niemals so viel Zweifel an dir selbst gehabt, meine arme, naive Frau ... Der wilde Sex mit dir wird mir allerdings fehlen, muss ich sagen. Ich hätte dir auf diesem Gebiet noch so viel zeigen können. Das hätte uns beiden Spaß gemacht, glaube es mir! Dabei hast du deine Schmerzgrenze noch nicht mal angekratzt, als ich dir endlich gezeigt habe, was wirklich Spaß macht. Du kannst viel mehr, meine Liebe. Vertrau mir. Oh ja. Ihr Bitches könnt so einiges ertragen, bevor ihr in euch zusammensackt ... Ihr verdammten Weicheier«, waren die letzten Worte, die Anna mitbekam, bevor ihre Gedanken in einem dunklen Nichts ertranken.

Kapitel 35

Am Strand von Gilgo Beach, Sonntag, 11.06.2017, 02:00 Uhr

Wie lange Anna schon im Kofferraum des Mini-Vans eingesperrt war, vermochte sie nicht zu sagen. Irgendetwas zwischen einer und drei Stunden - der Highway war um diese Zeit schneller befahrbar. Anna erinnerte sich an die Worte ihres Entführers, dass er sie zum Gilgo Beach bringen würde. Zu wissen, dass man noch lebte, auch wenn es nur in dem kleinen Raum eines Wagens war, machte es nicht leicht. Anna brauchte etwas Zeit, um ihre aufsteigende Panik zu blocken. Es war nicht die Zeit, um panisch zu sein. Sie musste Ruhe bewahren! Also atmete sie ein und zählte bis zehn. Es half nur wenig. Also nochmal. Als das immer noch nicht half, wiederholte sie die Prozedur, bis sie erkannte, dass sich ihr Herzschlag ein wenig beruhigte und sie eine Panikattacke abgewehrt hatte.

Anna musste überlegen. Dazu musste sie klar denken. Auch wenn vor ihrem inneren Auge Bilder erschienen, was sie hätte in der Vergangenheit besser machen können, schüttelte sie diese ab. Dafür hatte sie jetzt keine Zeit.

Er ist vielleicht bewaffnet, überlegte sie, und ihr fiel ein, dass sie diesen Menschen weder Robert noch Andrew nannte. Er war nun 'ER'. Nicht ihr Freund, nicht ihr Geliebter. Nicht mal der Vater ihres Kindes. Es war lediglich ein 'Er'; ihr persönlicher Albtraum, dem sie entkommen würde.

Aber nur, wenn ihre Gedanken sie ins Hier und Jetzt holen würde. Sie brauchte einen richtig guten Plan!

Was steht mir zur Verfügung? Kann ich die Polizei rufen? Wo ist meine Handtasche?, waren Fragen, die sie zunächst würde beantworten müssen. *Nein, Handtasche kann ich nicht ertasten, also komme ich nicht ran*, überlegte sie nüchtern. Schreie nützten ebenfalls nichts. Noch nicht.

»Okay, okay, du bist im Kofferraum eines Autos«, flüsterte sie zu sich selbst, um sich Mut zu machen, »das ist doch schon ein gutes Zeichen. Überall riecht es nach Erbrochenem. Vermutlich meinem eigenen. Das bedeutet, dass es nicht geplant war, dass ich aufwache. Mein Körper hat sich nur erfolgreich gegen das Mittel gewehrt. Das war schon mal etwas Glück, weil er sonst meine Hände gefesselt hätte.«

Anna spürte, wie ihre Beine wehtaten. Unerträglich. Irgendetwas fraß sich ...

Das PFEFFERSPRAY am Bein, dieser Gedanke kam wie ein Geistesblitz in ihren Kopf. *Das ist meine Chance. Ich muss es holen,* befahl sie sich selbst. Trotz der Enge, die um sie herrschte und der unangenehmen Lage, versuchte sie ihre Arme Stück für Stück in Richtung ihrer Wade zu bewegen. Es war alles andere als leicht, doch die Motivation war stark. Sie wollte überleben. Und das steigende Adrenalin hielt jegliche Empfindungen wie Schmerzen oder Angst von ihr weg. Es galt nur, so viel Kraft und Dehnbarkeit zu beweisen, um an das kleine Täschchen an der Wade zu kommen.

Noch ein Millimeter ... Noch ein Millimeter ... Geschafft ... Mit all ihrer Kraft zog sie an der Tasche. Es knackte kurz. Sie war offen. Um an den Inhalt zu kommen, zog Anna den Fuß hoch und ... blieb mit ihm an irgendetwas hängen.

»Scheiße!«, fluchte sie. » Scheiße! Scheiße! Scheiße!«

Das Pfefferspray, welches sie sich soeben aus dem Täschchen erkämpft hatte, fiel ihr aus der Hand. Panisch tastete sie, so gut sie konnte, die Stelle ab. Nichts.

Schließlich spürte sie doch noch etwas Metallisches. Das Döschen schien in irgendetwas verheddert, das sich wie ein Jutesack anfühlte. Offensichtlich war ihm beim Tragen ihres Körpers tatsächlich entgangen, dass sich ihre Wade seltsam anfühlte, sonst hätte er das Spray sicherlich entfernt ... für sie ein unverschämtes Glück! Wie wahrscheinlich war es, dass ihr sowas noch einmal passieren würde? Zumal Andrew Bradley bei seinem Plan an alle Einzelheiten gedacht zu haben schien, sollte es sich tatsächlich um einen Jutesack gehandelt haben. Laut polizeilicher Angaben wurden alle Opfer des Long Islands-Serienkillers in ähnlichen Säcken gefunden. Sie würde also ein Opfer von vielen werden, während sich Andrew Bradley auf einer Reise durch Europa befand und sein Cousin für den Mord an Anna Wright belangt wurde.

Grandioser Plan, Andrew. Nur ohne mich, dachte sie und suchte weiter nach dem Spray. *Zur Not kann ich versuchen, es irgendwie herauszuholen, wenn er den Kofferraum öffnet.* Anna entwickelte tatsächlich noch einen Plan B. *Ich muss ihn in ein Gespräch verwickeln. Er will genial sein? Bitte, kann ich ihm geben!*

Genau genommen war der Plan wirklich brillant. Für keinen einzigen Moment, seit sie zusammen waren, hätte sich Anna ausmalen können, dass ihr doch so glückliches Leben eine einzige Lüge war. Ihr Ehemann, den sie für den größten Fels in der Brandung hielt, hatte ihr die Hölle auf Erden bereitet. Wofür? Für ein wasserdichtes Alibi, womit sie einen brutalen Killer deckte, und für das üppige Geld, das ihr vom Verkauf ihres Weinguts geblieben war. Und er zuckte nicht mal mit der Wimper, sie und ihr gemeinsames, ungeborenes Kind umzubringen. Eines Tages würde Robert Wright verschwinden, als hätte es ihn nie gegeben. Und mit ihm eine Geschichte, die so unglaublich war, dass man sie sogar in Hollywood hätte verfilmen können.

Und ich bin ihm direkt in die Arme gelaufen. Diese Erkenntnis tat Anna am meisten weh. Die Tatsache, dass Cameron Young, der Nachbar, der sich für Owen Norris ausgab, für diese und andere Taten einsitzen würde, machte es nicht erträglicher. Vermutlich wusste er nicht mal, dass sein Cousin Andrew Bradley und nicht er die wahre Ausgeburt der Hölle in ihrer Familiengeschichte war. Cameron war immer Bradleys Plan B, sobald etwas aufzufliegen drohte. Also genau jetzt. Denn Narzissten hatten keine Freunde, wenn es ums Überleben ging.

Und dessen war sich Anna sicher, dass ihr Mörder nicht mit der Wimper zucken würde, sein eigenes Familienmitglied ans Messer zu liefern.

Andrew Bradley war ein gefährlicher Psychopath.

Aber nicht unfehlbar, sagte sie sich und machte sich damit Mut. *Zum Beispiel die Münze, als Marshall starb. Er schien sie vergessen zu haben. Danach suchte er, als er mich im Krankenhaus besucht hat. Die Münze war der Beweis, dass ein Serienkiller bei uns zu Hause war. Hätte ich sie besser versteckt und er sie nicht bekommen, hätte die Polizei reagieren können. Er hat sie aber noch vor Mimmis Besuch im Krankenhaus vertauscht und konnte damit sogar noch vor meiner Freundin beweisen, dass ich irre bin. Ohne dabei zu sein. Zwei Fliegen mit einer Klappe. Und ich bin darauf reingefallen ...* Die Erkenntnis machte Anna so traurig, dass sie beinahe nicht bemerkt hätte, dass sich der Fahrstil des Wagens änderte. Er wurde langsamer, unregelmäßiger ...

Wir sind gleich da. Fast hätte sie vor Panik laut geschrien, als sie etwas Metallenes in ihrem Finger spürte. Eine Kurve, die das Auto nahm, wurde zu ihrer Rettung. Es schleuderte nicht nur sie leicht zur Seite, sondern auch den Jutesack. Somit auch das kleine Fläschchen, das sie nun mühelos aufheben konnte. Ab jetzt wartete sie gespannt, bis sich der Kofferraum öffnete. Ihre Finger umklammerten die Waffe so fest, dass sie blass wurden.

Es dauerte aber noch, bis der Wagen zum Stehen kam. Mit jeder Sekunde, in der der Wagen rollte, sammelte Anna ihre Kräfte zum letzten Kampf.

Sie war der Fehler in seinem Plan.

Nur ahnte er das noch nicht.

Wenn ich untergehe, dann garantiert nicht kampflos, du widerwärtiger Mistkerl!, versprach sie ihm.

Plötzlich kam der Wagen zum Stehen. Annas Herz pochte wie noch nie. Ihre Entscheidungsrunde war gekommen! Doch Andrew Bradley ließ sich noch etwas Zeit. *Vermutlich sucht er nach einer einsamen Stelle ... Wobei, viele Menschen werden hier nicht mehr sein,* dachte Anna. *Vielleicht ein paar leichtsinnige Jugendliche, die sich dem Verbot ihrer Eltern, vom Strand wegzubleiben, widersetzt haben. Mehr nicht.*

Kurze Zeit später vernahm sie ein fröhliches Pfeifen. *'Time to say goodbye'* erkannte sie das berühmte Lied von Bocelli.

Die Klappe des Kofferraums öffnete sich. Glücklicherweise war die Helligkeit nicht so stark, sodass sich Annas Augen schnell anpassen konnten. Sie blinzelte mehrfach. Ein letztes Mal bewegte sie kräftig ihre Zehen im Schuh. Es würde gehen!

»Ach, süß«, sagte Andrew Bradley so zynisch, dass es Anna bis ins Mark traf. »Mein trautes Weib in Gebetsposition. Und in der eigenen Kotze liegend! Möge dir der liebe Herr helfen, mein Kind. Dass du wach bist, war zwar nicht beabsichtigt, jedoch verleiht das der ganzen Sache eine gewisse Würze.« Er lachte. »Und das macht es mir etwas leichter, deinen fetten Arsch aus dem Auto zu ziehen. Ich will nichts sagen, aber dieses Babyding macht dich nicht mehr konkurrenzfähig, wenn du verstehst, was ich meine.« Erneutes Lachen. »Na gut, dort, wo du hingehst, ist der Arsch eh ziemlich egal.« Er blinzelte Anna zu und half ihr, sich etwas aufzurichten. »Boah, die Weiber mit ihren fetten Ärschen. Dafür bin ich viel zu alt. Die in Berlin muss ich mir nochmal durch den Kopf gehen lassen. Aber gut, dafür war sie deutlich schlauer als du. Sie ist Schriftstellerin. Sowas ist schon eine Rarität, mein Täubchen«, sagte er. »Sei ein braves Mädchen und hilf Papa, dich hier rauszuholen!«

Anna konnte nicht erwarten, mit voller Kraft in diese Fratze reinzuhauen. Aber es war noch nicht die richtige Zeit dafür. Sie musste sich gedulden.

»Ich ...«, flüsterte Anna ganz schwach, während sie von Andrew Bradley gestützt wurde. Sie hoffte, dass er dachte, sie wäre kraftlos. Das gehörte zum Plan. *Nicht nah genug!*

»Was willst du?« Andrew wunderte sich.

»Ich ...«, flüsterte sie erneut und nutzte ihr gesamtes schauspielerisches Talent, Bradley so nah an sich heranzulocken, wie es ging.

»Jaha? Was du?«, äffte er ihr Stottern nach. Es amüsierte ihn sichtlich, Anna so schwach zu sehen. Dabei vergaß er jede Vorsichtsmaßnahme. Sein Ohr näherte sich langsam ihren Lippen.

Nah genug. Das war endlich ihre Chance.

So kräftig sie nur konnte, biss sie hinein. Es musste höllisch wehtun, weil Andrew Bradley wie ein Kojote aufjaulte und sich das Ohr hielt. Er zog sein Gesicht in eine perfekte Entfernung, sodass sie endlich das Spray benutzen konnte, ohne Angst zu haben, sich dabei auch selbst zu treffen.

Anna löste die Kappe von dem Pfefferspray und sprühte den gesamten Inhalt direkt in Bradleys Gesicht.

»Fuck«, schrie er. »Was ist das, du verfickte …« Im gleichen Augenblick fiel er auf den Boden, schnappte nach Luft und wand sich im Sand. Offenbar verursachte das Mittel mehr Schmerzen als erwartet. Doch Anna hatte keine Zeit zu verlieren, zumal sie noch nicht wirklich gut auf den Beinen stehen konnte. Sie trat ihn kräftig in die Rippen und sah, dass neben ihm die Autoschlüssel des Mini-Vans zum Vorschein kamen.

So schnell sie konnte, bückte sie sich, um sie aufzuheben, rannte zum Auto und versuchte den Schlüssel ins Zündschloss zu stecken. Ihre Hände zitterten nicht mehr. Sie schwangen unkontrolliert in Bögen hin und her und machten jede halbwegs präzise Bewegung unmöglich.

Als Anna endlich die Beine in eine Sitzposition gebracht hatte, um das Auto zu starten, übertrugen sich die sinnlos hektischen Muskelzuckungen auch auf die Beine, sodass sie Schwierigkeiten bekam, die Bremse zu treffen. Je mehr sich Anna darauf konzentrierte, ruhiger zu werden, desto hastiger wurde sie.

Offensichtlich hatte sie einen winzigen Spritzer von dem Pfefferspray abbekommen, denn nun begannen auch ihre Augen zu tränen. Oder war es ihre Panik?

In dem Augenblick, als sie versuchte, die Augen mit dem Ärmel abzuwischen, fielen die Schlüssel mit einem lauten Scheppern auf die schwarze Gummimatte des Wagens. Vergeblich suchte sie panisch die Matte mit einem Fuß ab. Nichts. Keine Erhöhung, die zu ertasten wäre. Oder spürte sie nichts, weil ihr die Muskeln den Dienst versagten und keine Informationen ins Gehirn durchließen?

Vielleicht.

Sie musste wieder aussteigen, um effizienter nach dem Schlüssel suchen zu können. Das Gebrüll von Andrew hatte sie dabei vollkommen aus ihrer Wahrnehmung verbannt ... Als sie die Tür jedoch öffnete, war seine beinahe unmenschliche Stimme wieder da. Er machte ihr wahnsinnige Angst. Es tat ihr aber noch mehr weh, dass der Mann, für den sie noch Gefühle hegte, sie zu diesem Schritt bewegen konnte. Robert war immer noch tief in ihrem Herzen - trotz der schlimmsten Beschimpfungen, die sie gerade zu hören bekommen hatte. Das Monster war Andrew, nicht Robert! Sie mochte einen Teil von ihm trotz der bitteren Gewissheit, dass dieser Mann sie ohne mit der Wimper zu zucken schlimmsten Torturen aussetzen würde. Denn er würde sich rächen! Garantiert.

Anna beugte sich hinunter und spürte, wie sich Andrew mit seinem ganzen Gewicht gegen die geöffnete Tür lehnte. Vermutlich war es zunächst nur ein Zufall, dass er es tat. Doch als er den Widerstand der Tür spürte, erhöhte er den Druck, als wollte er verhindern, dass Anna unversehrt in der Fahrgastzelle blieb. Mit einer Hand hielt sie daher die Tür ab, ihren Bauch oder Oberschenkel zu zerquetschen, mit der anderen tastete sie unter ihrem Sitz nach dem Schlüssel. Die Furcht ließ sie schluchzen, und die Angst, es nicht mehr schaffen zu können, lähmte langsam ihren Überlebenswillen.

Doch plötzlich ertastete sie etwas und ließ kurz die Tür los, die nun schmerzhaft gegen ihren ausgestreckten Hintern prallte. Anna schrie auf. Aber sie konnte mit dieser Stellung verhindern, dass die Tür den Bauch seitlich traf. Was waren dagegen ein paar blaue Flecken am Gesäß?

Nun musste sie ihre gesamte Kraft dazu aufwenden, die Beine in den Wagen zu bekommen. Anna konzentrierte all ihre Aufmerksamkeit auf ihre Hände, sie so stark anzuspannen, dass sie sich irgendwie ins Auto hineinziehen konnte.

Und für einen winzigen Augenblick geschah ein Wunder. Sie schaffte es! Anna zwang sich auf den Sitz. Wie mechanisch gelang es ihr, den Schlüssel diesmal richtig ins Zündschloss zu stecken. Zum Drehen verließ sie die Kraft wieder, doch nun stützte sie die rechte Hand mit dem linken Handgelenk ab, um halbwegs stabil den Motor zu starten.

Dennoch gelang es ihr nicht. Ihre Beine schafften es nicht, die Bremse durchzudrücken. Sie fühlten sich wie Pudding an. Verzweifelt sah Anna, wie sich Andrew mit dem Oberkörper tobend auf die Motorhaube warf. Wie ein verletztes, wildes Tier, das nach Rache gierte. Bildete sie es sich ein, oder rieb er sich deutlich weniger das Gesicht? Verflog etwa die Wirkung des Reizmittels? Ob sie Chancen im Nahkampf gegen ihn hatte, bezweifelte sie stark.

»Rooooooaaaaah«, schrie sie heraus und steckte all das, was sie noch an Kraft besaß, in die Anstrengung, den Wagen zu bewegen.

Und diesmal klappte es auch. Das Auto jaulte auf. Anna schaltete auf 'D' und sprang von der Bremse aufs Gas. Der Wagen setzte sich in Bewegung, als ob nichts einfacher als das wäre. Zu ihrem Entsetzen nahm sie damit Andrew Bradley, auf der Motorhaube liegend, ein gutes Stück mit, bis er endlich seitlich vom Auto abrutschte. Nun verfluchte er sie für die Ewigkeit, doch es war ihr egal.

Sie war ihn endlich los.

Ihre Gefühle brauchten Zeit. Aber sie würde es schaffen!

»ICH. Ich bin dein größter Fehler, Arschloch«, schrie sie ihre Wut lauthals heraus, ohne zu wissen, ob er sie gehört hatte. Doch es war ihr nicht mehr wichtig. Sie verstand alles. Sie war frei.

Wohin sie fahren würde, um tatsächlich in Sicherheit zu sein, damit diese beiden Psychopathen sie nicht in die Finger kriegen konnten, war ihr bereits klar.

Als sie kurz nach drei Uhr, mitten in der Nacht, in die Mill Road fuhr, war der Mini-Van das einzige Auto, das die Stille der Nacht störte. Der Mond erleuchtete die Straße, und die Spiegelung wirkte beinah malerisch. Anna war wirklich erschöpft, und der Tank fast leer. Doch sie wusste, dass dies die einzige Adresse sein würde, wo weder Andrew Bradley noch sein krankhafter Cousin sie suchen würden. Dennoch stellte sie vorsichtshalber das Auto in einer

Sackgasse ab. Eine Stelle in der Seitenstraße, die ihr jetzt ganz zufällig auffiel und die nicht so leicht zu sehen sein würde, falls jemand doch auf die Idee kommen sollte, Anna in Manoville zu suchen. Sie schaltete den Motor aus und schleppte sich aus dem Auto.

An der richtigen Tür angekommen, klingelte sie mehrfach, bis endlich ein Licht anging.

»Wer ist da?«, fragte eine verschlafene, männliche Stimme.

»Ich bin's«, antwortete Anna und fiel vor Erschöpfung auf den Boden.

Die Tür ging auf. »Um Gottes willen! Was ist los, Anna?« Graham Searcys Stimme klang mehr als erschrocken. Er half ihr behutsam, ins Haus zu kommen, und bettete sie zärtlich auf eine Couch. »Ich rufe Robert an. Was hat das Schwein von Nachbar mit dir gemacht?«

»Nein!«, schrie sie mit letzter Kraft. »Nicht Robert! Bitte nicht ...« Tränen der Verzweiflung erschienen in ihren Augen. „Gib mir bitte erst etwas zu trinken.« Die Erinnerung an Bradleys Cola weckte ihre Angst erneut. »Nur Wasser ... Bitte ...«

Als die Flüssigkeit ihre ausgetrocknete Kehle benetzte, fühlte sie sich deutlich besser. Sie trank gierig. Offenbar eine Nebenwirkung des Mittels, das Andrew Bradley ihr verabreicht hatte. Graham brachte ihr noch zwei weitere Gläser, die sie ebenfalls nach und nach austrank. Wie ein Lebenselixier breitete sich das kalte Wasser in ihrem Körper aus und brachte die Energie zurück, die sie nun brauchen würde.

»Erzähl«, bat Graham. »Was ist los bei dir?«

»Nicht jetzt«, schlug ihm Anna die Bitte vorerst ab. »Hast du eine Tageszeitung. Irgendeine?«

Graham stand auf. »Im Mülleimer bestimmt. Ein äußerst seltsamer Grund, mich mitten in der Nacht aus dem Bett zu klingeln.« Dennoch brachte er Anna die Zeitung.

»Financial Times! Wunderbar.« Anna klatschte beinahe in die Hände und ignorierte Graham. Sie suchte die Seiten ab, bis sie es fand.

»Noch eine Bitte, Graham«, sagte sie leise. »Könntest du für mich das FBI anrufen? Hier ist die Nummer.« Sie tippte auf einen der Artikel in der Zeitung. »Du verlangst nach Supervisory Special Agent Angel Davis. Wie das in dem Artikel steht. Dann sagst du, dass jemand bei dir ist, der den 'Ladykiller' persönlich kennt. In etwa zwei Stunden müssten sie alle hier sein. Da brauche ich Kraft, damit ich ihnen alles erzählen kann. Robert ist derjenige, den sie suchen ...« Anna gähnte, und ihre Augen schlossen sich.

Was soll das wieder werden?, dachte Graham unentschlossen, ob sich seine Ex-Freundin gerade einen grausamen Scherz mit ihm erlaubte. *Rache für das, was zwischen uns passiert ist? Sie weiß doch, dass ich nicht ungestraft in ihre Nähe kommen darf.*

Dennoch vertraute er ihr und tat das, worum ihn Anna gebeten hatte. Graham wusste, dass er es immer wieder tun würde. Egal, worum es sich handelte. Er liebte sie.

Leise deckte er sie mit einer Decke zu, schaltete das Licht aus, damit sie angenehm schlafen konnte, und entfernte sich leise aus dem Wohnzimmer.

Wenn das kein grausamer Scherz war, dann würde es hier bald vor Polizei nur so wimmeln. Aber er war Anna das Vertrauen schuldig.

Kapitel 36

Am Strand von Gilgo Beach,
02:30 Uhr

Die Schmerzen, die Andrew Bradley verspürte, ließen langsam nach. Nicht so seine Wut auf Anna! Und erst recht auf sich selbst, eine Frau unterschätzt zu haben. Sie hatte ihn überlistet. Das war nicht zu verzeihen. Niemals.

»Fucking Bitch!«, keuchte er wütend seinen Zorn heraus. »Ich werde dich finden und so quälen, dass du es bereust, mich kennengelernt zu haben, du Schlampe!«

Der beißende Schmerz des ätzenden Sprays fraß sich durch sein Gesicht direkt in die Lunge und hatte bisher verhindert, dass er Hilfe holen konnte. Im Schein des glitzernden Mondes, der sich im Wasser spiegelte, erschien der Strand beinahe romantisch. Es passte gar nicht zu dem sich im Sand verzweifelt windenden Mann.

Doch weder das Befreien vom T-Shirt noch das Abwischen mit dem abgekühlten Sand brachten die erwünschte Linderung. Im Gegenteil. Die gereizte Gesichtshaut brannte, als wenn man sie zum Glühen gebracht hätte.

»Du hast mich verunstaltet, du verdammte Hure!« Da Andrews Augen immer noch tränten, hörte sich seine Stimme nicht so tobend an, wie er sich innerlich fühlte. Sie klang eher klagend. Doch innerlich malte er sich bereits aus, wie schlimm er Anna mit dem Balg im Bauch zu verletzen bereit war. Nur so konnte er diese verdammte Qual überstehen. *Ihr Tod wird meine bisherigen Taten in den Schatten stellen*, schwor er sich.

Als Andrew nach einer weiteren Viertelstunde feststellte, dass er seine Augen mittlerweile für eine Sekunde öffnen konnte, holte er das Handy aus seiner Jeans und wählte die Nummer seines Cousins.

Es dauerte etwas länger, bis Andrew eine Stimme hörte.

»Ja, Alter?«, fragte Cameron verschlafen. »Was willst du um diese Zeit?«

»Beweg deinen Arsch und hol mich ab!«, zischte Andrew. »Bin am Strand von Gilgo Beach. Die Schlampe hat mich vergiftet und ist jetzt weg!« Andrew hustete.

»Du verarscht mich?« Sein Cousin hatte offensichtlich Probleme, das zu glauben.

»Sagen wir es so, Alter«, Andrews Stimme duldete keinen Widerstand, »wenn du deinen Arsch nicht sofort bewegst, wirst du der Schlampe demnächst Gesellschaft leisten. Und schön wird der Anblick nicht sein.«

»Gib mir zehn Minuten, damit ich mich anziehen und mein kleines Betthäschen nachspritzen kann. Deinetwegen muss ich jetzt meine letzte Dosis Heroin verschwenden. Das zu kriegen ist auch nicht so leicht, Mann!«

»Halt die Schnauze!« Andrew hatte wenig Geduld. »Und bring Wasser mit. Viel Wasser! Wird's bald?«

Etwas mehr als eine Stunde später sah Andrew das Taxi seines Cousins auf dem strandnahen Parkplatz vorfahren, wohin er sich mühevoll geschleppt hatte.

»Hast du etwa noch 'ne Nummer geschoben, du Depp?«, fragte er, als sein Cousin ausgestiegen war.

»Alter«, stotterte Cameron und fixierte dabei das zur Unkenntlichkeit angeschwollene Gesicht seines Vetters. Seine Mundwinkel verzogen sich zu einem Lächeln. »Wie hat dich die Bitch so zugerichtet?« In diesem Moment konnte er nicht anders, als schallend loszulachen, während er sich mit einem Kanister Wasser näherte.

Das war der sprichwörtliche Punkt auf dem 'i', der die von Andrew angesammelte Energie in einem gezielten Schlag ins Gesicht seines Vetters entladen ließ. Der Nasenknochen ächzte unter diesem Hieb.

Die unerwartete Wucht des Schlags bewirkte, dass Cameron nach hinten taumelte, an einem Stein hängen blieb und rückwärts stürzte.

Während er auf dem Betonboden lag und zu begreifen versuchte, was gerade geschehen war, kam Andrew direkt auf ihn zu.

Von oben sah er, wie das Blut aus der Nase seines Cousins herausquoll und lächelte hämisch. Das angeschwollene, tränenreiche Gesicht von Andrew nahm der Szenerie jedoch ihre furchteinflößende Wirkung, weshalb auch Cameron unerwartet grinste. Es war so ziemlich die einzige Regung, zu der er in diesem Moment fähig war.

»Sowas kommt von sowas!«, sagte Andrew leichtherzig, als wären sie zwei im Sand tobende Kinder. Sein Gesichtsausdruck verfinsterte sich, als er sah, dass ihn sein Cousin immer noch nicht ernst nahm. Die Möglichkeit, jemanden für seine Pein büßen zu sehen, auch wenn er bereits am Boden lag, ließ ihn kurzzeitig seine Schmerzen vergessen. »Gib mir das Wasser! Sofort!«

Cameron war offensichtlich nicht schnell genug bereit, der Aufforderung Folge zu leisten, daher trat Andrew seinen Vetter so stark in die Nieren, dass Cameron mit seinem Gesicht auf dem Boden landete.

Klatsch. Beim Geräusch des am harten Stein abgebremsten Schädels würde einem unbeteiligten Zuschauer ein Schauer über den Rücken laufen.

Anders bei Andrew Bradley.

Zufrieden darüber, Cameron eine schon lange fällige Lektion erteilt zu haben, beugte er sich hinunter und hob den vollen Plastikkanister auf, der wie durch ein Wunder unversehrt geblieben war.

»Tu das NIE wieder, hast du verstanden?!«, brüllte Andrew mit fester Stimme, die notfalls einen weiteren Tritt versprach. Dann hustete er ab, sammelte die Spucke im Mund und rotzte sie kräftig neben seinen immer noch liegenden Cousin.

Cameron bejahte mit einem Kopfnicken, während Andrew das Wasser aus der Flasche auf sein Gesicht und den freien Oberkörper laufen ließ.

»Hast du mehr davon?«, fragte Andrew.

»Im Auto. Beifahrersitz«, stotterte Cameron. Seine Lebenskraft schien langsam wiederzukommen. »Alter, du hast mir die Nase gebrochen! Vielleicht sogar den Kiefer, du Arsch.«

»Das macht dich nur noch hübscher!«, entgegnete Andrew lächelnd, stand auf und ging zum Taxi zurück, um das restliche Wasser zu holen. Mittlerweile ging es ihm vergleichsweise besser als in dem Moment, als Anna mit seinem Auto davongefahren war.

»Warte, bis ich dich in die Finger kriege!«, sagte er im Gehen wie zu sich selbst. »Ich werde jeden deiner Knochen einzeln mit einer Zange abschneiden. LEBENDIG! Das schwöre ich dir!« Cameron schien tatsächlich nicht gelogen zu haben. Auf dem Beifahrersitz befanden sich einige Kanister mit Wasser, die Andrew nacheinander auf seinem Körper ausleerte und damit seine Schmerzen endlich auf ein erträgliches Niveau brachte.

Mittlerweile konnte sich sein Cousin dazu aufrappeln, sich aus eigener Kraft auf den Boden zu setzen. Aus seiner Nase tropfte noch Blut, das er geistesabwesend mit der Hand wegwischte.

»Was sollte das, du Arsch?«, fragte er mit unsicherer Stimme. Bisher hatten sie sich immer gut verstanden. Diese Aggressivität, auch wenn Cameron sie verstand, war neu.

»Kleine Liebeserklärung an meinen Cousin«, scherzte Andrew. »Pass auf ...« In knappen Worten beschrieb er, was zwischen ihm und Anna vorgefallen war. »Nun weiß ich nicht, was sie davon mitbekommen hat und was nicht. Wir müssen diese Bitch finden und sie zum Schweigen bringen, bevor sie zu den Bullen rennt. Denn dann wären wir beide ganz schön dran, wenn du verstehst, was ich meine. Hattest du nicht letztens jede Menge Koks im Haus? Aber wenn wir sie finden, kannst du gern mit ihr ein bisschen Spaß haben. Ich weiß, wie gerne du sie in einem deiner Filmchen hättest.«

»He, he«, lachte Cameron debil. »Da verzeihe ich dir sogar diese kleine Auseinandersetzung, für die ich einem anderen Kerl mit meinem Messer die Gedärme sortiert hätte. Doch Blut ist dicker als Wasser, nicht wahr?«

Während Andrew nur bestätigend lächelte, fügte Cameron hinzu: »Allerdings, wenn du sowas nochmal mit mir machst, dann vergesse ich die Tatsache, wie nah wir uns stehen.«

»Alles gut, Alter«, bagatellisierte Andrew. »Krieg dich wieder ein. Später gehen wir zum Arzt, der deinen Körper wieder zusammensetzt. Ich muss mich wahrscheinlich auch behandeln lassen. Eine Salbe brauche ich ganz sicher. Doch vorher müssen wir das hoppelnde Häschen einfangen, das mich so liebt und als Papi ihres Balges sicher schon vermisst.«

»Wo ist sie hingelaufen? Was glaubst du?«, fragte Cameron neugierig.

»So viele Freunde hat die ja nicht!«, entgegnete Andrew. »Ihre kleine Mimmi ist weg, was mich persönlich sehr traurig macht. Zu gern würde ich den beiden beim Ficken zugucken. So ein leckerer Happen, die Kleine! Aber was nicht ist, kann ja noch werden«, Andrew lachte. »Hmm, bei ihrem Vater kann sie um Mitternacht auch nicht aufkreuzen ...«

»Und nun?«, fragte Cameron unschlüssig.

»Nun habe ich eine Idee, wohin kleine, tapfere Prinzessinnen hingehen, wenn sie besonders stark sein wollen. Ich kenne sie!«

Mit diesen Worten setzte er sich auf den Beifahrersitz und sie fuhren los.

Kapitel 37

In der Nähe von Gilgo Beach,
etwa zur gleichen Zeit

Scott Goodwin, der Chef von der BAU, einer Verhaltensanalyseeinheit des FBI, bat seinen Sturmtrupp per Funk, zur Seite zu fahren, um sich über das weitere Vorgehen abzustimmen. Er und seine Kollegin, Angel Davis, wurden von mehreren Einsatzwagen der S.W.A.T. - Einheit begleitet, daher wählte er genau jene Stelle aus, die vom Strand aus nicht sichtbar war. Die Zielperson, die sie dort erwarteten, sollte nicht unnötig vorgewarnt werden.

Die Karawane aus mehreren schwarzen Geländewagen reihte sich daraufhin am Straßenrand auf. Aus einem der parkenden Autos kam der für das S.W.A.T. zuständige Teamleiter heraus. In seiner schwarzen Montur inklusive einer hochgezogenen Sturmhaube auf dem Kopf sah der Mann bereits jetzt furchteinflößend aus. Er war so ganz anders als Scott seinen Kollegen in Zivil kannte - ein liebevoller, drahtiger Familienvater. Selbst der erfahrene FBI-Mitarbeiter ertappte sich dabei, dass er jegliche Art von Humor unterließ.

»Die Zeugin behauptet«, begann er und zog dabei seine kugelsichere Weste fester, die er über seinem Hemd trug,»... dass die Dosis des Pfeffersprays recht stark war. Das bedeutet, dass der Mann etwas länger außer Gefecht sein dürfte und Hilfe benötigt. Andererseits hat uns die Fahrt hierher viel Zeit gekostet. Ich schlage daher vor, dass wir uns in kleine Gruppen aufteilen - gemäß der Wahrscheinlichkeit, wie die Täter an den bekannten Orten erscheinen könnten. Bradleys New Yorker Adresse wird zurzeit beobachtet. Sobald uns ein Durchsuchungsbefehl vorliegt, stürmen wir. Nach der Analyse der uns übermittelten Informationen scheint die Wahrscheinlichkeit am höchsten, dass sich Bradley entweder noch am Strand befindet oder jemanden gefunden hat, der ihn nach Hause mitnimmt. Vermutlich seinen Cousin. Es ist daher sinnvoll, an beide Orte zwei kleine Teams zu schicken. Angel wird die

Strand-Einheit begleiten. Ich werde mit einer weiteren zum Haus des Verdächtigen fahren. Am Unwahrscheinlichsten ist es, dass sie zum Haus der beiden Zeugen fahren, daher ist dort eine kleinere S.W.A.T. - Einheit sinnvoll. Nur so zum Schutz, falls ich mich irre. Was sagst du dazu?«

»Einverstanden«, erwiderte der vermummte Mann knapp. »Ich werde die Teams zusammenstellen. Angel kann schon in den zweiten Einsatzwagen einsteigen. Meine Leute sind nach einer kurzen Instruktion auch dabei. Was ist am Wahrscheinlichsten?«

»Dass er zu Hause auftaucht, wenn du mich fragst«, stellte Scott trocken fest. »Er muss garantiert sein Gesicht versorgen. Ins Krankenhaus wird er nicht wollen, weil er die Art seiner Wunden erklären müsste. Sehr viele andere Kontakte scheint er hier nicht zu haben, dass er ohne Fragen mitten in der Nacht auftauchen könnte und gut ist.«

»Okay, ich fahre mit dir hin«, entschied der S.W.A.T-Leiter, drehte sich um und ging zu den entsprechenden Einsatzwagen, um die Strategie zu besprechen. Währenddessen lief Scott zu seinem Wagen zurück.

»Du begleitest die Gilgo Beach-Einheit«, sagte er zu Angel. Sie sah ihn böse vom Beifahrersitz aus an, während er am Steuer Platz nahm. Doch das störte ihn nicht.

»Verdammt, Scott!«, zischte sie aufgebracht. »Du weißt selbst, dass er wahrscheinlich nicht mehr da ist. Ich will mit dir zum Haus gehen.«

»Nein!« Scotts amtliche Stimme duldete keinen Widerstand. »Dass du zum Gilgo Beach gehst, ist keine Bitte, sondern eine Arbeitsanweisung, Angel!«

»Wissen meine S.W.A.T.-Kollegen eigentlich, dass dieser Einsatz eine reine Bauchgefühl-Nummer von dir ist? Dass wir hoffen, jedoch nicht wirklich wissen, ob diese Zeugin bei Trost ist?« Angel ließ ihrem Ärger freien Lauf. Sie war sauer darüber, dass Scott heute zum ersten Mal, seit sie das gemeinsame Bett verlassen hatten, den Chef 'raushängen' ließ. Es war nicht der erste Einsatz, bei dem er sie vollständig von der vermeintlichen Gefahr weghielt. Warum? Weil sie mit ihm gelegentlich ins Bett ging?

»Angel, verdammt!« Scott wurde sauer. »Du klärst hier niemanden auf! Wenn diese Aktion in die Hose geht, dann kriege NUR ICH den Hintern versohlt. Doch die Fakten, die uns die Zeugin benannt hat, passen perfekt! Sie weiß Sachen, die wir nie veröffentlicht haben. ES IST UNSER MANN! Das erstellte Profil passt auch! Wenn er es, aus welchen Gründen auch immer, nicht ist, kriege doch nur ich Ärger. Wenn es aber doch unser Ladykiller ist, dann ist das unsere Chance, den Kerl endlich dingfest zu machen. Verstehst du mich, Schatz?«

»Wo ist die Kindergarten-Einheit, mit der ich fahren soll, während mein Held die Welt rettet?« Angel verdrehte die Augen.

»Im zweiten Einsatzwagen«, erwiderte Scott und näherte sich ihrem Gesicht, um ihr einen flüchtigen Kuss auf den warmen, vollen Mund zu geben. Sie war sein sicherer Hafen! Doch Angel war viel zu verärgert, dass er sie in ihren Augen wieder wie ein kleines Kind behandelte. Daher wich sie ihm aus.

»Pass auf dich auf«, bat Scott, ihre Trotzreaktion ignorierend. Er sah zu, wie sie den Gurt öffnete und ebenfalls ihre Sicherheitsweste fester zuzog.

»Dito«, entgegnete sie nur wenig liebevoll und tat so, als würde sie nicht gegen ihr gemeinsames Prinzip verstoßen, immer im Guten auseinanderzugehen. Ohne weitere Worte zu verlieren, stieg sie aus. Im Rückspiegel sah Scott, wie die Frau, die er so sehr liebte, immer kleiner wurde, bis sie im zweiten Einsatzwagen verschwand.

Er setzte seinen Dienstwagen in Bewegung und registrierte, wie sich die Karawane, in der sie bisher gefahren waren, in verschiedene Richtungen verteilte. Zwei Wagen fuhren hinter ihm her.

Als sie etwa eine Autostunde später hinter einer Kurve nah an der Zieladresse angekommen waren, schien der Ärger mit Angel längst verflogen zu sein. Stattdessen kreisten nun seine Gedanken vollständig um den aktuellen Einsatz. Was war, wenn er sich irrte? Oder den Täter an der falschen Stelle vermutete?

Scott entschied sich, seinen Wagen etwas weiter zurückzufahren, um einen unauffälligen Parkplatz zu finden. Zwei schwarze, parkende SUV in der Kurve einer weniger dicht bewohnten, idyllischen Gegend waren vielleicht seltsam. Ein drittes wäre verdächtig. Kurz gab er die Information an die Kollegen des S.W.A.T.-Teams weiter, die dabei waren, eine Hausbeobachtung einzurichten. Dann versicherte er sich, dass auch die anderen Teams noch keinen Verdächtigen verhaften konnten, und dass die Zeugin dank des dritten die notwendige medizinische Hilfe bekam. Sicherlich war die Spurensicherung ebenfalls vor Ort.

Eine schmale, unauffällige Schotterstraße auf der rechten Seite, die ins Grüne führte, fiel ihm beinahe zu spät auf. Es war immer noch recht dunkel, daher wäre er fast an ihr vorbeigefahren. Scott legte den Rückwärtsgang ein und fuhr zurück, um einfacher einbiegen zu können. Er vermutete dahinter eine von Einwohnern erschaffene Möglichkeit, im Rahmen eines netten Picknicks zum See zu gelangen. Gleichzeitig war es eine hervorragende Stelle, in der Nähe des Hauses des Verdächtigen den Wagen versteckt zu parken.

Doch maximal zweihundert Meter weiter, hinter einer wildwachsenden Hecke verborgen, stand plötzlich ein gelbes Taxi mit New Yorker Kennzeichen. Das letzte Mal, als er von einem New Yorker Taxi gesprochen hatte, war heute Nacht, als Anna Wright mit Dringlichkeit zu ihm umgeleitet worden war und er ihr grausames Martyrium der letzten Monate erfuhr. Die Frau war zwar am Telefon angesichts der Lage, in der sie sich zu befinden schien, sehr beherrscht, doch irgendetwas sagte ihm, dass diesmal mehr dahinter steckte. Oder wollte er einfach glauben, dass sie endlich den Mörder hatten, der sich langsam zu einem Albtraum des gesamten FBI entwickelte? Blendete er wichtige Tatsachen aus?

Scott wusste, dass es oft Ehefrauen waren, die den Mörder enttarnten. Nur manchmal wussten sie, die versteckten Hinweise nicht richtig zu deuten. Oder sie verdrängten sie. Anna Wright wusste jedoch mehr, als sie durch die Nachrichten hätte wissen können, und er musste ihr Vertrauen schenken! So oder so. Aus dem Gespräch mit Anna Wright wusste er, dass, wenn alles ganz schief lief und Bradley nicht der 'Ladykiller' war, sie vermutlich einen Dealer oder Sexualtäter enttarnen würden. Das war schon mal nicht nichts! Sollte dieser mehr auf Bauchgefühl als auf Beweisen aufgebaute S.W.A.T-Einsatz in einem Fiasko enden, dann hätte er einige Möglichkeiten, ihn als 'zum gegebenen Zeitpunkt notwendig' darzustellen.

Doch ... War das ein Zufall, dass genau dieses Taxi in der Einöde stand? Weit und breit keine Häuser, keine Klienten. Was oder wen holte es ab? Würde darin ein sich liebendes Pärchen zu finden sein, das Abwechslung suchte? Scott schaltete die Wagenbeleuchtung aus, brachte sein Auto zum Stehen und lauschte. Doch nichts schien sich zu rühren, also stieg er mit erhobener Waffe aus. Dabei verzichtete er darauf, Verstärkung zu holen, um die Postierung des Einsatzteams am eigentlichen Zielort nicht zu gefährden. Falls er tatsächlich 'nur' ein Pärchen beim Sex erwischen sollte.

Langsam pirschte er sich an den Wagen heran und leuchtete hinein. »Hier ist das FBI. Ich möchte Ihre Hände sehen!«, rief er, obwohl weit und breit niemand zu sehen war.

Nichts rührte sich. Das Auto war leer. Er leuchtete stärker hinein und entdeckte etwas. Auf dem Fahrersitz.

Blutspuren.

Auf dem Rücksitz befand sich etwas Helles, Zusammengeknülltes. Vielleicht ein Handtuch? Oder T-Shirt? Vermutlich saß dort niemand während der letzten Fahrt, denn sonst hätte er den Stoff automatisch weggeworfen oder mitgenommen, statt es auf dem Sitz liegenzulassen. Der Wagen war verschlossen, also leuchtete Scott auf die Schotterfahrbahn zwischen beiden Autos.

Es dauerte nicht lange, bis er es fand. Jemand hatte scheinbar sorglos ein zerknülltes, blutiges Taschentuch weggeworfen. Oder war es jemandem aus der Tasche gefallen? Das kleine, aber wichtige Detail fand er nun seitlich vom Reifen seines schwarzen SUV. Wäre er vorhin etwas weiter gefahren, hätte er es unter seinem Wagen begraben.

Sofort holte Scott sein Funkgerät heraus. »Ich habe vielleicht das Fahrzeug der Zielperson gefunden und nehme an, dass er sich zu Hause befindet. Wenn die gefundenen Spuren richtig zu deuten sind. Es sind vermutlich zwei, maximal drei Täter. Schaut bitte besonders nach Räumen mit sanitären Einrichtungen, denn der Täter oder sein Komplize scheinen Blut verloren zu haben. Der Verdächtige wird vermutlich sein Gesicht versorgen wollen.«

»Die Leute sind postiert«, hörte er den Leiter des S.W.A.T.-Teams sagen. »Im Moment sind beide Häuser dunkel.«

»In Ordnung«, entgegnete Scott. »Ich sehe mich noch hier um und komme gleich zu euch.« War es möglich, dass Andrew Bradley das Fluchtauto gewechselt hatte? Oder war er nachlässig und so verdammt naiv zu glauben, dass er seine Frau zu Hause antreffen würde?

Scott rief in der Zentrale der BAU an, in der Hoffnung, seinen Computerspezialisten am Arbeitsplatz zu erreichen, den Angel vor etwa zwei Stunden gebeten hatte, hinzukommen. Wie erwartet hielt sich Josh McMelma an die Anweisung und saß bereits erwartungsvoll vor dem PC an seinem Schreibtisch, was Scott erfreute. In kurzen Worten beschrieb er die Situation und bat ihn, einen Durchsuchungsbefehl für Anna Wrights Haus zu beantragen. Die Stürmung des Hauses vom Cousin ihres Ehemannes würden sie dagegen mit 'Gefahr im Verzug wegen Beseitigung der Beweismittel', also Drogen, erklären können.

Dann machte er sich eiligen Schrittes auf den Weg zu Anna Wrights Haus. Das Adrenalin, das durch seinen Körper schoss, ließ ihn sich trotz der frühen Morgenstunde hellwach zu fühlen. Was er am Ende des Tages sicherlich einbüßen würde, doch das war ihm egal.

»White Guardian. Melde verdächtige Aktivität im Haus vom Zielobjekt. Soll Little Robin die Position ändern und sich dem Ziel nähern?«, hörte Scott plötzlich jemanden über Funk sagen.

»Hot Alpha, was ist bei dir?«, fragte die Scott bekannte Stimme des Einsatzleiters.

»Zappenduster«, kam es knapp zurück.

»Verharren«, lautete der Befehl. »Little Robin, Position ändern. Genehmigt.«

»Ja, Sir.«

Nur einem seltenen Zufall verdankte Scott, dass er den Einsatzleiter in der Dunkelheit ganz kurz zu sehen bekam. Genau in diesem Moment, als sich der BAU-Chef beiden Häusern näherte, wechselte dieser seinen Standort und wurde für einen winzigen Moment sichtbar, bevor er im Schatten eines Baumes verschwand.

Scott blieb hinter der Hecke stehen und sah in die Richtung, wohin der Einsatzleiter verschwunden war, um eine Art Blickkontakt zu bekommen. Es dauerte etwas, bis seine Augen zwischen Schatten der Bepflanzung und schwarz gekleideter Person unterscheiden konnten. Der S.W.A.T.-Leiter erhob die linke Hand, was Scott sofort verstand. Die Funk-Linie sollte nicht blockiert werden, doch die von White Guardian und Little Robin beobachtete Aktivität fand nicht in Anna Wrights Haus statt - sondern in dem von Bradleys Cousin Cameron.

»Little Robin. Ich befinde mich hinter dem Zielobjekt. Drei Zielpersonen mit freiem Sichtfeld.«

»Beobachten. Hot Alpha?«

»Weiterhin nichts. Das Haus scheint leer.«

»Verharren auf Position. Positionswechsel für Greedy Phoenix, Jumbo Hawk, Feline Trader, Salty Darling. Verstärkung für Little Robin und warten auf Befehle.«

»Verstanden«, hörte Scott die Stimmen den Befehl bestätigen, dicht befolgt von den Decknamen der camouflierten Männer. Eine Sache war für Scott klar: Ab sofort würde nur ein sehr gut geschultes Auge die Bewegungen in der Nähe des Hauses wahrnehmen können. Mit sehr viel Glück.

»Ich erteile Autorisierung«, funkte er den Leiter der Einheit an und begab sich in Position. In dem Fall würde es ein leichtes Unterfangen sein, dem Richter die Notwendigkeit des Einsatzes unter 'Gefahr im Verzug' bei einem Dealer zu erklären. Einen Haftbefehl würden sie erst brauchen, wenn sie das Haus des Ehepaar Wright durchsuchen würden. Dazu gab es noch genug Zeit.

»Little Robin? Änderung?«

»Nein, Sir. Immer noch gutes Sichtfeld. Nur zwei Zielobjekte aktiv. Das dritte unbeweglich. Wie lautet der Befehl?«

»Auf Positionen. Bereit zum Zugriff. Warten auf Befehl.«

»Ja, Sir.«

Nun sah Scott, wie der Leiter der Einheit sich dem beobachteten Haus vorsichtig näherte. Eines war klar: Sobald er es erreichte, würden sie stürmen. Und er mit!

»Scott«, meldete sich Angels Stimme per Funk, »wir konnten nur die beschriebene Pfeffersspraydose, ein paar Wasserkanister und Taschentücher sichern. Einige mit Blutspritzern. Eine Stelle auf dem Parkplatz war sogar reichlich bedeckt. Als hätte es dort eine Auseinandersetzung gegeben. Ob es sich um unsere Täter handelt, kann erst das Labor bestätigen. Wir sichern das Areal ab und lassen die Spurensicherung dran. Vom Täter keine Spur.«

»Wir sind gleich im Haus«, erwiderte Scott knapp und ließ seine Mitarbeiterin mit dieser Information frustriert zurück. Der Funk brach ab. Angel lief verärgert Richtung Strand - Hauptsache weg vom Fundort - und trat voller Wucht auf einen Stein, der daraufhin in einem hohen Bogen ins Meer flog. Sie schrie vor Wut auf. Doch es machte alles nicht leichter. Die Beziehung zu Scott bedeutete, dass er sie von jedem noch so interessanten Fall weghalten würde. Der Gefahr wegen. Wie ein kleines Kind.

Währenddessen näherte sich Scott der Eingangstür. Er klopfte laut. Als nichts passierte, hämmerte er erneut gegen die Tür.

»Cameron Young?«, schrie er. »Öffnen Sie die Tür! Hier ist das FBI.«

Für einen Augenblick blieb alles still, als Scott plötzlich die aufgeregte Stimme von Little Robin hörte.

»Ich erbitte Zugriff. Drogenbeseitigung. Die Zielperson ...«

»REIN!«, unterbrach der Teamleiter. Das konnte nur bedeuten, dass Drogen gesichtet wurden! Fast im gleichen Augenblick hörte man Glasscheiben zerspringen, und eine Flashbang flog ins Haus. Etwa eine Sekunde später explodierten die Granaten im Hausinneren und erzeugten einen so starken Knall, dass es selbst aus der großen Entfernung unangenehm laut war.

Spätestens jetzt waren die Zielpersonen außer Gefecht, falls sie keine erforderlichen Vorkehrungen getroffen hatten. Das Team stieg geschlossen und perfekt organisiert durch die Fenster, mit dem Ziel, das Badezimmer zu stürmen. Das gewohnte Vorgehen bei Verdacht auf Drogenbeseitigung.

Scott folgte ihnen mit einem gewissen Verzug. »Gesichert!« ertönte es in jedem Raum des Hauses, kurz bevor er sie passierte. In der oberen Etage konnte man Tritte hören, als wollte jemand die Wände einreißen. Es musste eine verschlossene Tür sein.

»Erste Zielperson in Gewahrsam!«, hörte er und sah, wie sie eine verwirrte Frau von der schmuddeligen Couch hoben. Sie war vollständig nackt und kaum ansprechbar. Einer der vermummten S.W.A.T.-Kollegen kümmerte sich um sie, während die anderen mit furchterregend lauten Schritten den Weg nach oben nahmen.

Auf dem Tisch neben ihr lag ein Portemonnaie - ein Beweisstück. Scott nahm Einweghandschuhe aus seiner Seitentasche, legte seine 18er Glock kurz auf dem Tisch ab, um die Handschuhe überzustreifen. In diesem Raum war es fast unmöglich, dass ihm etwas passieren konnte. Es wimmelte vor Männern in schwarzen Tarnanzügen.

»Bad immer noch abgeschlossen«, rief jemand von oben. »Wir verschaffen uns Zutritt!« Es knallte diesmal deutlich lauter. Scott packte das Portemonnaie zwischen die Sicherheitsweste und seinen Anzug und stellte sich wieder in Schutzposition, bereit, nach oben zu stürmen. Versteckt hinter seiner 18er, die ein Teil seines Gesichts verdeckte.

Es dauerte nicht lange, bis er erneut jemanden in militärischer Manier brüllen hörte.

»AUF DEN BODEN! SOFORT! ICH WILL DEINE HÄNDE SEHEN!«, rief die Stimme. Scott vermutete dahinter den Leiter der Einheit, doch sicher war er sich nicht.

Kurze Zeit später: »ZIELPERSON ZWEI UND DREI IN GEWAHRSAM!«

Jemand anders: »Oh, FUCK. Das glaubt ihr mir nicht! Wir sind im Kokahimmel ... Kein Wunder, dass sie sich im Bad eingeschlossen haben. Bei der Menge?!«

Scott rannte ins Badezimmer, in dem auf dem Boden zwei Männer lagen. Bäuchlings. Ein Mitglied des Teams ratterte bereits die Miranda-Warnung herunter: »Sie haben das Recht zu schweigen. Alles, was Sie sagen, kann und wird vor Gericht gegen Sie verwendet werden. Sie haben das Recht ...«

Der FBI-Chef sah auf die verhafteten Männer hinunter und betete, dass die Mühe nicht umsonst und sein Bauchgefühl richtig gewesen war. Er wollte nicht nur einen verdammten Dealer, sondern den Mörder von elf unschuldigen Frauen dingfest machen, die das Pech hatten, ihren Henker zu treffen. Seit längerer Zeit schon flehten sie ihn von den Bildern der Pinnwand aus an, ihren grausamen Peiniger zu finden.

»Robert Wright? Oder besser Andrew Bradley?«, fragte er den Liegenden.

Keine Regung.

»Ich soll Ihnen schöne Grüße von Anna ausrichten«, fuhr Scott fort.

»Diese verdammte Schlampe!«, fluchte einer der Männer plötzlich. »Dafür wird sie mir büßen! Ich werde ihr die Eierstöcke bei lebendigem Leibe rausziehen, wenn ich sie in meine Hände bekomme! Diese gottverdammte Hure!«

»Ja ja, Mr. Bradley«, Scott hörte solche Drohung wahrhaftig nicht zum ersten Mal, »sagt Ihnen der Name Molly Hunt etwas?«

»Nie gehört.« Andrew Bradley stieß einen Laut aus, der nach einer Mischung aus hämischem Lachen und Sabbern klang.

»So, so ...« Scott ließ ihm eine kleine Pause, um nachzudenken, bevor man ihn in einen Mannschaftswagen überführen würde. Das war seine Chance, die beiden ohne Anwalt zu sprechen! Der Boden schien dreckig, und das Gesicht des Verhafteten entzündet. Keine besonders günstige Situation für einen kranken Narzissten. Sein Cousin schien geschlagen worden zu sein. Seine Nase war voller Blut. Das war vermutlich das Blut, welches Scott im Taxi gefunden hatte. Das Labor bekam demnächst alle Hände voll zu tun.

»Anna ist ein schlaues Kind. Sie dachten, sie würde hier allein auftauchen? Stattdessen fand sie Hilfe bei ihrem ärgsten Feind, Graham. Blöd, was? Und jetzt sind wir hier. Verrückt, nicht? Ihr Mädchen hat Sie ganz schön übel zugerichtet, Bradley. Und der versiffte Boden macht es nicht besser. Das wird wohl hässliche Narben geben.«

Um die Zeit auf die Antwort zu überbrücken, holte er das unten auf dem Tisch gefundene Portemonnaie, in dem er Camerons Personalien vermutete, unter seiner Weste hervor.

Doch Scott hatte sich geirrt. Es war Bradleys Brieftasche.

Bei der Suche nach seinem Führerschein fielen einige Visitenkarten heraus. Scott beugte sich, um sie aufzuheben.

»Sieh an, sieh an! Die Karten kommen aus allen Ecken Europas«, sagte er triumphierend. Das war schon etwas! Zwar nur ein Indiz, aber vielleicht würde es reichen! »Bei wie vielen dieser Frauen werden wir wohl eine Münze in der Tasche finden? Ich bin sehr gespannt, muss ich sagen.«

Plötzlich fiel Scott eine ganz besondere Visitenkarte ins Auge. Er kannte sie, denn eine ähnliche hatte er in seiner eigenen Geldbörse. »Oha. Wenn das nicht das letzte Puzzlestück in meinem Rätsel um den 'Ladykiller' ist, dann weiß ich nicht. Eine Visitenkarte zur Lesung einer Freundin in Berlin? Einer Frau, die eine beunruhigende Münze in ihrer Tasche fand? Und eine Fahrkarte nach Berlin in Ihrer New Yorker Wohnung? Ein Haufen Adressen in Europa? Klingt nach einem schönen Urlaub, doch ich muss Sie leider enttäuschen.«

»Die Schlampen haben es verdient! Ich habe es denen besorgt, du Arschloch.« Bradley schäumte vor Wut.

»Danke, abführen! Das war gute Arbeit! Alle Achtung!«, sagte Scott zufrieden, weil er wusste, dass der Tag bereits seiner war. Nun würde er sich einer größeren Herausforderung stellen, denn Angel war sicher bereits in der Nähe. Und bestimmt nicht in Feierstimmung.

EPILOG

Aus einem modernen Hightech-Kinderwagen, der nah an einer uralten Parkbank am Spielplatz stand, drang leises Babywimmern. Anna Eliot, wie sie seit der Annullierung ihrer Eheschließung mit Robert Wright wieder hieß, saß neben Mimmi und schaute den spielenden Kindern zu. Beide Frauen genossen die aufgehende Sonne.

»Ich glaube, die kleine Maus ist aufgewacht«, stellte Mimmi lächelnd fest, was sowieso nicht zu überhören war.

Anna erhob sich. »Ach ja«, sagte sie amüsiert. »Mamas haben es nicht leicht, nicht wahr, Nayeli?« Anna nahm ihre Tochter in den Arm, wiegte ihr Kind liebevoll hin und her. Nun ließ sich das freudiges Gurren des Babys vernehmen. »Du brauchst ein bisschen Gesellschaft, mein Schatz. Nicht wahr?« Selbst Annas Augen lächelten so gütig, dass Mimmi eine angenehme Wärme ums Herz spürte. Immer öfter sah sie ihre Freundin so glücklich wie gerade, und es beruhigte sie dann. Das bedeutete, dass ihre Freundin die Tür zu ihrer Vergangenheit langsam schloss. Es war gut so! »Warum lachst du?« Anna war irritiert, als sie den Gesichtsausdruck ihrer Freundin sah. » Hey, habe ich dir eigentlich irgendwann gesagt, was Nayeli bedeutet, Mimmi? Das habe ich wohl noch keinem erzählt ... Irgendwie blöd.«, erschien es Anna.

»Nein«, entgegnete Mimmi. »Ich finde euch beide so zauberhaft. Das macht mich glücklich.« Tatsächlich war Nayeli ein sensibles Kind, was nicht verwunderte, wenn man sich an die Anfänge von Annas Schwangerschaft erinnerte. Das kleine Mädchen hatte den denkbar schlechtesten Start gehabt. Und das äußerte sich in ihrer Unruhe. Doch die starke Mutter-Kind-Bindung zwischen Anna und Nayeli und die behutsame Art ihrer Freundin schien diese schlechten Anfänge wunderbar wettzumachen.

»In der Sprache der Zapoteken«, Anna schaute verliebt in die Augen ihre Tochter, was das Baby augenblicklich zum Jauchzen brachte,»... also einem Volk in Mexiko, bedeutet es: 'Ich liebe dich'. Jetzt kann ich es ihr in einem einfachen Satz doppelt sagen. Denn von ihrem Vater wird sie es nie erfahren.«

Sie saßen beide im Schatten eines großen Ahorns. Mimmis Kinder waren auf verschiedenen teilüberdachten Klettergerüsten verschwunden. Nur das befreite, kindliche Lachen drang an ihre Ohren.

»Das ist ein wunderschöner Name mit einem großartigen Happy End.« Mimmi schmunzelte. Dann wog sie ab, ob sie die Frage stellen sollte und entschied sich dafür. »Trotz alldem, was passiert ist ... Meinst du nicht, dass er sie eines Tages sehen will?«

»Oh, ganz sicher sogar«, entgegnete Anna. »Das Leben im Gefängnis wird für ihn nicht leicht werden. Doch so lieben, wie ich sie liebe, wird er niemals. Er ist krank, Mimmi. Und es hat recht lange gedauert, das zu begreifen. Er empfindet einfach zu niemandem Liebe. Man meint, Narzissten empfänden Liebe zu sich selbst. Doch ich glaube, dass er sich nicht mal selbst mag. Und mit den Narben im Gesicht ist er auch nicht mehr besonders hübsch.« Anna nahm das Baby auf den Arm, setzte sich neben ihre Freundin auf die Bank, und gab ihm ein Fläschchen mit Babytee. Glücklich betrachtete sie, wie Nayeli den Inhalt gierig leerte.

»Trink schön, mein Schatz«, flüsterte sie. Der Sommer war dieses Jahr sehr heiß, doch im Schatten des alten Baumes erschien die Wärme viel erträglicher als in den geschlossenen vier Wänden zu Hause.

Für einen Moment schwiegen sie, um den Zauber dieses unschuldigen Moments, in dem das Baby trank, nicht zu stören.

»Ich habe Angst, Mimmi«, sagte Anna plötzlich. Geistesabwesend schaute sie einen weit entfernten, imaginären Punkt an.

»Das brauchst du doch nicht«, erwiderte ihre Freundin und tätschelte beruhigend ihren Arm. »Ich werde dir nicht von der Seite weichen. Dieses Schwein wird nie wieder aus dem Gefängnis herauskommen. Man spekuliert, dass er elf Mal lebenslänglich bekommt. Und hey, die Beweise sind mehr als erdrückend. In deinem Fall kommt noch versuchter Mord hinzu. Vielleicht bekommt er sogar für Marshall eine Strafe, mal sehen. Die Geschworenen haben sicherlich auch Haustiere.« Mimmi sah, dass sich Annas Blick nicht verändert hatte, also sprach sie weiter.

»Deine Aussage wird jedes Tierbesitzerherz erweichen. Du bist vor ihm sicher. Und sein Cousin kommt auch nicht so schnell raus, nachdem sie bei ihm fünfzehn Kilo reines Kokain gefunden haben. Dass er diese Frau entführen ließ, unter Drogen gesetzt und vergewaltigt hat, kommt erschwerend hinzu. Gut, dass sie genug Mut dazu hatte, sich bei der Polizei zu melden. Ganz abgesehen von den illegalen Sexvideos, die er mit anderen Frauen in seinem Haus gedreht hat. Kein Wunder, dass er nicht wollte, dass Marshall in der Nähe seines Hauses herumschnüffelt.«

»Gestern bin ich kurz an Peconic Bay vorbei gefahren.« Anna seufzte. »Die neuen Besitzer der Grundstücke haben beide Häuser abgerissen, um ein neues, moderneres Mehrgenerationenhaus zu errichten. Schön ist es geworden. Als hätte es uns dort nie gegeben ...« In ihrer Stimme schwang ein melancholischer Unterton mit. »Manchmal kommt es mir auch so vor. Dann kommen die Albträume ...«

»Ich wünschte«, erwiderte Mimmi, »man könnte auch schlechte Erinnerungen abreißen und durch wunderschöne ersetzen. Aber dem ist leider nicht so. Warum habe ich bloß nicht geahnt, was mit dir passiert?«

Anna legte das leere Fläschchen weg und ihre Tochter über die Schulter. Mit einer Hand sanft auf den Rücken klopfend erwartete sie ein Bäuerchen. Sie wurde nicht enttäuscht. Das Baby sah wieder müde aus, also legte sie es in den Kinderwagen. Nayeli schlief sofort ein.

Dann setzte sie sich zu ihrer Freundin und nahm ihre Hand in die eigene.

»So darfst du niemals denken!«, sagte sie ernst. »Niemals. Auch ich habe nicht geahnt, was mit mir geschieht. Er hat das so clever angestellt, dass es niemandem auffiel. Zwischendurch besuchte er meinen Vater im Pflegeheim und erzählte ihm, dass er mich töten würde, was erst später rausgekommen ist. Mein Vater hatte Angst und wusste, dass ihm niemand glauben würde. Darum flüchtete er immer öfter in diesen katatonischen Zustand. Und dieser Andrew wusste wohl, dass mein Vater dem ausgeliefert war. Und ich fragte mich damals, warum sich sein Zustand so rapide verschlechterte. Hätte mich sein Cousin nicht so erschreckt, dann hätte er mich vermutlich noch kränker gemacht, um uns dann beide zu beseitigen. Was für eine glückliche Verkettung der Umstände!«

»Was ist das bloß für ein Monster!«, erzürnte sich Mimmi.

»Dachte ich anfangs auch.« Anna zuckte gleichgültig mit der Schulter. »Doch nach den Intensivtherapien habe ich endlich begriffen, dass dieser Mann nur ein armseliges Würstchen ist. Er empfindet Zufriedenheit, wenn andere Menschen leiden. Damit wird er nie eine 'normale Beziehung' mit irgendjemandem führen können. Also auch nicht zu unserer Tochter. Und am wenigsten zu sich selbst. Im Gefängnis wird er vermutlich ebenfalls Probleme bekommen. Solche Narzissten können sich selten dem Gefängniskodex unterordnen. Nun wird er vermutlich Gewalt am eigenen Körper erfahren. Doch diese Tatsache verschafft mir keine Genugtuung - wie auch den Familienangehörigen seiner Opfer.« Anna schwieg nur für einen Augenblick, bevor sie leise ihre tiefsten Gedanken äußerte: »Irgendwie habe ich auch Angst vor der Frage, die in der Luft hängt, warum ich es nicht verhindert habe. Ich weiß, es ist absurd. Aber die Angst ist nun mal da.«

»Hast du es dir verziehen?«, fragte Mimmi leise und winkte aus großer Entfernung ihrem rufenden Kind zu.

Anna überlegte, bevor sie sprach: »Ich weiß mittlerweile, wie das, was er mit mir gemacht hat, fachlich heißt: Gaslighting. Es ist die gängige Methode der Psychopathen, insbesondere der Narzissten, ihre Opfer in den Wahnsinn zu treiben. Sachen absichtlich woanders hinlegen und dem Opfer einreden, sie hätten es selbst getan. Türen offen zu lassen und dem Partner einreden, er hätte vergessen, sie zu schließen, wie damals bei Marshall. Oder einfach dreist lügen, obwohl man die Beweise der Schuld in der Hand hält. Es gibt sogar Studien an Studenten, denen man eingeredet hat, sie hätten in ihrer Pubertät ein Verbrechen begangen. Wenn man einige Regeln beachtet, glauben sie es. Das ist wirklich wahr! Weiter noch, sie meinen sogar, sich daran zu erinnern! Unfassbar, oder? Das Gehirn baut sich die Vergangenheit selbst, wenn es keine Erklärung findet, und schmückt sie aus. Das fasziniert mich immer noch. Theoretisch habe ich all das auch verstanden. Nur zu begreifen, dass jemand das tut, den man wirklich liebt ... Das fällt mir immer noch nicht leicht. Zumal ich mich sogar mir selbst gegenüber schuldig fühle. Manchmal habe ich sogar gespürt, dass etwas falsch läuft, doch ich wollte es partout nicht wahrhaben. Ich hielt daran fest, eine perfekte Beziehung zu führen, auch wenn das bedeutete, dass es an mir liegt, wenn es nicht reibungslos funktionierte. Das macht es umso schwerer. Aber Selbstbetrug ist ein häufiger Begleiter der sogenannten 'toxischen Beziehungen', wie der Psychologe meine Beziehung zu Robert Wright nannte. Und angeblich ist keiner von uns davor gefeit. Nur warum ausgerechnet ich?«

»Gute Frage«, entgegnete Mimmi. »Vielleicht deshalb, weil du so viel zu geben hast? Durch den Tod deiner Mutter und die Beschäftigung mit deinem kranken Vater trägst du so viel Leid und Schmerz in dir, was wiederum dieser Typ erkannt hat? Psychopathen saugen Gefühle anderer wie ein Vampir Blut von seinen Opfern auf. 'Ist eine Art Zwang. Selbst seine Eltern scheinen seltsam zu sein, so wenig Interesse, wie sie für ihr Enkelkind zeigen. Aber immerhin unterstützen sie euch beide finanziell. Wenn es schon der Vater von Nayeli nicht tut. Das ist das mindeste.« Mimmi lachte. »Ich gebe zu, ich habe mich in den letzten Monaten auch etwas belesen, sofern ich etwas freie Zeit fand.«

»Ja, das ist es.« In einem unerwarteten Gefühlsausbruch umarmte Anna ihre Freundin. »Was würde ich ohne dich tun, Schatz? Du hast mir so viel geholfen, dass ich gar nicht weiß, wie ich es je zurückgeben kann.«

»Du kannst es zurückgeben«, wisperte ihr Mimmi ins Ohr. »Indem du lachst. Du gehörst zu meiner Familie, und ich kann nicht ertragen, dich traurig zu sehen.« Dann drückte sie ihre Freundin, deren Tränen in ihrem T-Shirt versickerten, noch lange an sich.

»Danke«, sagte Anna nach einer Weile gerührt. »Auch du bist ein Teil meiner, wenn auch kleineren, Familie. Weißt du eigentlich, dass wir uns bereits ein Vierteljahrhundert kennen?«

»Oh mein Gott.« Mimmi täuschte ein erschrockenes Gesicht vor. „Sind wir etwa schon so alt? Das glaube ich nicht! Ich kann mich an das kleine Mädchen im Kindergarten erinnern, das MIR MEINE Sandburg kaputt gemacht hat! Na?«

»Ich war das nicht!«, sagte Anna mit unschuldiger Miene und lachte wieder unbeschwert. Wie früher. »Ach«, sie erinnerte sich an ihren neuesten Therapieerfolg, »wir haben auch etwas zu feiern.«

»Dass du und Graham endlich zueinander gefunden habt?«, feixte Mimmi.

»Verdammt nochmal, nein!«, widersprach Anna eine Spur zu vehement, als sie es wollte. »ES IST NICHTS ERNSTES!«

»Wenn du meinst ...« Mimmi lachte laut. »Lass mich überlegen, was sehr gute Freunde für ihre nur sehr guten Freundinnen so machen: Sie hören auf zu trinken und werden über den 'trockenen Alkoholiker' zum gesundheitsfanatischen Sportler, sie kümmern sich um die wunderschönen Töchter ihrer sehr guten Freundinnen, als wäre es ihr eigener Nachwuchs, sie riskieren ihr Leben, helfen bei Umzügen und streichen die Wohnungen und ... und ... und ...«

»Hör damit auf, ich warne dich!« Anna bemühte sich um Ernsthaftigkeit in ihrer Stimme.

»So einen 'nur guten Freund' möchte aber wirklich jede Frau haben.« Mimmi prustete vor Lachen.

»Ts, ts ...« Anna sah ihre Freundin missbilligend an. »Mal ehrlich. Wunderst du dich noch, warum ich deine Sandburg damals kaputt gemacht habe? Hmmm?«

»Waaaas?« Mimmis Augen wurden groß. »Du warst es wirklich? Du Hexe! Ich hatte dich immer in Verdacht! Seit ich dich das erste Mal gesehen habe!« Nun waren die beiden nicht zu stoppen. Sie kicherten so laut, dass Mimmis Kinder entgeistert von weitem zuschauten. So ausgelassen kannten sie die Erwachsenen in letzter Zeit nicht.

»Alles okay«, rief Mimmi ihnen um Selbstbeherrschung ringend zu. »Hach, waren das Zeiten!«

Anna lachte auf. Auch ihr fiel es nicht leicht, ernster zu werden. »Und heute sind wir selbst Mütter. Verdammt! Wo ist die Zeit hin? Aber zurück zu meinem Therapieerfolg. Tadaaa. Ich bin seit einer Woche 'notizblocktrocken'. Und ich schreibe mir nichts mehr auf, ich habe einen Termin sogar tatsächlich vergessen!«

»Verdammt noch mal! Du lebst risikoreich!« Mimmi lachte, doch sie wusste, wie groß der Schritt für ihre Freundin war, endlich aus den Zwängen auszubrechen. »Und? Wie ist es?«

»Es ist ungewohnt, sich zu erlauben, mal etwas zu vergessen.« Anna grinste wieder. »Und es passiert mir hin und wieder tatsächlich auch. Aber mittlerweile nehme ich es gelassen hin. Seit ich meine Zwänge selbst besiegt habe, bilde ich mir ein, dass es allen um mich herum gleich besser geht. Selbst meinem Vater.«

»Und? Ist es so?«

»Immerhin werden seine Tage, an denen er klar denken kann, nicht weniger. Ich denke, es ist ein Erfolg. Verdanken wir einer neuen Studie, in der er teilnimmt. Ich hätte niemals geglaubt, wie stark uns unsere Erinnerungen formen, und wie hart es ist, sie mal zu verlieren«, bestätigte Anna. »Kaum zu glauben, dass der damalige Robert mir fast eingeredet hätte, ich wäre in der Kindheit von meinem Vater missbraucht worden, um mich von ihm zu entfernen. Selbst über dich kamen hin und wieder Spitzen. Nur ich nahm sie damals nicht so wahr. Tut mir leid, wenn ich immer wieder mit dem leidigen Thema anfange.«

»Und Graham, den 'nur so einen guten Freund' wollte er sogar ganz vertreiben«, sagte Mimmi spitzbübisch und betonte den 'guten Freund' besonders.

»Oh, warte, du!« Anna sah ihre Freundin ganz fies an. »Ich werde zur Strafe deine ...« Dann rief sie so laut, dass ihre Kinder es hören konnten: »KINDER AUFESSEN!«

Lautes Kreischen war zu hören, als Anna zum Turm lief, wo sie ihr Patenkind erwartete. Ihr Baby schlummerte währenddessen im Kinderwagen.

»Hilfe, Tante Anna kommt!« Das Kreischen erreichte nun auch Mimmis Ohren.

Du wirst bald die wunderbarste Lehrerin sein, die ich kenne, dachte sie gerührt und schaute zum Kinderwagen, in dem ihr Patenkind lag. *Und ich werde mich um deine kleine Kämpferin kümmern, bis dich Graham oder ein anderer Kerl, der dir guttut, von seiner Liebe zu dir überzeugt hat.*

Gerührt dachte sie daran, wie mühsam, aber doch geduldig, Anna Schritt für Schritt die Scherben ihres Lebens mühevoll zu einem neuen Ganzen zusammenfügte. Zu einem wundervollen Ganzen.

Und sie war stolz auf sie.

Liebe/-r Leser/-in,

Die hier dargestellten Personen entspringen voll und ganz meiner eigenen Fantasie. Ebenfalls deren Beziehungen und sämtliche dargestellten Sachverhalte. Die Grundideen basieren jedoch auf wahren, wenn auch verfremdeten Gegebenheiten.

Ihre Rezension dieses Buches würde mir sehr helfen, weitere Leser zu erreichen. Auch, wenn ich mich nicht explizit bedanke, so kommt jede einzelne davon bei mir an.

Vielen Dank dafür,
Ihre May Brooke Aweley

Drei Fragen an May B. Aweley

In meinem ersten Buch mit dem Titel **»Puppenbraut«** *entstand eine Idee, mit meinen Lesern bei einem imaginären Gläschen Wein über die Arbeit zu plaudern. Gerade habe ich mein Manuskript beendet und wollte mich der Beantwortung der mir häufig gestellten Fragen widmen. Doch diesmal wird es eine Kurzgeschichte sein, die ich eigentlich zu Ehren der Frankfurter Buchmesse geschrieben habe, als mich mein Ehemann bat, mehr über Andrew Bradley zu erfahren. Es war also quasi die Geburtsstunde des Narzissten ohne Gewissen, die ich Ihnen, liebe Leser, nicht vorenthalten möchte. Sie ist als eine kostenfreie Version unter dem Namen* »Schmetterlingsatem« *erschienen.*

Viel Vergnügen beim Lesen.

Schmetterlingsatem

> **»Das Böse ist
> unspektakulär und stets menschlich,
> es teilt unser Bett
> und sitzt mit uns am Tisch.«**
> *[W.H. Auden]*

Unser Leben ist ein kompliziertes Gebilde aus Einzelentscheidungen, die uns durch bestimmte Konsequenzen dahin bringen, wo wir uns jetzt befinden. Auch wenn wir es nicht glauben wollen, ist dieses scheinbar chaotische System determiniert.

Was so viel bedeutet, dass mit jeder von uns getroffenen Entscheidung weitere Möglichkeiten entfallen. Es sind Grenzen, die uns vom Universum aufgezeigt werden.

Als ich mich in meiner Kindheit entschlossen hatte, mit den Jungs draußen im Matsch zu balgen, mir blaue Flecken und etliche Verstauchungen auf einem Spielplatz zu holen, verschloss sich für mich die Tür, eines Tages im Ballett zu tanzen. Und das war bisher in Ordnung so!

Meine damalige Entscheidung, meine Mutter von Zeit zu Zeit mit Schürfwunden zur Verzweiflung zu bringen, fiel nach einer einzigen Frage von Franz, dem bestaussehenden Rabauken der dritten Klasse, die er an mich gerichtet hatte: »Wollen wir raus und uns hauen?« Nun, was soll ich sagen? Ich war sofort dabei.

Heute erforschen Wissenschaftler solche Effekte, die unser Leben in bestimmte Bahnen lenken und bezeichnen es drollig-salopp als den 'Schmetterlingseffekt'. Sie zeigen auf eine komplizierte Weise auf, dass ein einzelnes, kleines Wesen - in meinem Fall kein Schmetterling, sondern eben jener Franz - die Welt, wie sie einst war, aus den Fugen heben kann.

Und es stimmt!

Franz brachte den Immer-dagegen-Sturkopf in mir dazu, meinen Lebensweg anders als er zu gehen. Ich lernte mit Worten, nicht mit der Faust, meine eigenen Probleme zu lösen. Ich wurde Schriftstellerin und verpacke heute meine Ängste, Hoffnungen und Fantasien als May Brooke Aweley in meine Geschichten voller Spannung.

Nun hat aber die Sache mit dem Schmetterling einen Haken, der das Leben noch chaotischer als sonst macht. In Deutschland gibt es sogar Arten dieser anmutigen Kreatur, die überwintern können. Doch im Grunde beträgt das durchschnittliche Alter eines dieser Tiere etwa zwölf Monate, was nicht nur bedeutet, dass sie unsere Welt erst nach ihrem Ableben verändern. Es bedeutet ebenso, dass wir bei der großen Anzahl von Schmetterlingen nicht voraussagen können, in welche Richtung sich diese nachhaltige Veränderung entwickeln wird.

In diesem Sinne sitze ich vor meiner Handtasche, die ich gerade bei der Suche nach einem geeigneten Kopfschmerzmittel ausgeräumt habe. Doch meine gesamte Aufmerksamkeit gilt einem Stück Silber - einer gerade gefundenen Münze, die ich zwischen meinen Fingern halte. Sie ist mir aus der Tasche gefallen.

Das runde Stück Metall jagt mir Angst ein.

Warum ist sie so interessant?

Nun, es ist eine American Eagle, eine der beliebtesten amerikanischen Anlegermünzen weltweit. Mit der Prägung einer Göttin, zu deren Füßen seitlich die Sonne aufgeht. Auf der Gegenseite befindet sich ein Weißkopfseeadler. Und obwohl sie auf dem Markt nicht viel mehr als etwa zwanzig Euro wert ist, bedeutet sie mir vielleicht alles, was mich ausmacht: mein Leben.

Diese Münze zeugt nicht nur davon, dass ich neben einem der gerissensten Serienmörder gesessen habe. Die Botschaft, die mir jetzt mit diesem Stück Silber übermittelt wurde, lautet, dass ein Mörder eine Witterung aufgenommen hat.

Dazu hat er mich erwählt!

Und dass ich sein Gesicht kenne, ohne es geahnt zu haben, als er mir vor einigen Tagen in New York näher kam. Viel zu nah. ... dass ich seinen Atem spüren konnte.

»2017« lese ich auf der Rückseite. Ich kenne die Bedeutung dieser Zahl. Genau dieses Datum hat mein Mörder für mein Todesjahr gewählt. Und nun liegt die Entscheidung bei mir, mich dem Schicksal zu beugen - oder zu kämpfen.

Es begann so sanft wie der Flügelschlag eines Schmetterlings.

Kapitel 1

Acht Tage zuvor in Berlin ...
Donnerstag, 25.05.2017

Nur mühsam kämpft sich die Sonne durch die Wolkendecke. Laut Wetterbericht wird es heute sonniger als die Tage zuvor, wobei ich in keiner Weise über das Lieblingsthema der Menschheit klagen kann.

Es ist warm. Das reicht!

Das Wetter spielt seit den Wochen nach der Leipziger Buchmesse ohnehin eine untergeordnete Rolle, weil ich es einfach ignoriere. Stattdessen verbringe ich jede freie Minute in meinem Arbeitszimmer am großzügig geschnittenen Schreibtisch, auf dem sich stapelweise beschriftete Notizbücher tummeln. Doch es ist die Mühe wert, vorzuarbeiten, damit meine Lektorin das Manuskript durcharbeiten kann, während ich bald durch die Gänge des FBI laufen werde.

Als Ehrengast versteht sich.

Die Einladung vom New Yorker Büro bekam ich noch während der Leipziger Buchmesse und freute mich darüber so lautstark, dass es mir mein Mann beinahe übel nahm, als er sie mir am Telefon vorlas.

Ich, May B. Aweley, bin zum ersten Mal in meinem dreiundvierzigjährigen Leben eingeladen, an einer Besichtigung der FBI-Räume mit einem anschließenden Dinner teilzunehmen. Der Kurzurlaub wurde sogar auf acht Tage ausgedehnt, in denen ich all die Plätze besichtigen werde, die zu einem großen Teil meiner Bücher geworden sind.

WOW! Es ist ein Traum. Mein großer Traum.

Mann, Kinder, Katzen ... Sie alle bleiben wohlbehütet zu Hause. Was so viel bedeutet, dass ich mich weder ums Mittagessen noch um Blasen an den Füßen meiner Kinder kümmern muss, sollten die Ausflüge doch etwas ausgedehnter werden.

Großartig.

Ein kleiner Anruf bei der Arbeit meines Mannes und die Beteuerung, dass ich selbstverständlich in der Großstadt auf mich aufpassen werde. Dann ein weiterer an meine Mutter, der ich das Gleiche versprechen muss und sie daraufhin bitte, den Kindern einen Kuss von mir zu geben, wenn sie nachher von der Schule zur Oma kommen. Während ich die Telefonate führe, schmiegt sich eine meiner Tigerkatzen um meine Beine. Lou-Lou weiß, dass ihr Frauchen diese simple Geste versteht.

Und in der Tat – sie bekommt etwas laktosefreie Milch, ihre Lieblingsleckerei, die ihre dauerbeleidigte Schwester Phoebe keinesfalls dazu bewegt, mich gebührend zu verabschieden. Das Tier hat wohl die Bedeutung des prallgefüllten Koffers richtig verstanden:

Frauchen. Fährt. Weg.

Egal, dann eben ohne Katzenstreicheleinheit. Verunsichert überlege ich noch, was ich alles vergessen haben könnte, doch es fällt mir nichts ein.

Noch nicht, sicherlich aber später.

So, wie ich mich kenne, wird es mir garantiert im Flieger einfallen, wenn es längst zu spät ist, umzukehren. Daher kontrolliere ich zum gefühlt hundertsten Mal meinen Pass und meine Geldbörse. Denn nur diese beiden kann ich nicht käuflich erwerben. Alles andere schon.

Noch ein Schluck Kaffee, eine kurze Kontrolle, ob mein E-Book-Reader sich wie gewohnt in der Tasche befindet. Sicher, dass bisher alles in Ordnung ist, bestelle ich endlich ein Taxi, das mich zum Flughafen Berlin Tegel bringen wird.

New York, ich komme!

Kapitel 2

Zwei Tage später in New York,
Samstag, 27.05.2017

Es klingelt erneut an der Tür zu meinem kleinen Apartment.

»Verpisst euch, ihr Bastarde!«, schreie ich mit meiner heiseren, männlichen Stimme, auf die die dämlichen Weiber so abfahren, und drehe meinen Kopf zur Couch, als würde es helfen, die starke Nachmittagssonne zu ignorieren.

Es hilft nichts.

Es klingelt wieder. Dabei habe ich mich so gefreut, allein zu sein.

Mühsam rolle ich mich von der Couch hinunter und richte mich langsam auf, ohne die geringste Lust zu verspüren, Menschen zu sehen. Es klingelt erneut, was meine Wut steigert. Der stechende Schmerz in meinem Schädel erinnert mich immer wieder daran, dass ich eigentlich kein Bier vertrage. Oder zumindest nicht in diesen Mengen.

»Was?«, brülle ich und öffne die Tür. Vor mir steht ein FedEx-Lieferant. Verdutzt oder ängstlich schaut er mich an. Irgendetwas davon. 'Ist mir doch egal! Ich muss abscheulich aussehen und widerlich nach Kneipenbesuch stinken. Ist mir doch fuckegal!

»Ich dachte langsam, dass doch keiner zu Hause ist«, sagt der mir nichtsagende Mann entnervt. »Ich habe ein Paket für Andrew Bradly.«

»Der bin ich«, antworte ich noch weniger freundlich, während ich das Paket entgegennehme. Der Versuchung, ihm zu sagen, dass er keinen Lärm verursachen muss, wenn er denkt, keiner sei zu Hause, widerstehe ich. Ein Blick auf seine Gelenke und ich weiß, an welcher Stelle ich schneiden muss, damit er wie ein Fisch zappelt, bevor sein Blick langsam trübe wird.

»Wo soll ich ...?«, frage ich stattdessen - für meine Möglichkeiten sogar recht freundlich. Immerhin hat er eine wertvolle Sendung bei sich.

Der junge Mann reicht mir einen dieser elektrischen Pen-Tablets, auf dem ich ein Kürzel hinterlasse. Eines von vielen. Denn es macht mir Spaß, neue Formen zu erfinden, um meine Existenz zu vertuschen. Manchmal frage ich mich, ob das überhaupt von einem überprüft wird.

Egal. Der Lieferant täuscht nicht mal ein Lächeln vor, und im gleichen Augenblick schlage ich die Tür zu, ohne abzuwarten, dass er von der Bildfläche vollständig verschwindet. Vermutlich hat er bereits gewusst, dass es kein Trinkgeld geben würde ... Wie dem auch sei.

Den Karton brauche ich erst gar nicht aufzureißen, um zu sehen, was drin versteckt ist. Es ist eine 2017er American Eagle, eine gar nicht so seltene Anlegermünze, die mir einer meiner vertrauenswürdigen Dealer besorgt hat. Illegal, versteht sich! Irgendwie muss ich mir die Bullen vom Leib halten, wenn ich meinen Job richtig machen will. Meine Ladys bekommen jede eine eigene Silbermünze. Soll keiner sagen, ich wäre beim Markieren zu geizig!

Es macht mich geil, wie sie mich mit ihren treudoofen Augen angucken und denken, sie hätten mit mir den Fang ihres Lebens gemacht. Alles wegen eines Paars feiner Hosen, eines lahmen Tricks und vorgetäuschter Freundlichkeit. Wie einfach die Bitches doch zu täuschen sind! Und ehe sie sich umsehen, haben sie bereits die Münze in der Tasche.

MEINS!, heißt es dann.

Für jede.

Zu gern würde ich sehen, wie den Superagenten vom FBI die Köpfe rauchen, wenn sie überlegen, warum der Ladykiller die Münzen in den Taschen seiner Opfer versenkt.

Sie diskutieren darüber ganz sicher, belegen es mit statistisch untermauerten Fakten. Und das, obwohl die Antwort so viel einfacher ist, als sie denken. 'Weil ich es kann und weil euch das wuschig macht, mein 'Geheimnis' zu entdecken ... ihr Hohlbirnen!'.

Naja ... Und weil es mich wirklich geil macht, zu wissen, dass die Ladys nicht ahnen, dass sie gerade quasi angepinkelt wurden. MEINS! Diese dummen Bitches!

In letzter Zeit ist es so verdammt einfach mit denen. Herrgott! Erst gucken sie so blöd, als wäre ich ihre letzte Chance, einen Kerl abzukriegen. Bei manchen brauche ich nicht mal lange, sie zu überzeugen, mit mir zu gehen. Warum sind die so doof, fuck?

Dabei mag ich es lieber, wenn ich denen nachjagen kann. Wenn sich die aufgestellte Falle so ganz langsam, fast unmerklich schließt. Oh Mann, erst dann kann ich es erst so richtig genießen!

Kann ich mich eigentlich geschmeichelt fühlen, dass man das gesamte FBI auf mich angesetzt hat? Oder sind das nur Hohlbirnen? Von meiner großen Intelligenz sollen sie ruhig partizipieren. Falls sie überhaupt wissen, was dieses befuckte Wort überhaupt bedeutet.

Langsam bekomme ich Angst, dass die Bullen zu blöd sind, all meinen Hinweisen zu folgen, die ich hinterlegt habe. Verdammt. Ich wette, selbst wenn ich vor ihren Augen eine von deren Bitches abmurksen würde, würden sie es nicht merken. Wie diese dämliche Molly Hunt-Bitch.

Egal wie schlau die tun ... Wenn sie wüssten, wie aufregend es ist, zu sehen, wie sie mit den Augen flattern, wenn meine Finger die Luftzufuhr abschnüren, würden sie es auch probieren. Aber garantiert, die Pisser! Jede Wette, dass jeder unserer Superbullen es mir gleichtun würde, wenn er könnte!

Diesmal brauche ich eine richtige Herausforderung. Vielleicht verbinde ich es mit einem kleinen Urlaub? New York ist voll mit diesen naiven Touristen. Die Ladys aus der Schweiz sind sogar besonders hübsch und warten sicher auf einen wie mich. Na, mal sehen, was so kommt ...

Vom Nervenkitzel gepackt gehe ich in die Küche, um mir einen starken Kaffee zu machen. Was hat mich bloß gestern dazu getrieben, so viel Bier zu saufen, damn? Hätte ich es nicht getan, wäre das hübsche Mädel in der Kneipe jetzt eine von meinen Ladys. Sie war mehr als willig und diesmal sehr jung! Ein Jammer! Aber richtig besoffen mache ich mich nicht an die Arbeit. Ich bin ja nicht bescheuert. Damit mich noch der dümmste NYPD-Bulle erwischen kann?

Als ich gereizt feststelle, dass der Kaffee alle ist, steigt die rasende Wut in mir noch mehr auf. Innerlich spüre ich den Drang zu töten. Und es wird immer stärker. Nun muss ich auch noch raus. Der fucking Kühlschrank ist leer. Damn!

Ich brauche dringend Urlaub!, überlege ich beim Hochziehen der Jeans. Urlaub und eine gottverdammte, willige aber schlauere Bitch!

Beim Hinausgehen beschließe ich, dass ich mir heute wieder eine suchen werde. Diesmal wird es eine richtige Jagd mit viel Vorfreude!

Rehauge, dich werde ich heute kriegen!, verspreche ich meiner Unbekannten und packe die Münze von Anna in meine Hosentasche.

Kapitel 3

Noch berauscht von den Eindrücken der Stadt New York, die selbst den Weg in meine Träume gefunden haben, wache ich ohne Wecker auf. Mein Hotel, Hilton Garden Inn, befindet sich so nah am Times Square, dass ich mir einbilde, den Duft des Broadway in meinem kleinen Hotelzimmer wahrzunehmen.

Ich bin wieder da!, denke ich, und diese Erkenntnis versetzt mich in eine so euphorisierende Stimmung, dass ich ebenfalls keine Uhr brauche, um pünktlich und frisch geduscht am Tisch im nahe gelegenen Restaurant mit dem Namen Pigalle zu sitzen. Ich werde gleich von dem gutaussehenden, frisch beförderten Supervisory Special Agent Scott Goodwin abgeholt, der mich seinen Kollegen vorstellen wird. Schon allein der Titel klingt sexy. Yuppie! Ich wurde allerdings bereits vorgewarnt, dass Samstag keinesfalls ein Ruhetag bei der BAU ist, der Verhaltensanalyseeinheit des FBI. Dennoch werden sie sich Zeit für mich nehmen, um mir ihre Arbeit zu zeigen. Das passiert nicht meinen Kollegen nicht!

Die Aufregung verträgt sich in meinem Fall nicht allzu gut mit dem Hungergefühl, also gebe ich mich mit einem kleinen Croissant mit Himbeermarmelade und einem Kaffee Creme zufrieden.

Es kommt, wie es kommen muss ... Im gleichen Augenblick, als ich den letzten Happen in den Mund stecke, spüre ich eine Berührung an der Schulter. Ich schrecke wie vom Blitz getroffen auf.

»May? May B. Aweley?«, höre ich einen Mann sagen und verschlucke mich noch dazu. Peinlicherweise. Während ich huste, was die Situation noch unerträglicher für mich macht, versuche ich zu nicken. Das Kennenlernen läuft nicht gerade so ab, wie ich es mir in meiner Fantasie zuvor ausgemalt habe. Nicht mal zur Hälfte so.

»Es tut mir so leid. Habe ich dich erschreckt?«, fragt Scott besorgt und setzt sich mir gegenüber. Nach einer Weile grinst er.

»Alles gut«, stammele ich und versuche den Hustenreiz möglichst zu unterdrücken. »Ich weiß, für eine Thrillerautorin bin ich ganz schön schreckhaft, oder?«Es ist zumindest ein Versuch, dem Mann etwas Humor zu zeigen, über den ich bereits fünf Bücher geschrieben habe, weil mich seine Arbeit so fasziniert. Und nicht nur die Arbeit.

Zu meinem Bedauern sieht er in Natura noch viel toller aus, als es in meiner Fantasie der Fall ist. Dass er einen sehr angenehmen Duft aufgetragen hat, macht die Begegnung nicht leichter.

Bei Männern, die gut aussehen, werde ich für gewöhnlich so unsicher, dass ich mich manchmal frage, wie es mit Aaron und mir überhaupt funktionieren konnte. Vielleicht, weil ich damals deutlich unreifer, unbeschwerter gewesen bin?

»Für mich eine Tasse Kaffee, bitte«, sagt Scott lächelnd, und ich registriere plötzlich, dass eine Kellnerin neben mir auf eine Bestellung wartet. Verdammt, warum hörte ich sie nicht kommen?

»Ich nehme Wasser«, ordere ich, diesmal nur gelegentlich hustend.

Als wir etwa eine halbe Stunde später das Restaurant verlassen, fühle ich mich wesentlich wohler. Scott schafft es, mir ein recht vertrautes Gefühl zu vermitteln. Während er lacht, sehe ich seine im Dreitagebart versteckten Grübchen, was der Männlichkeit des Endvierzigers etwas Verspieltes, Jungenhaftes verleiht. Und obwohl ich heute meine hohen Pumps angezogen habe, komme ich nicht annähernd an seine Körpergröße heran, die ich auf etwa zwei Meter schätze.

Nun verstehe ich besser, was sowohl Angel als auch - wenn auch nur heimlich - Estrella an diesem Mann toll finden. Es muss für beide Ermittlerinnen ein komisches Gefühl sein, sich mit ihm jeden Tag die Büroräume auf der Federal Plaza zu teilen.

Jeder auf ihre Art: Estrella, weil sie der Jugendbeziehung nachtrauert, ohne es zugeben zu wollen. Angel, weil sie ihre Beziehung zu ihrem Vorgesetzten immer noch geheim hält. Nur ich bin ein stummer Zeuge.

»Mein Auto habe ich gleich um die Ecke geparkt«, sagt Scott lächelnd, und ich bin dankbar dafür, dass ich ihm in dieser Laufgeschwindigkeit nicht direkt nach Manhattan folgen muss. Schon erst recht deshalb, weil ich kein Ersatz-T-Shirt in meiner Tasche habe.

Etwa eine halbe Stunde später kommen wir am Empfang an der Federal Plaza an. Diesmal bin ich angesichts der fest im Boden verankerten Metalldetektoren dankbar, dass mich der Chef in die BAU begleitet. Somit können wir der unangenehmen, wenn auch begrüßenswerten Durchsuchungsroutine entgehen.

Diese seltsamen Säulen, die auch an Flughäfen angebracht werden, rufen bei mir immer ein Gefühl von Beklommenheit hervor - als hätte man mich bei etwas Unrechtem ertappt. Fast automatisch überlege ich dann, was einen peinlichen Alarm auslösen könnte. Und die daraus resultierende Gestik führt für gewöhnlich dazu, dass ich gleich als verdächtig eingestuft werde und wiederum auffällig oft manuell abgesucht werde. Auf die lästige Prozedur zu verzichten, weil ich in Anwesenheit von Scott das Gebäude betrete, ist einfach ein beruhigendes Gefühl.

Dennoch steigt ein seltsames Gefühl in mir auf, als sich die Tür des Fahrstuhls zum 20. Stockwerk öffnet. Auch wenn ich immer ganz genau erzählt bekomme, wie es in meinem BAU-Team zugeht, so ist es doch etwas anderes, diesen Menschen persönlich zu begegnen. Vielleicht mögen sie nicht, was ich über sie schreibe? Oder sie finden mich unsympathisch? Oder noch schlimmer ... Vielleicht finde ich sie so anders als in meiner Fantasie, dass ich kein einziges Buch mehr über sie schreiben möchte? Dass sich etwas in mir bei dem Gedanken an die Wirklichkeit versperrt und mich nicht schreiben lässt?

Doch genau in diesem Augenblick, als meine Zweifel wieder die Überhand nehmen wollen, kommt uns Angel entgegen. Sie ist viel hübscher, als ich sie in meinen Büchern beschrieben habe - mit ihrem schicken Haarschnitt, der mich an die Schauspielerin Charlize Theron im Film Æon Flux erinnert. Wenn ich sie nicht kennen und ihr auf der Straße begegnen würde, hätte ich sie in die

Schublade: eingebildet und nicht ansprechbar gepackt. Doch dem ist gar nicht so. Ich spüre, dass sie genau dieser Mensch ist, den ich immer als offenherzig beschreibe. Auch ohne dass sie mehr als: »Hallo May. Ich bin Angel. Willkommen in New York« gesagt hat.

Aber in solchen Situationen besitze ich so etwas wie ein absolut sicheres Bauchgefühl bei Menschen, was vermutlich auf meine Schriftstellerei zurückzuführen ist ... Ich kann mich in Menschen sehr gut hineinversetzen.

»Hallo, Angel.« Lächelnd reiche ich ihr meine Hand zur Begrüßung, die sie sogleich ergreift. Das Gefühl der Unsicherheit in meinem Inneren verfliegt zunehmend, während ich neben den beiden stehe. Meine Protagonisten! Ich kann es kaum fassen.

»Komm, ich stelle dir den Rest des Teams vor, während Scott sich ansieht, was ich ihm an neuen Informationen zum aktuellen Fall auf den Tisch gelegt habe«, sagt Angel freundlich, und ich folge ihr in das berühmte Großraumbüro.

»Wir sind eigentlich wie eine große Familie«, fährt sie fort, »Josh McMelma ist genauso, wie du ihn immer beschreibst - unser IT-Spezialist und ein wirklich toller, junger Papa. Wie auch Bryan Goseburn, unser Individualpsychologe und ein recht ruhiger Kollege. Seine Kinder sind allerdings, wie du weißt, deutlich größer. Du hast die beiden in deinen Büchern extrem gut getroffen. Wir sind immer wieder begeistert, wie gut du uns kennst, ohne dass wir uns jemals begegnet sind.«

»Das freut mich«, sage ich ehrlich erleichtert, dass meine Bücher so gut ankommen. »Denn ich liebe euren Job. Allerdings, an meinem sauberen, blutfreien Schreibtisch fühle ich mich irgendwie sicherer.« Das Lachen können wir beide nicht mehr unterdrücken. Scott entfernt sich währenddessen.

»Zum Team gehören natürlich noch Estrella Fernández und Michelle Bellamy, aber das weißt du ja besser als ich, nicht wahr?«

»Jap ...« Langsam bekomme ich vom Dauergrinsen dieses seltsame Ziehen der Kaumuskulatur. Aber wenn ich mir einer Sache sicher bin, dann der, dass ich mich in Angels Nähe gut fühle.

Und das, obwohl sie fünf Jahre jünger als ich ist. Aber vielleicht verschwinden Altersunterschiede gänzlich, wenn man wie ich mitten in den Vierzigern steckt?

Als wir das Großraumbüro betreten, herrscht darin vollkommene Stille, die lediglich durch das Summen der eingeschalteten PCs unterbrochen wird. Sofort weiß ich, warum das so ist.

»Ein neuer Fall, oder?«, Diese Frage ist eher rhetorisch, weil ich die Antwort längst kenne.

»Ja.« Angels Gesichtszüge werden sogleich ernster. »Wir haben einen neuen Fall, der diesmal recht brutal ist. Eine Frau, die brutal zusammengetreten wurde. Wenn du möchtest, darfst du bei der Besprechung des Falls dabei sein. Vielleicht ist es spannender für dich als ein Raum voller Computer? Denn wie man am PC arbeitet, weißt du besser als ich, oder?«

»Das ist wohl wahr«, antworte ich begeistert, diese einmalige Chance zu bekommen. Es ist meine erste Fallbesprechung. Vielleicht wird es sogar keine weiteren geben? Wenn ich das zu Hause meinem Mann erzähle, wird er staunen. Welcher Autor darf schon direkt an der Lösung eines Falls mitarbeiten? »Natürlich, wenn es euch nichts ausmacht?«, sage ich dazu.

»Dann lass uns in den Besprechungsraum gehen, wo die anderen bestimmt schon sitzen«, sagt sie recht sachlich, und ich folge ihr sofort.

Habe ich diese Frau gerade erst kennengelernt?, überlege ich. Oder kennen wir uns Ewigkeiten? So kommt es mir vor. 'Der berühmte Besprechungsraum der BAU', wiederhole ich in Gedanken, bevor Angel eine weiße Tür öffnet.

»Darf ich vorstellen?«, wendet sie sich an die Anwesenden im Raum und fährt fort: »Das ist unsere Autorin, May B. Aweley.« Stillschweigendes Nicken lässt mich erahnen, dass mein Name bereits jedem von ihnen ein Begriff ist. Diese Erkenntnis erfüllt mich mit Stolz. Und ein bisschen mit Unsicherheit, weil ich nicht weiß, ob sie sich in meinen Geschichten wiederfinden können.

»Das ist Josh ...« Angel zeigt auf einen attraktiven jungen Mann, dessen starke Augenringe von schlaflosen Nächten zeugen. Noch bevor er aufsteht, um mir die Hand zu reichen, spüre ich das enge Band, das ihn mit Angel verbindet. Wäre ich ein Teil dieses großartigen Teams, würde ich mich mit beiden sehr gut verstehen. Darum liegen sie mir wahrscheinlich besonders am Herzen, wenn ich über sie schreibe.

»Bryan ...« Angel zeigt auf einen älteren Herrn, der recht mürrisch dreinschaut. Obwohl ich weiß, dass es seine Art ist, betrachte ich ihn recht reserviert. Sein Händedruck ist deutlich fester als der von Josh. Im Inneren fühle ich einen gewissen Respekt für diesen erfahrenen Psychologen.

»Scott kennst du schon. Und die hübsche Latina zu meiner Linken ist Estrella«, setzt Angel fort. Dann wird sie etwas ernster. »Es tut mir leid für meinen Fauxpas. Ich hätte euch beide zuerst vorstellen sollen.«

»Kein Problem.« Estrellas makellosen, weißen Zähne lassen mich neidisch werden. Ihr Händedruck ist ebenfalls fest, doch die Hände kalt. Dieses Problem kenne ich sehr gut, geht es mir durch den Kopf, und ich versuche, nicht an die Herbstabende zu denken, an denen ich meine Hände mit heißem Kaffee auf Betriebstemperatur zu bringen versuche. Eine meist mühselige Arbeit.

»Ich danke euch für die Einladung«, stammele ich gerührt. »Zu schreiben ist wunderbar. Wirklich, ich liebe es! Doch es ist bei weitem nicht so schön, wie euch gegenüber zu treten.«

Angenehme Stille.

»May ...« Scott ergreift wieder das Wort, »eine kleine Überraschung hätten wir doch noch für dich. Erinnerst du dich an den letzten Fall? Mit dem religiösen Fanatiker? Da gab es doch diese Donuts mit unterschiedlichen Toppings? Die, über die sich dein Lektor so lustig gemacht hat?«

»Oh ja, ich erinnere mich leider sehr gut. Mir lief das Wasser im Mund zusammen, als ich darüber schrieb«, erwidere ich feixend. »Und genau an dem Tag wollte ich standhaft sein, was Süßes betrifft. Naja, man lernt aus Fehlern. Seit diesem Tag kaufe ich keine Schokolade mehr auf Vorrat.«

Ein Klopfen ist zu hören.

»Herein«, bittet Scott. Die Tür öffnet sich, und ein riesiger Teller voller Donuts erscheint darin. Gefolgt von dem guten Geist des Teams, Dr. Michelle Bellamy. »Hallo, May«, begrüßt sie mich, nachdem Scott ihr die süße Lieferung abgenommen hat. »Schön, dass wir uns endlich sehen.« Auch sie benutzt das vertraute 'Du' und umarmt mich so herzlich, dass mir Tränen in die Augen steigen. Mit solch familiärer Gastfreundlichkeit hätte ich niemals gerechnet. Es rührt mich bis ins Mark.

Das ist mein Team, denke ich stolz und dankbar zugleich.

»Eigentlich war ich heute mit den Enkelkindern zum Zoobesuch verabredet«, das Gesicht von Michelle nimmt einen warmen Ausdruck an, »doch als Scott sagte, du würdest uns besuchen, konnte ich nicht anders.«

»Bitte, nehmt alle Platz«, fordert uns Scott plötzlich auf. »Auch wenn wir einen Ehrengast im Haus haben, so bleiben wir nicht von dem allerneusten Fall verschont. May, vielleicht wäre das eine neue Geschichte für dich?«

»Hey, warum nicht?«, sage ich und verstecke meine Aufregung hinter einer scheinbar ausdruckslosen Miene. Zu emotional soll mein Auftritt hier nicht sein. Nicht, dass sie sofort sehen, wie impulsiv ich eigentlich bin. Es wird das erste Mal sein, dass ich, May Brooke Aweley, bei einem 'richtigen Fall' direkt dabei sein kann. Einem Serienkiller zumindest auf Bildern nahekommen kann ... oder besser gesagt: seinem 'Werk'.

»Okay«, erwidert Scott, während sich die anderen noch den einen oder anderen Donut in den Mund schieben. Die Jalousien werden automatisch heruntergefahren und der Beamer für die von Angel vorbereiteten Fallbilder und andere Informationen eingeschaltet.

Persönlich kann ich keinen der äußerst leckeren Donuts essen. Egal wie lecker sie aussehen. 'Bin einfach viel zu aufgeregt.

»Amy Edwards, Susanne Jameson ...«, beginnt Scott seine Aufzählung, während sich Bilder von ermordeten Frauen auf der Projektionswand abwechseln.

Zehn Namen, zehn Frauen, die so brutal zugerichtet wurden, dass ich plötzlich die Entscheidung noch weniger bereue, keine Süßigkeit gegessen zu haben.

»Unser Täter ...«, übernimmt Angel, und ich bewundere sie dafür, wie schnell sie von freundschaftlich zu beruflich-trocken wechseln kann. Als könnte sie einen Schalter umlegen. Nun sind wir wieder alle konzentriert. Selbst ich mache mir einige Notizen. Wahrscheinlich, um dem Anblick von widerwärtigen Bildern zu entkommen, ohne es vor mir und den anderen zugeben zu müssen. » ... wählt Frauen um die vierzig. Allersamt sind sie verheiratet und im sozialen Gefüge sehr engagiert gewesen, was ein eher niedriges Opferrisiko darstellt ...«

Ab dieser Stelle folge ich Angels Ausführungen kaum. Denn es ist so, als ... als würde ich - rein optisch - in einen Spiegel schauen, wenn ich die Bilder der Frauen zu deren Lebzeiten betrachte. Manchmal blond, doch eher hellbraun, verheiratet, Kinder ... Leicht korpulent ... Mit einem Lebensstil, der meinem so ähnelt, dass es fast weh tut. Selbstbewusste Mütter.

Was wäre, wenn mir etwas zustoßen würde? Wie würde meine Familie dies verkraften? Es muss doch furchtbar sein, eine liebe Person so vorzufinden wie auf den Bildern der Leichenfundorte, die gerade abwechselnd vor meinen Augen wechseln ... Krampfhaft versuche ich die Gedanken 'nur' auf die Tatsachen und nicht auf meine Emotionen zu lenken. Schließlich sollen es reine Fakten sein, über die ich zu Hause in einem meiner Bücher berichten werde.

»Eine Sache, die alle diese Fälle - außer der typischen, den Mord begleitendenden Tätersignatur - miteinander verbindet«, erklärt Scott, »ist eine Münze, die man meist in den Taschen der Opfer findet. Es handelt sich hierbei um die American Eagle.« Die Bilder der bereits beschlagnahmten Münze werden zur gleichen Zeit auf die Wand projiziert. »Auffällig ist, dass der darauf abgebildete Jahrgang und das Sterbejahr der Opfer immer übereinstimmen. Der Täter befindet sich mitten in der Mordserie und lernt schnell dazu.

Wir sind bereits mit Josh dabei, Käufer zu verfolgen. Auch wenn es die sprichwörtliche Nadel im Heuhaufen ist. Denn die Münzen sind sehr begehrt, aber nicht selten. Leider. Was meint ihr, warum macht der Täter das?«

»Vermutlich, um den Frauen Angst einzujagen? Oder um sie zu markieren? Wobei wir dieses Detail nicht nach außen kommuniziert haben«, überlegt Bryan.

»Oder um uns zu verhöhnen? Weil er sich für besser hält?« Angels Argument lässt sich nicht von der Hand weisen.

Abrupt höre ich auf, Notizen zu machen. Ich höre nicht mehr zu, weil meine Gedanken mit Bildern der Opfer überladen sind. Ich meine, es zu verstehen, wie der Täter dies tun kann - dafür habe ich immer sehr lange recherchiert. Alles im Rahmen meiner schriftstellerischen Arbeit.

Doch diesmal denke ich nur an die Opfer. Mütter, Ehefrauen, deren Leben in geordneten Bahnen verlief. Ich bin ein Teil von ihnen.

Ein neues Bild taucht auf. Ich sehe meinen Schmetterling fliegen, und mir wird alles klar. Es fügt sich. Bei all diesen Menschen verändert sich mit einem Mal das gesamte, bisherige Leben - wie durch den Flügelschlag eines einzigen Schmetterlings, der einen Tornado auslöst.

Ein winziger Augenblick verändert alles.

Und plötzlich ist nichts mehr so, wie es war.

Kapitel 4

Noch am gleichen Abend in New York,
Mayahuel,
Samstag, 27.05.2017, 21:30 Uhr

»Es tut mir furchtbar leid, doch wir werden uns etwa eine halbe Stunde verspäten, May. Ist das in Ordnung? Gerade sind noch ein paar wichtige Informationen angekommen ... Aber gleich nach Feierabend sind wir da«, entschuldigt sich Angel am Telefon, in der Annahme, dass ich noch wie verabredet im Hotel auf ihren Anruf warte. Sie ist hörbar verärgert über den Lauf der Dinge. Doch ich zwinge mich, ihr gutes Gefühl zu geben, obwohl ich bereits in der recht vollen Kneipe warte. Ich war mal wieder voreilig.

»Nein, kein Problem«, erwidere ich und hoffe, dass sie die für ein Lokal typische Hintergrundkulisse überhört. Und ich habe tatsächlich Glück! Wahrscheinlich nimmt der neue Fall mit dem New Yorker Serienkiller alle ihre Gedanken in Beschlag. Zumindest stellt sie keine weiteren Fragen. »Bis später«, sage ich freundlich und lege auf.

»Sex on the Beach«, ordere ich meinen Drink, nachdem ich mich an die Bar gesetzt habe. Irgendwie werde ich schon die Zeit überbrücken, bis Angel und Scott endlich in Mayahuel erscheinen, in dem wir uns verabredet haben. Mein Getränk erscheint schneller neben mir als erwartet. Der Duft von zu viel Wodka vermischt mit nicht unbedingt hochwertigen Säften dringt in meine Nase, doch es ist mir gerade egal. Der Cocktail ist tatsächlich deutlich stärker, als ich ihn in Erinnerung hatte. Aber er schmeckt nach Sommer. Zu alledem bin ich verdammt durstig. Fast bereue ich es, kein simples Mineralwasser dazu bestellt zu haben, weil das das Getränk doch recht süß ist.

Mein Telefon meldet sich, und ich sehe auf das Display. Es ist eine WhatsApp-Nachricht mit den Bildern meiner Kinder. Instinktiv grinse ich und erinnere mich daran, wie ich beide bei der Geburt das erste Mal im Arm hielt. Wo ist die Zeit geblieben?, geht es mir durch den Kopf, und ich trinke noch mehr von meinem Cocktail. Es schmeckt zunehmend besser.

Noch ein Bild empfängt mein Handy. Darauf sehe ich meinen Mann. Besser gesagt, seine Lippen, die er offenbar an die Kamera des Handys so angelegt hat, dass es aussieht, als wollte er mich küssen. Das bringt mich dazu, noch mehr zu grinsen und zu vergessen, dass es mir eigentlich unangenehm ist, als Frau allein an der Bar in einer doch so fremden Stadt zu sitzen. Ja, wie fremd Vertrautes sein kann, zeigt sich immer dann, wenn man irgendwo alleine warten muss. Gerührt wünsche ich meinen Liebsten einen guten Morgen und schalte das Handy ab, um die Betriebsdauer des Akkus nicht unnötig zu verkürzen.

Im gleichen Augenblick stellt der Barmann einen zweiten Cocktail neben mich.

»Nein, danke«, sage ich erstaunt.

»Er ist schon bezahlt. Von dem Herrn dort drüben«, bekomme ich zu hören.

Perplex schaue ich in die angedeutete Richtung. Und tatsächlich! Dort sitzt ein Mann und blinzelt mir in eindeutiger Weise zu.

Fast billig, denke ich entrüstet.

»Sagen Sie diesem UNBEKANNTEN ...«, bitte ich den Barmann mit übertriebener Betonung, »... dass ich den Drink gar nicht möchte.«

»Er hat geahnt, dass sie den nicht wollen. Ich soll ihn trotzdem stehenlassen ...«

»Na schön«, erwidere ich. Mein Grinsen ist längst aus dem Gesicht verschwunden. In die Richtung des spendablen Herrn zeige ich einen Daumen nach oben - als Zeichen der erzwungenen Dankbarkeit. Dann drehe ich mich ostentativ um, damit er versteht, dass ich damit keine leeren Versprechungen machen möchte.

Was denken sich solche Kerle bloß? Mechanisch drehe ich an meinem Ehering, als würde dies die Situation ändern können.

Dennoch nippe ich an dem zweiten Cocktail. Wenn er schon so nett vor mir herumsteht, warum nicht?

Doch kaum habe ich einen Schluck gemacht, fühle ich, wie sich eine Hand um meine Taille legt und mir eine lallende männliche Stimme etwas ins Ohr flüstert. »Na, Schätzchen? Du willst mich, oder? Ich werde es dir besorgen ...« Der penetrante Geruch des hochprozentigen Alkohols im Atem des Mannes wirft mich um.

Mit einem Mal fühle ich mich so richtig verloren. Was soll das? Wie komme ich aus dieser Situation heraus?

Alles läuft im Zeitlupentempo ab ...

»Na, Darling?«, höre ich im nächsten Augenblick eine weitere männliche Stimme sagen. »Da bin ich. Es tut mir leid, dass ich mich verspätet habe.«

Die Hand verschwindet von meiner Taille, und ich fühle mich plötzlich unbegreiflich erleichtert.

»Dann verdufte ich, ja?«, lallt der verdutzte Betrunkene, der mir soeben noch ein unmoralisches Angebot machen wollte, und verschwindet in der Menge, als wäre nichts passiert.

Mein Retter setzt sich zugleich neben mich auf einen Hocker. »Es tut mir leid«, entschuldigt er sich. »Doch ich sah, wie der Mann Sie bedrängt hat, und konnte das nicht so geschehen lassen. Darf ich mich dazu setzen?« Die Frage ist offenbar rhetorisch gemeint, denke ich.

»Bitte«, entgegne ich dankbar, dass ich so unerwartet Hilfe bekommen habe. Der Barmann ist auch verschwunden.

Vielleicht will er das Fass wechseln, geht es mir durch den Kopf, während ich mich an meinen das Studium begleitenden Kellnerjob erinnere.

»Aber nur, wenn ich ...« Der Mann scheint recht höflich zu sein. Gut! Höfliche Menschen werden nicht penetrant. Meistens.

»Es ist wirklich in Ordnung«, unterbreche ich ihn und lächle deutlich entspannter.

»Eine Touristin mit einem deutschen Akzent«, bemerkt er und grinst. Sein Gesicht ist gar nicht so markant, wie ich es sonst von Männern gewohnt bin. Er hat etwas Bubenhaftes an sich, das mein Herz erweicht. Ich schätze ihn auf etwa dreißig ein - also zehn oder sogar fünfzehn Jahre jünger als ich. Mit viel Pech hätte ich seine (recht junge) Mutter sein können. Wie niedlich!

»Ja, ich komme aus Berlin und bin nur zu Besuch hier«, antworte ich. Im Eifer der Aufregung trinke ich den zweiten Cocktail hastig aus. Den Wodkageschmack nehme ich dabei gar nicht mehr wahr.

»Oh, Berlin ist eine wirklich schöne Stadt«, grinst er mich an, und seine Augen offenbaren kleine Lachfältchen. »Sie bringen mich auf eine großartige und recht spontane Idee für einen Kurztrip. Können Sie mir da etwas empfehlen? Ähm ... Darling?«

»May Brooke Aweley«, feixe ich und gebe ihm meine Hand. »Offensichtlich sind Sie sowas wie mein Schmetterling heute, junger Mann«, erlaube ich mir einen Scherz zu machen, den er verständlicherweise nicht kapiert.

»Alles gut«, ignoriere ich seinen erstaunten Blick und frage mich gerade, seit wann mich bereits zwei Drinks in solch ausgelassene Stimmung versetzen. Das müssen wohl die Erleichterung und die fehlende Übung zu Hause sein. Vielleicht auch, weil ich kaum etwas gegessen habe ...

»Entschuldigen Sie, dass ich so unhöflich bin. Ich habe mich ja gar nicht vorgestellt: Andrew Bradly«, sagt er und hebt zwei Finger in die Luft, um den Barmann auf sich aufmerksam zu machen. »Nochmal das Gleiche für die Dame, bitte. Ich nehme ein Wasser«, ordert er, und ich frage mich, warum ich nicht verneine. Vielleicht will ich einfach nur den blöden Vorfall im Alkohol ertränken? Angel und Scott werden sowieso bald da sein.

»Also?«, stellt er die Frage.

»Ach, Sie meinen, was man sich am besten angucken sollte? Na, da gibt es verschiedene Dinge - je nachdem, was Sie mögen. Ihre Vorlieben müssen Sie mir schon sagen ...«, sage ich und bemerke recht schnell die Doppeldeutigkeit dieses Satzes. Bin ich bescheuert?, frage ich mich zugleich. »Wenn Sie zum Beispiel gern lesen, dann kann ich Ihnen eine Lesung empfehlen. Genau genommen – meine«, versuche ich die Situation zu retten.

»Eine Lesung?«, fragt er interessiert.

Als Autorin bin es gewohnt, dass meine Arbeit schnell Interesse erweckt. Die Leute stellen sich uns Schriftsteller so wahnsinnig aufregend vor. Aber im Grunde sind wir oft nur stinklangweilige Wesen mit einem abenteuerlichen Fantasieleben. Nicht weniger, aber auch nicht mehr.

»Ja, eine Lesung. Ich schreibe Bücher«, sage ich den Satz, den ich in dieser Konstellation bereits tausendfach gesagt habe. »Es sind Thriller mit FBI-Agenten, Serientätern und viel New York.«

»Das hört sich sehr interessant an«, sagt Andrew begeistert. »Natürlich möchte ich Ihre Lesung besuchen, wenn ich in Berlin bin. Wie aufregend ist das denn?!«

»Das ist kein Problem«, erwidere ich freundlich, ohne mir einen einzigen Gedanken darüber zu machen, dass die Lesung in deutscher, nicht in englischer Sprache stattfinden wird. »Ich gebe Ihnen meine Visitenkarte, dann können Sie sich bei mir melden. Die Handynummer steht drauf«, sage ich und wühle in meiner Tasche nach den Autorenvisitenkarten.

Nach einer Weile finde ich beide Visitenkartenboxen aus Metall aneinander geklebt. Scheinbar bekam eins meiner Kaugummis etwas Wasser ab, hat sich gelöst und ist dazwischengeraten. Zu Hause werde ich meine Tasche ausräumen und nach weiteren 'Unfällen' dieser Art suchen müssen, nehme ich mir fest vor.

Doch in dem Augenblick, als ich die Metallbox öffne, fallen mir die Visitenkarten heraus und verteilen sich auf dem dreckigen Boden des Lokals.

»Scheiße!«, fluche ich auf Deutsch, beuge mich hinunter, nachdem ich die zusammengeklebte Behälter auf die Theke neben meine Handtasche gelegt habe, und versuche noch einige davon zu retten. Doch das ist nicht einfach - angesichts des großen Andrangs im Raum.

Als ich mich aufrichte, ist der Mann wortlos verschwunden. Irritiert werfe ich einen flüchtigen Blick auf mein Portemonnaie, das in der Tasche liegt, und fühle mich beruhigt. Alles ist noch da. Was sollte das?

»Entschuldigung«, rufe ich dem Barmann zu. »Haben Sie den Mann eben gesehen?«

»Ja, er sagte, er müsse schnell los und bezahlte die Getränke mit einem einzigen Schein, den er mir zuwarf«, antwortet der Barmann und wirkt zerstreut. »Wollen Sie das Wechselgeld haben?«

»Wechselgeld? Hä?« Nun bin ich wirklich richtig verwirrt.

»Nun, ich habe schon alles erlebt, aber nicht, dass ein Mann eine Rechnung von etwa fünfzig Dollar mit einem Hunderter bezahlt und mir das Wechselgeld als Trinkgeld überlässt. Seltsam.«

Das ist wirklich seltsam, denke ich und sehe im gleichen Augenblick Angel in der Eingangstür. Wen sie gerade sucht, ist mir bereits klar, daher winke ich. Den Vorfall mit Andrew Bradly schiebe ich in Gedanken gekonnt von mir weg.

Angel nähert sich mit einem schuldbewussten Lächeln der Bar. Scott folgt ihr.

»Sorry für die Verspätung. Ich hoffe, du musstest nicht allzu lange auf uns warten?«, entschuldigt sie sich, während ich durch Kopfschütteln verneine.

Mehr Worte bringe ich nicht heraus.

Kapitel 5

Eine Stunde davor in New York,
Samstag, 27.05.2017

»Du machst, was ich dir sage! Also? Wiederhole mal!«, befehle ich dem Stricher und bereue es, genau diesen Idioten gefragt zu haben, der bereits nach Alkohol stinkt. Aber die Situation muss authentisch bleiben, also brauche ich ihn. Und er sieht noch am brauchbarsten aus, wenn man seine Kollegen von der Straße so sieht.

»Und du willst mich wirklich nicht ficken?«, fragt er sichtlich erstaunt und entblößt seine vom Rauchen vergilbten Zähne.

Als er meinen verärgerten Gesichtsausdruck bemerkt, fängt er sich wieder gerade noch im richtigen Augenblick, kurz bevor er meine Geduld endgültig überstrapaziert: »Du gibst mir in der Bar ein Zeichen, welcher Lady ich einen Drink spendieren soll, und das tue ich dann. Wenn sie beim Trinken ist, dann gehe ich zu ihr hin, umarme sie und flüstere ihr etwas 'Nettes' ins Ohr. Sobald du aufgetaucht bist, verschwinde ich aus dem Lokal, und du schnappst dir die Bitch, richtig?«, sagt er mit monotoner Stimme und verdreht dabei die Augen.

Ich nicke.

Der Stricher grinst zweideutig, weil er mich offenbar für einen schüchternen Typen hält. Nein, Junge, ich bin nur geduldig und freue mich, wenn ich dir später das Grinsen aus dem Gesicht prügeln werde. Es wird auch diesmal keine unnötigen Zeugen geben.

»Du hast es kapiert! Hier ...« Ich gebe ihm einen Zwanziger.

»Hä? Du hast von einem Hunderter gesprochen«, stellt er überrascht fest.

»Jap. Habe ich«, beruhige ich ihn. »Dies aber nur, wenn du frisch angezogen in Mayahuel erscheinst und dich an meine Spielregeln hältst. Wir treffen uns danach wieder hier und du bekommst den Rest. Kapiert? Nicht, dass du bis dahin die Kohle für Crack verpulverst und mein Plan nicht funktioniert.«

»Okay, Alter. Für 'nen Hunni kann ich die Bitch von meiner Mutter anhauen, dass sie mir ein paar saubere Klamotten gibt. Bis später dann.« Mit

diesen Worten sehe ich, wie sich der Stricher entfernt und mache mich langsam auf den Weg in die Bar.

Bei Mayahuel angekommen setze ich mich, so unauffällig es nur geht, in die hinterste Ecke, von wo ich die Gäste besser beobachten kann. Das Lokal füllt sich langsam – doch ich habe noch kein Glück. Meistens sitzen dort Bitches, die viel zu leicht zu haben sind und nur auf Kerle warten, die ihnen Drinks spendieren. Ich brauche nach dem Reinfall mit Molly Hunt wieder eine, die mal anders ist. Sie soll sich wehren, bevor sie endlich den Köder anbeißt.

Doch heute scheint nicht mein Tag zu sein.

Als ich fast alles abblasen will, sehe ich sie plötzlich!

PERFEKT!

Mittellanges Haar, Jeans, flatterndes, schwarzes T-Shirt, das bei einer ungünstigen Bewegung kleine Fettpölsterchen offenbart, die sie damit kaschieren wollte. Dabei mag ich das! Die ist es!, schreit etwas in mir, und ich spüre eine steigende Erregung. So unsicher, wie sie an der Bar sitzt, fühlt sie sich hier unwohl. Also wird mein Plan perfekt funktionieren, wenn der Stricher verlässlich ist.

Zumindest ist er bereits eingetroffen und hat mich auch schon bemerkt. Es dauert nicht lange, dass sich eine von diesen Billigtussis an ihn ranmacht. Was saubere Kleidung selbst aus menschlichem Abschaum machen kann ...

Bevor ich dem Stricher das vereinbarte Zeichen gebe, brauche ich noch ein paar Informationen. Zumindest, ob sie allein da ist oder auf jemanden wartet. Mich bemerkt sie gar nicht. Ein Teil ihrer rechten Gesichtshälfte zeigt in meine Richtung, daher sehe ich, wie enttäuscht sie guckt, als sie mit dem Telefonat fertig ist. Also wurde sie soeben entweder versetzt oder von jemandem vertröstet. Dass Letzteres der Fall ist, sehe ich daran, dass sie nicht sofort zahlen will. Stattdessen nippt sie an ihrem Cocktail und schaut auf ihr Telefon. Nun lächelt sie wieder, was für mich den Startschuss bedeutet.

'Verwirren' ist meine Taktik, bei der alle Bitches ihre Frühwarnsysteme ausschalten.

Ich gebe dem Stricher das Zeichen. Er hat es gesehen und vermutlich verstanden. Jetzt muss ich nur noch kurz warten.

Da ich mein Getränk bereits bezahlt habe, kann ich gleich unauffällig vom Tisch aufstehen. Es muss jetzt schnell gehen! Wer weiß, wie viel Verspätung die Verabredung meiner neuen Lady hat. Im Kopf schwirren mir Tausende Gedanken, was zu tun ist, wenn die Person kommt, auf die sie gerade wartet. So ein scheues Reh lässt kein Mann lange warten!

Nun läuft alles recht schnell und gewohnt nach Plan. Noch ehe ich mich umgedreht habe, sitze ich bereits neben ihr an der Theke. Und sie mag mich sofort, das weiß ich. Weil sie mich nicht kennt.

Ach, wie süß! Sie ist so glücklich, einen 'Retter' gefunden zu haben, dass ich mir nicht einmal viel Mühe machen muss, freundlich zu erscheinen. Angeschwipst ist sie also auch schon?

Während ich unauffällig auf ihre Finger schaue, fällt mir ein Ehering auf. Verheiratet ist sie! Das macht die Sache wieder unendlich interessant. Die Stelle, an der er liegt, ist deutlich schmaler als der restliche Finger, was bedeutet, dass sie den Ring schon länger trägt. Ehefrauen passen genau in mein Beuteschema.

Sie ist offenbar eine Deutsche, erkenne ich am Akzent und sage es ihr. Ist das etwa eine glückliche Fügung des Schicksals? Wollte ich nicht Urlaub von meinem gelegentlichen Landleben machen? Da wäre Europa genau richtig - mit Berlin kann ich ja meine Tour anfangen. Mal sehen, ob die Bullen dort cleverer sind als bei uns.

Nun muss ich mehr Vertrauen erwecken, geht es mir durch den Kopf. Oder sie noch mehr benebeln ... Entschlossen hebe ich meine Hand, um weitere Drinks zu bestellen. Wenn ich Pech habe, dann will sie nichts mehr trinken. Doch darum geht es im Grunde nicht. Sie soll unterbewusst den Ehering an meinem Finger bemerken.

Die Bitches fühlen sich immer sicherer, wenn sie einen verheirateten 'Retter' vor sich haben. Warum auch immer. Dennoch lohnte sich die Investition in den Ring bereits.

»Eine Lesung?«, frage ich gespielt interessiert. Na, das ist wirklich ein großes Ding. Eine Schriftstellerin habe ich echt noch nicht in meiner Kollektion. Eine Frau mit Vorstellungsgabe - gefällt mir gut! Das verleiht dem Ganzen noch eine gewisse Würze. Denn keine von den dämlichen Bitches konnte sich vorstellen, was ihnen noch widerfahren würde, als ich sie bei mir hatte. Eine

Schriftstellerin hat sicher genug Fantasie. Dadurch wird sie sich bereits im Vorfeld einscheißen. Nur, wie soll ich sie in Berlin finden?

»Natürlich möchte ich Ihre Lesung besuchen, wenn ich in Berlin bin«, sage ich überzeugend.

Nein, eigentlich will ich das nicht. Aber dann weiß ich, wo du wohnst. Weil ich dir bis nach Hause folgen werde, Bitch … Ich lächle in mich hinein.

Doch in diesem Fall meint das Schicksal es noch viel besser mit mir. Ich kann es kaum fassen, sie holt eine Visitenkarte hervor. Angestrengt verfolge ich mit meinem Blick, was drauf steht, bevor sie mir das Stück Pappe gibt …

Ah, Mist! 'Postleitzahl' wird so etwas wie eine P.O. Box sein, überlege ich. Aber besser als gar nichts.

Nun wird es langsam Zeit für mich, abzuhauen. Ihre Verabredung wird vermutlich bald auftauchen, und ich will doch keine Zeugen haben.

Und im gleichen Augenblick fallen der Bitch tatsächlich alle Visitenkarten runter. Heute muss mein absoluter Glückstag sein, denke ich und sehe, wie unsicher sie sich runterbeugt, um einige davon zu retten. Sie ist schon richtig angetrunken. Sehr gut! Das gibt mir gleich die Chance, unbemerkt zu verschwinden. Und zwar sofort, nachdem ich die 2017er American Eagle, meinen kostbarsten Opfermarker, in ihre Tasche geworfen habe.

Es ist leichter, als ich es mir in den kühnsten Träumen vorgestellt hätte, zumal sie die Tasche offen ließ. In Sekundenschnelle greife ich nach der Metallbox mit den Visitenkarten, um eine davon herauszunehmen. Doch es sind zwei aneinander geklebte Boxen, stelle ich verdutzt und etwas angeekelt fest. Um sicher zu gehen, nehme ich aus jeder ein Kärtchen heraus und lege die Boxen, als wäre nichts passiert, zurück auf den Thekentisch.

Gerade zur richtigen Zeit, denn ich merke, wie sich die Bitch wieder mühsam aufzurichten versucht. Nichts wie weg! Rasch gebe ich dem Kellner einen Hunderter, ohne die Geldrückgabe abzuwarten. Keine Zeit dafür!

In der Eile schicke ich ihr vor Erregung noch einen Luftkuss zu, den sie natürlich nicht sehen kann, weil sie sich immer noch nicht vollständig aufgerichtet hat. Die ist wohl nicht geübt, stelle ich amüsiert fest. Es wird in Berlin dann alles leichter für mich machen. Gut so!

Nun habe ich, was ich wollte. Das perfekte Reh! Davor muss ich nur noch ein Ballast loswerden! Dann: Berlin, ich komme!

Als erstes werde ich aber den gottverdammten Stricher zu Hackfleisch verarbeiten.

EPILOG

Berlin,
Freitag, 02.06.2017, 8:30 Uhr.
Jetzt.

Nervös drehe ich die 2017er American Eagle in meiner rechten Hand, als könnte ich damit die letzte Woche verändern.

Oder zumindest eine Verbindung zu dem Mann aufnehmen, der mich für eine kurze Zeit so gut täuschen konnte. Und vermutlich bereits im Besitz meiner Adresse ist. In meiner Visitenkartenbox mit meiner persönlichen Adresse fehlte nämlich genau eine. Sonst habe ich immer zwölf; doch nun sind es nur elf.

'Beobachtet er mich schon?', frage ich mich und renne wie besessen zum Fenster. Um anschließend festzustellen, dass die Welt nicht auffälliger als sonst aussieht ... Nachbarn, laufend oder sich unterhaltend, mit oder ohne kleine Kinder ... Die meisten von ihnen habe ich zumindest schon mal auf der Straße oder im Supermarkt gesehen. Parkende Autos, Postboten ...

Die Nachbarskinder sind gerade, wie meine auch, noch in der Schule. Oh, Gott!, denke ich voll Verzweiflung. Was ist, wenn er meinen Kindern etwas antut? Oder meinem Mann? Vielleicht verfolgt er uns schon? Panik steigt in mir hoch.

Andrew ... Andrew ... Wie war doch sein Nachnahme nochmal?, versuche ich mich zu erinnern.

Aber es ist mir kaum möglich. Was Namen betrifft, bin ich extrem vergesslich. Und das liegt keinesfalls nur an den Spannungskopfschmerzen, die mehr als ein ausreichender Grund waren, meine Tasche nach Tabletten zu durchwühlen. Irgendwo tief in den Erinnerungen an eine sorgenfreie Zeit in New York, zwischen den zahlreichen Eindrücken über diese schnelllebige Stadt voller Kontroversen, liegt die Information in meinem Kopf versteckt, die ich unbedingt an die BAU weitergeben muss, falls Andrew wie auch immer noch nicht die Landesgrenzen verlassen hat.

Statt weiter nach den Tabletten zu suchen, renne ich jetzt zu meinem Handy und wähle die mir bekannte Nummer, ohne zu bedenken, dass es in New York etwa 02:30 Uhr ist.

»Scott, ich fürchte, wir haben ein Problem. Ich habe soeben eine 2017er American Eagle in meiner Tasche gefunden ...«

Meine Stimme bricht ab.

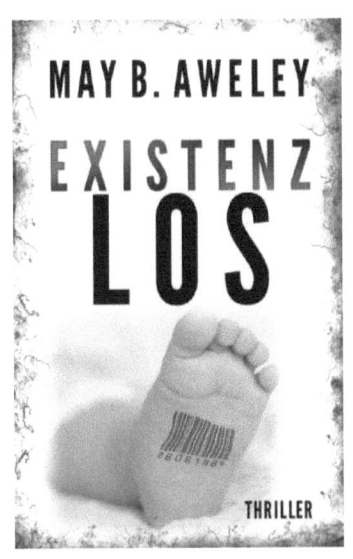

MAY B. AWELEY

EXISTENZ
LOS

THRILLER

Du öffnest die Augen.
Du weißt nicht, wer du bist. Eine Frau ohne Namen, ohne
Vergangenheit.
Kann das, was sie dir erzählen, deine Geschichte sein?
Vielleicht ist die simple Wahrheit,
dass sie dich deiner wahren EXISTENZ beraubt haben!

Die Polizistin Alicia Juárez wird im Central Park bewusstlos aufgefunden.
Wie im nahegelegenen Krankenhaus später festgestellt wird, leidet sie an
retrograder Amnesie.

Während sie versucht, ihrer Vergangenheit auf die Spur zu kommen, findet
sie dunkle Geheimnisse. Sie öffnet dabei Türen, die besser verschlossen
geblieben wären ...

MAY B. AWELEY

DER ANGST HEILER

THRILLER

Er beobachtet seine Opfer genau.
Er erschleicht sich ihr Vertrauen.
Wenn sie sich am sichersten fühlen, werden ihre schlimmsten
Albträume wahr ...

Das Leben der Profilerin Angel Davis gerät gänzlich aus den Fugen, als sie einen wichtigen Einsatz vermasselt. Sie wird suspendiert. Während sie versucht, ihr Leben wieder in den Griff zu bekommen, ahnt sie nicht, dass sie sich bereits im Visier eines Psychopathen befindet.

Wird sie ihre größte Angst besiegen und eine neue Liebe finden?

Ein nervenaufreibendes Katz-und-Maus-Spiel beginnt, doch die Zeit wird knapp ...

Er muss sie töten.
Sie will sterben.
Nur nicht auf seine Art.

Ein grausamer Doppelmord und ein missglückter Bombenanschlag ...

Zwei unterschiedliche Taten, die auf seltsame Weise miteinander verbunden sind. Das Werk eines Geisteskranken?

Als das New Yorker Ermittlerteam um Scott Goodwin den bizarren Zusammenhang erkennt, verschwinden wieder zwei Menschen.

Und der Serienkiller ist noch nicht fertig. Noch lange nicht ...